천사를 위한 노래
Hymn to the Angel
이 상 혁 판 타 지 장 편 소 설

천사를 위한 노래 2

이상혁 판타지 장편 소설

초판 1쇄 찍은 날 § 2007년 4월 11일
초판 1쇄 펴낸 날 § 2007년 4월 21일

지은이 § 이상혁
펴낸이 § 서경석

편집장 § 문혜영
편집책임 § 문정흠
편집 § 최하나

펴낸곳 § 도서출판 청어람
등록번호 § 제1081-1-89호
등록일자 § 1999. 5. 31
어람번호 § 제1-0820호

주소 § 경기도 부천시 원미구 심곡1동 350-1 남성B/D 3F (우) 420-011
전화 § 032-656-4452 팩스 § 032-656-4453
http://www.chungeoram.com
E-mail § eoram99@chollian.net

ⓒ 이상혁, 2007

ISBN 978-89-251-0649-6 04810
ISBN 978-89-251-0647-2 (세트)

천사를 위한 노래

Fantasy Frontier Spirit

이상혁 판타지 장편 소설

②

Hymn to the Angel

도서출판 청어람

Contents

Chapter 7

카시카 폰란그리제, 그 두 번째

“주 인님!”

“라휄 주인님!”

광장에서 라휄은 반가운 두 소녀의 목소리를 들었다.

“백묘! 흑묘!”

흑묘와 백묘는 사뿐사뿐 달리듯 걸어 라휄에게 다가왔다. 그녀들의 눈동자는 밤이어서인지 검은 동공이 눈동자의 거의 대부분을 차지할 정도로 확장되어 있었다.

“주인님, 일은 성공하셨나요?”

“카시카님의 유품을 찾아주었나요?”

“너희들, 이곳에는 무슨 일이야?”

세 사람이 동시에 물었다. 라휄과 흑묘, 그리고 백묘는 빙긋 웃었다.

백묘가 먼저 입을 열었다.

"기다리라고 하셨지만 너무 걱정되어서 그냥 있을 수가 없었어요."

"그래서 주인님을 찾아 이곳까지 오게 되었어요."

깊은 밤, 그녀들의 희고 검은 하녀 복장은 달빛을 받아 은은하게 빛나고 있었다. 라휄은 그녀들의 머리를 한 번 쓰다듬어 주었다.

"걱정하지 않아도 돼. 나는 세잖아."

흑묘와 백묘는 기분 좋은 미소를 만들었다. 흑묘가 가늘게 뜬 눈으로 라휄을 보았는데, 그의 표정이 별로 좋아 보이지 않았다.

"주인님, 무슨 일 있나요?"

흑묘에 이어 백묘도 물었다.

"일이 잘되지 않았나요?"

라휄은 고개를 저었다.

"카시카는 나빠."

"네?"

"그게 무슨 말씀인가요?"

두 묘족 소녀의 물음에 라휄은 얼른 답하지 못했다.

"카시카는 거짓말쟁이야. 그리고 도둑이야."

라휄은 이렇게 말한 후 성안에서 있었던 일들을 하나하나 두 소녀에게 설명해 주었다. 라휄의 설명은 자세하긴 했지만 조잡했고, 두 소녀는 몇 가지 질문을 한 끝에야 모든 사실을 이해할 수 있었다.

"나쁜 건 카시카야."

백묘와 흑묘는 라휄의 말에 빙긋 웃었다. 자신의 주인이 무엇 때문에 저렇게 고민하는지 그녀들은 알고 있었다. 아니, 누구라도 알 수 있는 일이었다.

"주인님, 카시카님은 나쁜 사람이에요."

백묘의 말에도 라휄은 아무런 대꾸도 하지 않았다.

백묘가 이해한 것을 흑묘가 이해하지 못할 리 없었다.

"카시카님은 이제 야단났네요. 큰 벌을 받을 텐데."

"정말?!"

백묘가 맞장구쳤다.

"그럼요. 이름을 떨친 큰 도둑인걸요. 분명 오랫동안 감옥에 갇혀 있어야 할 거예요."

"감옥? 감옥이 뭐야?"

"조그만 방에 가둬두는 거예요. 꼼짝도 못하게."

라휄은 카시카가 좁은 방에 갇혀 있는 모습을 상상해 보았다.

"그렇지만… 하지만 카시카는 나빠."

백묘가 웃었다.

“맞아요. 카시카님은 나빠요. 우리는 상관하지 말고 다른 곳으로 가요.”

라휄은 백묘의 말에 갑자기 화가 났다. 이런 자신의 마음을 이해할 수가 없었다. 백묘의 말이 옳다는 것을 알면서도 왠지 백묘의 말이 듣기 싫었다.

“싫어. 안 갈 거야.”

흑묘가 백묘의 옆구리를 살짝 찔렀다.

“그만 해. 주인님이 정말 화를 내시면 어쩌려고 그래?”

백묘가 고개를 끄덕이고는 라휄에게 말했다.

“주인님, 우리 카시카님을 구하러 가요.”

이제야 라휄의 안색이 밝아졌다. 하지만 이번에도 또다시 우물쭈물했다.

“하지만 카시카는… 나쁜 짓을 했잖아.”

다시 흑묘가 말했다.

“그까짓 도둑질 정도가 어쨌다는 거예요? 카시카님은 라휄님의 친구잖아요. 친구가 위험에 빠졌는데 그냥 놔둘 거예요?”

라휄은 흑묘의 말을 듣는 순간 머릿속이 환해지는 느낌이었다.

“친구?”

“네, 친구요.”

“맞아! 친구야. 카시카는 내 친구야. 나는 카시카가 좋아.

그러니까 카시카는 내 친구야."

그러나 여전히 라휄의 표정은 시무룩했다.

"하지만 카시카는 도둑질을 했어. 엘로한님은 도둑질은 나쁜 짓이니까 하지 말라고 했어."

백묘가 말했다.

"맞아요. 도둑질은 나쁜 짓이에요. 그러니까 그녀를 구한 후 다시는 도둑질을 하지 말라고 하세요. 뉘우쳐 다시는 죄를 저지르지 못하게 하면 오히려 세상에 큰 도움을 주는 것이 될 거예요."

라휄은 이전에 라프델에게 나쁜 짓을 한 사람은 때려주어도 된다는 이야기를 들은 이래로 또다시 엘로한님의 계율에 일종의 도전을 받게 된 셈이다.

한편 백묘는 카시카가 필요했다. 처음부터 그녀가 가지고 있는 지식을 탐내고 있었다. 그런 데다 뛰어난 마법사이기까지 하다는 이야기를 듣고 보니 더욱 절실하게 느껴졌다. 은혜를 베풀 기회가 왔으니 놓칠 수 없었다.

흑묘가 말했다.

"라휄 주인님은 뛰어난 검사예요. 세상의 자잘한 예의범절에 너무 신경 쓰지 마세요. 영웅은 세상을 활보할 때 필요한 게 있으면 훔치고, 죽이고 싶은 사람이 있으면 죽이는 것이에요."

라휄이 흑묘에게 말했다.

“영웅이는 나쁜 사람이네.”

백묘가 말했다.

“카시카는 분명히 나쁜 일을 했어요. 하지만 친구예요. 라휄님에겐 어떤 것이 더 중요한가요? 전 인이 그 첫 번째이고 예는 두 번째라고 배웠어요. 인이라는 것은 사람을 가엾게 여기는 것이에요. 예는 세상의 자질구레한 규칙이지요.”

라휄은 잠시 더 고민하다가 입을 열었다.

“흑묘, 백묘. 대답해 봐.”

“네, 주인님.”

“말씀하세요.”

“나는 카시카가 감옥에 갇히는 게 싫어. 하지만 카시카는 나쁜 일을 했기 때문에 갇히는 거야. 그런데 내가 구하면 나쁜 일을 하고도 벌을 받지 않게 되는 거잖아. 그래도 괜찮은 거야?”

백묘와 흑묘는 동시에 답했다.

“괜찮아요.”

라휄이 물었다.

“왜?”

흑묘가 먼저 답했다.

“도둑질 같은 건 별거 아니라니까요.”

라휄이 고개를 저었다.

“엘로한님의 다섯 계율 중 하나야. 아벨루나가 그랬어. 절대로 어겨서는 안 된다고."

백묘가 라휄에게 물었다.

"엘로한님은 천남산맥 남쪽 제국에서 섬기는 신이라고 들었어요. 아닌가요?"

라휄이 고개를 끄덕했다.

"응, 세상 모든 것을 만든 분이시래."

"그렇다면 엘로한님의 계율을 어겼을 때, 그 벌은 누가 주는 것이지요?"

라휄은 아벨루나에게 들었던 이야기를 떠올렸다.

"그야 엘로한님이 벌을 주시지."

"그럼 카시카님의 죄에 대한 벌을 주는 것도 엘로한님이시겠죠. 왜 모헬 백작이 함부로 벌을 내리지요? 모헬 백작이 신인가요? 제국의 황제가 신인가요?"

"어? 그러고 보니 그렇네?"

라휄은 또다시 머릿속이 어지러워지는 느낌이었다.

"하늘의 그물은 성글지만 악인은 놓아주지 않는다고 했어요. 카시카님이 정말 나쁜 사람이라면 하늘이 심판해 줄 거예요."

"하늘이… 엘로한님이 심판해 준다고?"

"네, 그럼요."

백묘에 이어 흑묘가 말했다.

"그러니까 인간의 시시한 법 따위에 너무 신경 쓰지 말아요. 주인님은 대검객이시니까요.”

라휄의 고개가 드디어 끄덕여졌다.

“응, 나 그러면 카시카를 구하러 갈래. 카시카는 나쁘지만, 그래도 구하러 갈래.”

이래서 친구는 잘 사귀어야 한다.

경과야 어찌 되었든 라휄은 결정을 내렸고, 백묘와 흑묘는 곧바로 잠입을 준비했다.

“그런데 주인님.”

“응?”

“지금 카시카님이 어디에 계신지 알고 계세요? 성안을 다 뒤지고 다닐 수는 없잖아요.”

백묘, 그녀의 물음에 라휄은 고개를 끄덕했다.

“응. 카시카가 돔려가 되는 마법을 걸었거든. 지금 어디 있는지 느껴져.”

“동료 말인가요?”

“아, 맞아. 그랬어.”

“그것참, 신기한 마법이네요. 그럼 그쪽으로 가기로 해요.”

라휄과 두 소녀는 다시 모헬 성으로 향했다. 아직 동이 트지 않은 늦은 새벽이었다.

2

라휄이 알고 있는 것은, 그 느낌이라는 것은 겨우 방향 정도였다. 카시카와 함께 왔을 때처럼 지도가 있는 것이 아니었기에 라휄과 백묘, 그리고 흑묘는 성에서 조금 헤매었다.

하지만 흑묘와 백묘는 묘족이었다. 본래 소리없이 밤에 이동하는 데는 유전자가 보증하는 달인들. 게다가 밤사이의 소동으로 모헬 영주 저택의 경비는 알게 모르게 느슨해져 있었다. 설마 뭐가 또 오랴 하는 마음에 긴장이 풀린 것이다.

여러 호재가 작용한 덕에 세 사람은 카시카가 있는 감옥까지 무사히 도착할 수 있었다.

카시카는 여전히 잠들어 있었다. 손과 발 모두 결박 지워진 채 나무 침대에 아무렇게나 누워 있었다. 백묘는 그 모습에 눈살을 찌푸렸다.

"독… 이군요."

라휄이 고개를 끄덕였다.

"응, 독이야. 쟌스포트의 회복술사만 고칠 수 있다고 했어."

말을 마친 직후 라휄은 검으로 감옥의 창살을 잘라내자 백묘와 흑묘가 카시카를 부축해 밖으로 나왔다.

"치료는 나중에 하기로 하고, 우선 밖으로 도망쳐요."

탈주는 성공적이었다. 아니, 거의 성공적이었다.

만약 평소의 모헬 성이었다면 분명 라휄 일행은 무사히 성

밖으로 나갔을 것이다. 하지만 이날의 모헬 성엔 휘바드가 있었다.

라휄이 막 모헬 성의 남문 밖으로 걸음을 내딛는 순간이었다.

저 멀리 밝아오는 동녘을 배경으로 한 떼의 사람들이 있었다. 기사, 검사, 마법사까지 골고루 섞여 있는 그들의 가장 앞에는 휘바드가 있었다.

흑묘와 백묘는 카시카를 내려놓았다. 그리고 라휄의 뒤쪽에 좌우로 자리를 잡았다.

라휄은 나쁜 일을 하려다 들킨 아이처럼, 아니, 말 그대로였지만 얼굴을 붉혔다.

"미안. 하지만 카시카를 놔두고 갈 수는 없어."

침묵이 어색했는지 라휄이 먼저 입을 열어 이렇게 변명했다.

"꼬마야, 그녀를 놓고 그냥 가거라. 죄수를 탈옥시킨 죄는 묻지 않겠다."

휘바드가 말했다. 비록 모헬 백국의 사람은 아니었지만 워낙 명망있는 마법사였기에 어느 누구도 그의 앞으로 나서지 않았다.

"싫어."

"그녀는 죄인이다."

"응. 카시카는 나빠. 나쁜 짓을 했어."

휘바드는 라휄과 이야기를 하면 할수록 이상한 느낌에 빠졌다. 완전히 어린아이였다. 보기엔 열두세 살 정도였지만, 말투는 그보다 몇 살쯤 더 어렸다. 왜 이런 아이를 상대로 자신이 설득을 하고, 또 해야 하는지 이해할 수가 없었다.

"그래, 그러니까 벌을 받아야 해."

라휄이 휘바드의 말에 다시 고개를 저었다.

"벌은 엘로한님이 준다고 했어. 카시카는 내 친구야. 너희들에게 주지 않을 거야."

백묘는 어수룩한 주인 대신 자기가 나서서 설전을 벌이려 했다. 지난 몇 달간의 생활로 이곳의 언어에도 완전히 익숙해졌다. 하지만 돌아가는 것을 보니 오히려 주인의 직설적인 화법이 먹히는 듯했기에 조용히 상황을 살피고 있었다.

"물론 엘로한님은 위대하신 분이다. 하지만 인간들에겐 인간들의 법이 있다."

"싫어. 라휄은 그런 어려운 건 몰라."

라휄은 조금 전에 한 백묘와 흑묘의 이야기를 온전히 이해한 것은 아니었다. 인간의 법이니 신의 법이니 하는 건 도무지 알아먹을 수 없었다. 다만 죄를 지은 친구를 구하는 게 잘못이 아니라는 두 소녀의 말에 그렇게 하기로 마음을 굳힌 것뿐이었다.

휘바드는 곤란한 기분이 들었다. 그러다 문득 라휄의 곁에 있는 두 소녀를 보았다.

"묘, 묘족?"

　라휄과 카시카에게로 신경을 곤두세우고 있었기에 휘바드는 이제야 백묘와 흑묘를 발견한 것이다. 어느새 라휄 등을 감싸듯 선 모헬 영지의 사람들도 백묘와 흑묘를 보며 웅성거리기 시작했다.

　백묘가 앞으로 나섰다.

　"카시카님은 이미 훔친 물건을 빼앗기지 않았나요? 물건을 되찾고 사람에게 독을 써 다치게 했으면 그것으로 그만이지 얼마나 더 몰아붙이려 하나요?"

　흑묘도 한마디 했다.

　"이 정도로 우리를 보내주도록 해요. 라휄 주인님이 카시카님을 설득해 더 이상 큰 죄를 짓지 않도록 한다고 했어요."

　휘바드는 한참이나 흑묘와 백묘를 보았다. 산맥 아래에서 묘족은 드문 존재였다. 휘바드 역시 평생 동안 본 묘족이 손에 꼽을 정도였다.

　잠시 묘족에게 신경을 빼앗겼던 그는 곧 정신을 차리고 백묘의 말에 대꾸했다.

　"그녀는 지금까지 수많은 죄를 저질러 왔단다. 그래서 황실의 수배가 걸려 있지."

　"하지만 주인님은 그녀를 구하시길 원하세요."

　"그럼 결국 서로 적이 되는 수밖에는 없겠네요."

　백묘와 흑묘는 개전을 선언했다. 휘바드는 '휴~' 하며 고개를 저었다.

그때 휘바드의 뒤쪽에 있던 검사 지그아츠가 나섰다.

"휘바드님, 이 일은 우리 모헬 백국의 일입니다. 지금까지 도와주신 점, 감사드립니다. 이제부터는 저희들이 해결하겠습니다."

휘바드는 고개를 돌려 지그아츠를 바라보았다. 그리고 그의 손가락에 꽂혀 있는 흰색의 결투자의 반지를 보았다.

"아직 어려서 선악에 대한 구분을 잘 못하는 듯하네. 손속을 보아주게나."

지그아츠는 고개를 끄덕했다. 그리곤,

차앙—

검을 뽑았다.

챙—

라휄도 검을 뽑았다.

뭇 기사와 사람들은 뒤로 한 걸음씩 물러나 싸울 장소를 마련해 주었고, 백묘와 흑묘도 카시카를 데리고 뒤로 물러났다.

먼저 움직인 것은 지그아츠의 검이었다. 이미 쥬다스에게 이야기를 들어 라휄이 비록 어리지만 솜씨 좋은 검사라는 것을 알고 있었다.

"모헬 영지의 지그아츠다. 사람들은 나를 파쇄(破碎)의 지그아츠라고 부른다."

외침과 함께 그는 앞으로 달려나갔다. 그의 검은 날 길이가 60센티 정도밖에 안 되었지만 폭이 한 뼘이나 되는 기형 검이었다. 기이할 정도로 힘이 강해 이미 부앙― 하는 소리와 함께 엄청난 바람을 일으키고 있었다.

"난 라휄이야."

라휄은 이렇게 말하며 평사시처럼 자연스러운 자세로 검을 들고 있었다.

라휄과 지그아츠의 몸이 교차하는 순간, 타앙! 하는 소리가 주위에 울렸다.

지그아츠의 검막이가 깨어져 땅에 떨어졌다. 그와 동시에 라휄의 검이 부러져 땅에 푹 박혔다.

순식간에 지그아츠의 안색이 변했다.

"그, 그런……."

라휄은 자신의 부러진 검을 바라보았다.

"에이, 결국 고장났네. 슬슬 바꿀 때가 됐다고 생각했는데……."

라휄의 깨어진 검은 벌써 3년째 쓰고 있는 것이었다. 아무리 라휄의 검 실력이 뛰어나 검의 손상을 최소한으로 하고 있다 해도 워낙 사용 빈도가 높았다.

지그아츠는 몸을 돌려 라휄을 보았고, 라휄 역시 지그아츠를 향해 돌아섰다.

"검이 너무나도 형편없구나. 내 좋은 검을 빌려줄 테니 다시 해보자."

지그아츠는 이렇게 말하며 옆에 있는 기사에게 손을 내밀었다. 기사가 검을 뽑아 지그아츠에게 공손히 건넸다.

라휄이 그런 지그아츠에게 말했다.

"괜찮아. 나도 좋은 검 있어."

라휄은 이렇게 말하며 평소에 잘 쓰지 않던 검을 뽑았다.

그 검은 한 자루의 장검일 뿐이었다. 그렇지만 그 느낌은 범상치 않았다. 장식이 화려하지 않았지만 유려한 곡선만으로도 검사들의 탄성을 자아냈고, 날카롭게 벼려진 칼날은 동녘의 태양에 눈부신 빛을 냈다.

지그아츠가 말했다.

"좋은 검이구나. 좋다."

검을 칭찬하는 지그아츠의 말은 휘바드에 의해 허리가 잘리고 말았다. 휘바드가 놀라 라휄에게 달려나갔다.

"자, 잠깐!"

"휘바드님!"

휘바드는 못 볼 것을 봤다는 듯 라휄의 앞에 서 그의 손에 들려 있던 검을 뚫어져라 바라보았다.

"이, 이건… 토가타잖아!!"

"응? 토가타가 뭐야?"

라휄의 물음에는 답하지 않고 휘바드가 물었다.

"너, 너, 이 검을 어디서 주웠지?!"

라휄이 고개를 저었다.

"주운 거 아냐."

"거짓말 마라! 이 검은 주인이 따로 있다!"

"응, 맞아. 라프델이야."

라휄의 말에 기사들과 검사들이 웅성거렸다. 쥬다스는 얼마 전 라휄과 싸웠을 때 라휄이 라프델에 대한 이야기를 했던 것을 떠올렸다.

"그래, 라프델의 검이다. 꼬마야! 너, 라프델을 알고 있느냐?"

"응. 라프델은 내 친구야."

휘바드는 라휄의 말에 눈살을 찌푸렸다. 믿어야 할지 말아야 할지 판단하기가 힘들었다.

"너도 라프델을 알아?"

라휄의 말에 휘바드는 고개를 끄덕였다.

"물론이지. 나, 북의 마도사 휘바드는 라프델의 절친한 친구다."

라휄이 함지박만 하게 웃었다.

"라프델의 친구면 내 친구야. 그럼 휘바드도 라휄의 친구야."

꼬마의 말에 휘바드는 여전히 웃어야 할지 말아야 할지 갈피를 잡지 못했다. 휘바드가 물었다.

"꼬마야, 아니, 라휄. 이 검은 어디서 어떻게 얻게 되었지? 왜 라프델이 네게 검을 주었느냐? 혹시 이 검을 네게 주면서 한 이야기가 없느냐?"

지그아츠는 처음 휘바드가 자신을 제치고 라휄과 이야기할 때 조금 기분이 상했다. 하지만 이내 이야기의 주제가 검림의 왕에 이르자 두 사람의 이야기에 집중했다. 어디까지나 지그아츠 그 자신도 검사였으니까.

지그아츠가 그랬을 정도이니 다른 사람은 더 말해 무엇할까?

뭇사람들의 수십 쌍의 눈동자는 라휄의 조그마한 입술에 고정되어 있었다.

"라프델을 만난 건 내가 노예였을 때야. 마젤 주인님이 데려가서 산적단에 있었는데 라프델이 왔어. 라프델은 남작을 만나러 왔다고 했어."

아니나 다를까. 라휄의 말은 두 마디째 접어들면서부터 벌써 알송달송하게 변했다. 휘바드가 서둘러 물었다.

"남작? 어느 남작이지?"

"어느 남작이라니? 남작이 남작이지 뭐야?"

"그러니까 어느 영지의 남작이냔 말이다."

"몰라, 그런 건. 남작은 산에 산다고 했어. 입이 이만큼 크고 팔다리도 이만해."

라휄은 손짓발짓까지 더해가며 설명을 했다. 그쯤 되자 휘바드는 그 남작이란 게 사람이 아닐 것이라고 판단했다.

"그래, 알았다. 이야기를 계속해 보거라."

"응. 아무튼 남작은 내가 죽였어. 도적들이 무서워했거든. 그래서 라프델은 남작을 못 만났어. 그런데 라프델은 산적들을 싫어했어. 그래서 귀도 자르고 막 그랬어. 그러다 마젤 주인님을 때리려고 해서 내가 막았어."

휘바드는 고개를 끄덕였다. 라프델이라면 산적단을 가만 놔두지 않았을 테니 말이다.

"그래서 라프델이랑 싸우게 됐는데, 막 싸웠어. 라프델은 내가 아무리 찔러도 다 피해냈고, 라프델의 공격은 정말 대단했어. 그래서 우리 둘은 '하하하' 하고 웃으며 싸움을 그만두었어."

라휄은 신이 났다. 지금까지 라프델과의 일전만큼 신이 났던 일도 드물었다. 머릿속으로 그때의 일을 떠올리니 절로 흥에 겨웠다.

"그래서 친구가 된 거야. 라프델은 나한테 검을 선물로 줬고, 내가 노예를 하지 않는 방법도 가르쳐 줬어."

라휄은 이렇게 말하며 검을 자랑스럽게 앞으로 내밀어 보였다. 휘바드는 라휄의 말을 들으며 한층 더 혼란에 빠졌다.

라휄의 이야기를 정리하자면 간단했다. 싸우다 서로 의기투합하게 되어 친구가 됐다는 것이다. 뭐, 따지고 보면 있을 법도 한 일이었다. 하지만 그 일이 열두세 살의 꼬맹이와 검림의 왕 사이에 있었다니 도무지 믿을 수가 없었다.

그때, 일행 가운데 한 남자가 부르짖었다.

"다 거짓말입니다. 휘바드님, 저 검이 진짜로 로이아드님의 검이 맞습니까?"

휘바드는 고개를 돌려 목소리의 주인을 보았다. 쥬다스라는 이름의 젊은 검사였다.

"토가타가 틀림없어. 그가 저 검을 얻을 때 나도 그의 곁에 있었지."

"하지만……."

"무슨 말을 하고 싶은지는 나도 아네. 나도 믿기 힘들다. 하지만 저 소년이 토가타를 들고 있는 것은 틀림없는 사실이야."

휘바드는 한참 동안 라휄의 손에 들려 있는 검을 보았다. 그리고 라휄을 보았다. 늙은 마도사는 한숨을 내쉬며 지그아츠에게 말했다.

"후우, 나는 라휄 이 아이에게서 손을 떼겠네. 라프델은 나의 둘도 없는 친구일세. 라휄이 스스로 그의 친구라고 한 이상 나는……. 어차피 난 지금 라프델을 만나러 가는 중이니 그곳에서 그에게 진실을 들어야겠네."

휘바드는 이렇게 말하며 라휄에게 말했다.

"만약 네 말이 거짓이라면 후에 혼을 내주겠다."

"난 거짓말 안 해. 라프델은 내 친구야."

휘바드는 어쩐지 라휄이 진실을 말하고 있다고 느껴졌다. 그는 모두에게 눈인사를 건넨 후 자신의 발에 실버 윙이라는 마법을 걸었다. 그리고는 하늘을 날아 멀리 북쪽으로 사라졌다.

　백묘는 휘바드가 시야에서 사라지자 쾌재를 불렀다. 그녀
도, 그리고 흑묘도 얼마간의 술법을 배웠기에 상대의 수준을
알아볼 수 있었다. 백묘가 느끼기에 휘바드의 힘은 대단했다.
그런 강적이 스스로 떠난 것이다.

　한편, 휘바드가 사라지고 나자 모헬 백국의 사람들은 다시
라휄을 포위하기 시작했다.

　지그아츠가 나섰다.

　"네가 뭐건 상관없다. 아까의 싸움을 계속하기로 하자."

　라휄이 고개를 끄덕였다.

　"응, 알았어."

　라휄은 검을 들었다.

　"하압!"

　지그아츠는 기합을 내지르며 다시 라휄에게 달려들었다.
위에서 강하게 휘둘러 라휄의 정수리를 베었다. 라휄은 검끝
을 살짝 기울여 그의 검을 흘렸다. 그 순간, 그의 왼손이 움찔
하며 다른 한 자루의 검을 뽑아냈다.

　차캉—

　지그아츠의 검에 불꽃이 튀었다. 라휄의 왼손 검을 간신히
막아낸 그는 다시 한 번 맹렬한 공격을 퍼부었다.

　라휄은 오른손의 검으로 지그아츠의 검을 막아냈다. 힘의
차이는 역력했다. 지그아츠는 폭쇄라는 별명에 걸맞는 강한

검을 가지고 있었다. 라휄은 그런 그의 공격 대부분을 정면에서 막기보다는 흘려보냈다.

단지 그뿐이었다면 라휄이 수세, 지그아츠가 공세라는 공식에 대입할 수 있겠지만 싸움은 그리 간단하지 않았다.

지그아츠는 몇 번 공격하지 않아 속으로 낭패라 외치고 있었다. 처음 쥬다스가 당했다는 이야기를 들었을 땐 단순히 방심했으리라고만 여겼다. 하지만 막상 이렇게 검을 부딪치고 보니 그건 아니었다.

흘리는 오른손의 검이 이상했다. 자신의 공격을 흘리는 검사는 지금까지 수도 없이 있긴 했지만 그들은 결국 자신의 힘에 무릎을 꿇었다. 흘린다고는 해도 결국 힘을 받는다는 것에는 다를 바가 없었다. 지그아츠는 각도에 조그마한 변화를 줌으로써 상대에게 알게 모르게 부담을 더해주었다.

그렇지만 지금 싸우고 있는 라휄은 정반대였다. 지그아츠는 내려치던 검으로 하마터면 자신의 무릎을 벨 뻔했다. 한 번 부딪쳐 자신의 검을 흘려낼 때마다 라휄의 오른쪽 검은 여지없이 자신의 목이나 가슴 쪽으로 부딪쳐 왔다. 그뿐 아니라 비껴 나간 자신의 검도 오히려 상대의 무기가 되어 목을 조여 왔다. 거기에 왼손의 신출귀몰한 발검까지 더해지니 지그아츠는 손발이 완전히 묶인 듯한 기분이었다.

더 싸워봤자 창피만 당할 뿐이다.

지그아츠는 이렇게 생각하며 승패가 확실히 갈리지 않은

지금 손을 떼려 했다.

"무엇들 하는가, 어서 카시카를 다시 결박 짓도록 하지 않고?!"

지그아츠가 외쳤다. 라휄의 정신을 분산시키려는 것이 주목적이었다.

"지금 내가 이 꼬마와 결투를 하고 있는 건가?!"

지그아츠의 말에 뭇 기사와 검사들은 정신이 퍼뜩 난 듯 움직이기 시작했다. 보통 검사와 검사가 싸우는 결투에는 다른 사람이 끼어들지 않는 것이 상례였다. 그렇기에 모두들 멍하니 둘의 싸움을 보고 있었는데, 생각해 보니 지금 자신들은 결투를 구경 온 것이 아니라 카시카를 탈환하기 위해 온 것이었다.

기사들은 흑묘와 백묘에게 우르르 다가갔다.

라휄이 외쳤다.

"흑묘와 백묘를 범하지 마!"

라휄은 여자를 괴롭히는 것을 범하는 것이라고 완전히 각인한 듯했다. 어떻게 하다 보니 어느 누구도 교정해 주지 않은 탓이었다. 하지만 오히려 그쪽이 효과가 컸다.

기사들이 일순 움찔 멈춰 섰다.

"무, 무슨 소리냐?! 우리들은 단지 죄인을 되찾으려는 것뿐이다!"

흑묘가 외쳤다.

"라휄 주인님, 저희에게는 신경 쓰지 마세요! 저런 밥통들은 이 흑묘와 백묘만으로 충분해요!"

아닌 게 아니라 위험한 것은 오히려 라휄 쪽이었다. 지그아츠에 이어 쥬다스가 참전하고, 마법사와 기사들도 라휄에게 접근하고 있었다.

지그아츠도 쥬다스도 북쪽에서는 이름난 검사들이었다. 게다가 아직 이름을 밝히지 않은, 검정색의 검사의 반지를 하고 있는 세 번째 검사도 라휄의 근처에 있었다.

지금 라휄의 오른손에는 라프델의 검 토가토가 쥐어져 있었다. 지금까지 그가 쓰던 낡은 철검과는 비교조차 할 수 없는 명검이었고, 라휄이란 호랑이의 등에 날개가 달린 셈이었다.

라휄은 한 번은 지그아츠의 검을 쳐내고, 다시 쥬다스의 검을 막아내는 등 종횡으로 좌충우돌했다. 움직임은 눈이 부실 정도였고, 세 명의 검사를 제외하고는 감히 라휄의 싸움에 끼어들 생각조차 하지 못했다.

모헬 가의 두 마법사도 마찬가지였다. 공격계 마법은 아예 엄두를 못 냈고, 그저 자신들의 검사들에게 힘을 강하게 한다거나 하는 마법만을 걸 뿐이었다.

백묘와 흑묘가 움직이기 시작한 것이 바로 그때였다.

왼쪽 다리를 축으로 백묘는 바닥을 쓸 듯이 발차기를 했다. 그녀의 발끝을 따라 하나의 원이 생겨났다.

“흑묘, 부탁해.”

“알았어.”

흑묘가 백묘의 곁에 섰다. 그리고 원을 따라 둥글게 걷기 시작했다. 기사들은 그녀들의 기묘한 행동에 일순 공격할 순간을 찾지 못했고, 그러는 사이 백묘가 돌연 원의 한가운데서 춤을 추기 시작했다.

그녀가 추는 춤은 남작(南雀)의 춤이었다. 손끝을 어여쁘게 오므리고 허공을 튕기듯 손을 저었다. 한 번은 숙이고 다시 튀어 오르며 그녀의 춤사위는 아름다운 선을 그리기 시작했다.

“붉은 새야, 붉은 새야, 네 이름을 속삭여 주렴.”

백묘가 노래를 불렀다. 그녀의 손끝에서는 불그레한 빛이 흐르듯 나왔다. 그 선은 그녀의 춤을, 그리고 어여쁘게 꺾이는 손을 따라 허공에 그림을 그렸다.

희미한 붉은 선이 흑묘와 백묘 사이에 그려졌다. 비단을 물 위에 띄워놓은 듯 하늘거리는 그 붉은 선은 흑묘와 백묘의 움직임에 따라 그녀들 사이를 굳게 이었다.

백묘가 미소를 지었다. 그리고 흑묘도 웃었다.

흑묘의 움직임이 갑자기 빨라졌다. 어정쩡하게 주변을 포위하고 있던 기사들의 사이로 뛰어들더니 단검을 뽑아 그들을 공격하기 시작했다.

“붉은 새야, 붉은 새야, 너의 날개를 빌려주렴.”

백묘가 다시 노래를 부르기 시작하자 흑묘의 움직임에 탄력이 붙었다. 일종의 속도를 높여주는 마법인 듯했다.

흑묘가 단검을 들어 기사를 공격할 때 백묘는 '붉은 새야, 네 부리는 강하구나' 라고 노래했는데, 그럴 때마다 흑묘의 단검이 날카로운 빛을 냈다. 그리고 그런 흑묘의 검이 닿는 곳에 있는 것은 검이건 갑옷이건 가리지 않고 모두 베어지고 찢어졌다.

어린 소녀들이라 방심하고 있던 뭇 기사들은 오히려 수세에 몰려 낭패를 보고 있었다.

한편, 라휄의 싸움은 그렇게 여유있는 편은 못 되었다. 세 검사의 합동 공격에 마법사들의 보조까지 더해지자 위력이 가일층됐다. 라휄은 처음에는 공격일변도였지만, 지금은 거의 수비에 치중하고 있었다.

챙챙, 탕탕! 하는 소리가 연이어 울렸다. 하지만 수세에 몰렸음에도 라휄은 웃고 있었다.

"와! 정말 재밌다!"

근육이 삐걱거릴 정도로 몸을 움직이고, 보는 것보다 빠른 움직임으로 검을 휘둘렀다. 자칫 계산을 잘못하거나 상대의 움직임에 말려들어 몸에 조그마한 상처가 나기도 했다. 하지만 그 아픔까지 포함해 라휄은 너무나 재미있었다.

"너희들은 집게발이보다 세!"

라휄이 말하는 집게발이가 뭔지 어느 누구도 몰랐다. 다만 이런 상황에서 입을 열어 소리를 칠 정도로 여유가 있다는 것이 놀라울 따름이었다.

한편, 처음 라휄의 곁에서 틈을 노리고 있던 기사들은 싸움이 교착상태에 빠지자 이러지도 저러지도 못하고 있었다. 눈앞의 싸움에 끼어들자니 희번득거리는 검의 빛만 보일 뿐 뭘 어떻게 해야 할지 깜깜하기만 했다. 흑묘와 백묘에게 가는 것도 별로 적절하지 못한 듯했다. 그러다 백묘의 뒤쪽에 가만히 누워 있는 카시카의 모습이 보였다.

누가 먼저랄 것도 없이 네 명의 기사는 카시카에게 향했다.

흑묘와 백묘는 일곱 명의 기사를 상대하는 것만으로도 벅찼다. 패할 것 같지는 않았지만 짧은 시간 안에 승부를 낼 수도 없을 듯 보였다.

흑묘는 총을 꺼내 들었다. 그녀의 두 무기 중 하나인 마탄을 발사하는 총이었다. 고풍스러운 문양이 양옆에 조각된 단총을 뽑아 든 흑묘는 총구를 상대하고 있는 일곱 기사에게 겨누었다.

기사들이 카시카에게 접근하는 것은 라휄 역시 눈치 채고 있었다. 라휄은 남아 있는 두 자루의 검 중 하나를 번개같이 뽑아 들어 기사들 앞으로 내던졌다. 한줄기 빛이 되어 날아간 검이 땅에 파악! 하고 박혔다.

"카시카를 범하지 마!"

기사들은 라휄의 무시무시한 검에 깜짝 놀라 뒤로 물러서고 말았다.

"라휄 주인님, 이대로는 안 되겠어요. 우선 물러나도록 해요."

아직 여력은 충분했다. 흑묘의 마탄을 더한다면 기사들을 금세 정리할 수 있을 테고, 백묘 자신의 샤머니즘을 라휄에게로 옮겨준다면 검사들을 해결하는 것도 어려운 일이 아니었다.

하지만 이곳은 모휄 영지였다. 여력을 이야기한다면 적에게 훨씬 많았다. 계산상으로 이길 수 있다 하더라도 실제로 그렇게 되라는 법은 없었다. 그녀는 지금 차라리 맨 처음 무녀의 힘을 라휄에게 쏟아줄 걸 하며 후회하고 있었다. 그랬더라면 훨씬 간단히 상황을 타파할 수 있었을 테니.

"응? 왜, 재미있는데."

"카시카님을 보호하는 게 우선이에요."

라휄은 아쉬웠지만 백묘의 말을 따르기로 했다.

"응, 알았어."

라휄의 대답이 떨어지는 순간 백묘는 하나의 주문을 외웠다. 희뿌연 연기가 사방에 휩싸인 것은 바로 그 다음 순간이었다.

"주인님, 이쪽으로 오세요!"

라휄은 백묘의 말에 따라 백묘, 흑묘가 있는 곳으로 몸을 날렸다. 카시카의 앞에 있는 자신의 검을 다시 주워 들고, 세 자루의 검을 모두 검집에 갈무리하며 카시카를 들어 올렸다.

모헬 가문의 뭇사람들은 적이 유리한 상황에서 갑자기 몸을 빼리라고는 생각하지 못한 터라 돌변한 상황에 대응을 못한 채 두 눈을 뻔히 뜨고 라휄 등을 놓치고 말았다.

3

라휄을 비롯한 네 사람은 무작정 남쪽으로 달렸다. 작은 마을에 당도한 후에야 그들은 발걸음을 멈추었다.

흑묘가 앞서서 모두를 안내했다. 그녀가 안내해 도착한 곳에는 모두가 타고 여행했던 마차가 있었다. 라휄은 우선 카시카를 마차 안에 눕혔다.

흑묘가 마부석에 앉아 마차를 몰았다. 백묘와 라휄은 마차에 올라탔고, 다시 일행은 마차를 타고 남쪽으로 이동했다.

백묘는 라휄의 몸에 난 크고 작은 상처들을 치료해 주었다. 그러는 사이 라휄은 이제 검집만 남은 네 번째 검을 허리띠에서 풀었다.

"와, 재밌었다."

한숨 돌린 직후 라휄이 말했다. 백묘와 흑묘는 '풋' 하고 웃음을 터뜨렸다.

"주인님은 정말 못 말려요."

"그런데 주인님은 어디서 그런 검술을 배우셨어요?"

흑묘의 물음에 라휄이 말했다.

"난 검술 안 배웠어. 그냥 맨날맨날 싸워서 세진 거야. 나 정말 세지? 세 명이랑 싸워도 안 졌어."

"물론이에요. 주인님의 공부는 정말 뛰어나세요."

백묘는 라휄의 상처를 거의 다 자신에게 옮긴 후 다시 자신의 몸을 치료하기 시작했다. 따끔따끔하며 몸 곳곳이 아려왔다.

"그러는 백묘도 치료술이 아주 뛰어나. 아벨루나의 회복술과는 비교가 안 돼."

백묘가 빙긋 미소를 지었다.

"그야 전 무녀인걸요."

흑묘가 말했다.

"그런데 주인님, 이제 어떻게 하죠?"

흑묘의 물음에 라휄은 고개를 돌려 카시카를 바라보았다. 가늘게 이어지는 그녀의 숨이 가엾게 느껴졌다.

"쟌스포트로 갈래. 쟌스포트에 카시카의 독을 치료할 사람이 있댔어."

백묘의 귀 끝이 축 처지더니 시무룩해져서 말했다.

"죄송해요, 주인님. 이럴 때 도움이 되지 못해서. 제가 독술에 대해 공부를 했더라면 좋았을 텐데……."

라휄이 손을 뻗어 백묘의 머리를 쓰다듬어 주었다.

"울지 마."

“이런 일로는 안 울어요. 주인님은 백묘가 울보인 줄 아시나 봐요.”

마차는 딸각딸각 남쪽으로 나아갔다. 쟌스포트까지는 마차로 이삼 일 거리였다. 백묘는 카시카의 몸을 보살피며, 한편으론 추격자들을 따돌릴 생각에 머릿속이 복잡했다.

자신들의 힘을 본 이상 대규모로 추적해 올 것이다.

백묘는 무녀의 기술을 라휄에게 펼치기로 마음먹었다. 전에 이미 고인이 된 사부와 함께 다닐 때도 그녀는 자신의 기술로 사부를 보좌했다. 흑묘는 무녀의 기술을 쓰는 사이 무방비 상태인 자신을 보호하는 역할이었다.

“그런데 주인님, 술법에 대해서는 알고 계시나요?”

라휄은 고개를 갸웃했다.

“술법? 그게 뭐야?”

“무녀나 도인들이 사용하는 기술이에요. 전에 동룡의 어전 시위총관이 썼던 현의검도 따지고 보면 술법 같은 거예요. 아! 그러고 보니 주인님도 쓸 수 있으시잖아요.”

“아! 반짝반짝검 말이야?”

“네, 바로 그거요.”

흑묘가 끼어들었다.

“주인님은 어디서 현의검을 배우셨나요? 저희 사부님도 아직 익히지 못한 검기인데…….”

라휄은 고개를 저었다.

"몰라. 그냥 자꾸자꾸 검이 부러져서 마음속으로 부러지지 말아라, 부러지지 말아라 하고 매일 생각했어. 그러니까 언젠 가부터 검이 반짝반짝 빛나기 시작했어."

"뜻이 실체화되는 것, 그게 바로 현의검의 실체예요."

흑묘의 말에 라휄은 모르겠다는 표정을 지었다. 흑묘의 말 이 이어졌다.

"뜻이 있는 곳에 기운이 있고, 기운이 있는 곳에 술법이 있 죠. 이 흑묘는 체술을 배웠지만 백묘는 술법을 배웠어요."

백묘가 말했다.

"소녀의 술법은 무녀의 술법이에요. 조금 전 주인님의 상 처를 제 몸에 옮겼죠? 그런 식으로 주인님의 몸에 술법을 걸 어 힘을 강하게 할 수도, 몸을 재빠르게 할 수도 있어요."

"아아, 마법 말이구나?"

백묘가 미소를 지었다.

"마법과는 조금 다른 것 같아요."

라휄은 다시 모르겠다는 얼굴을 했다. 서둘러 백묘가 말했 다.

"하지만 비슷한 것일 거예요. 현의검과 반짝반짝검과 조금 다른 것처럼요."

"맞아. 그런 걸 거야."

고개를 끄덕거리는 라휄에게 백묘가 이야기했다.

"이제부터의 싸움에선 이 백묘가 라휄 주인님께 술법을 걸 거예요. 처음에는 익숙하지 않겠지만요."

"나도 마법은 잘 알아. 우리 천 명의 아이 중에는 마법사도 있었어."

"그런데 주인님."

흑묘가 말을 꺼냈다.

"응?"

"가끔 말씀하시는 천 명의 아이들이 도대체 뭔가요?"

"아아, 카시카가 그러는데 광산노예래. 우리는 천 명이었어. 땅속에 있었고. 거긴 괴물들이 가득 있었는데, 이백 명은 마법을 배우고 늦게 왔고, 또 백 명이 회복술을 배우고 왔어."

"천 명이나 되는 광산노예라니, 정말 대단해요. 굉장한 규모의 광산에 있었던 모양이에요."

흑묘의 감탄사에 라휀은 석연찮은 표정을 했다.

"그런데 난 우리 천 명의 아이들이 광산노예가 아닌 거 같아."

"그럼요?"

흑묘의 물음에 라휀은 고개를 저었다.

"몰라. 모르겠어. 우리 천 명의 아이들은 뭐였지?"

백묘가 말했다.

"혹시 라휀 주인님은… 태어나자마자 그곳에 있었던 건가요?"

백묘는 퍼뜩 머리에 스치는 것이 있었다. 라휄은 노예라는 것을 감안해도 너무나 아는 것이 없었다.

"태어나는 게 뭐야?"

"그러니까, 사람이 처음 세상에 나타나는 걸 태어난다고 해요."

라휄은 고개를 저었다.

"아냐. 다섯 살 때였어. 나는 나이 같은 건 잘 모르지만 겁쟁이 파드셀이 그랬어. 우리가 이곳에 처음 온 것이 다섯 살 때라고. 난 근데 그전의 기억은 전혀 안 나."

백묘는 이제야 왜 라휄이 나이에 비해 아는 것이 없는지 알 것 같았다. 아주 어린 나이에 지하에 갇혀 아이들끼리만 지냈으니 세상일을 모르는 게 오히려 당연했다.

"도대체 뭐였을까요, 천 명의 아이들은."

흑묘가 나직이 뇌까렸다. 하지만 그녀의 말에 아는 것 많은 백묘도, 당사자인 라휄도 답을 찾지 못했다.

늦은 저녁때까지 라휄 등의 도망은 이어졌다. 그리고 다시 밤이 찾아왔다.

카시카의 상태엔 차도가 없었다. 가끔 '끄응, 끄응' 하는 신음을 뱉는 것이 괴로운 듯 보였지만, 일행 중 어느 누구도 카시카의 몸에 걸린 독에 대해서는 아는 바가 없었다. 백묘가 자신이 알고 있는 독에 관한 최고의 술법인 해독의 술을 몇 번 걸어보았지만 차도는 없었다.

늦은 밤이 되었지만 일행은 긴장을 늦추지 않았다. 아니, 백묘와 흑묘는 긴장을 늦추지 않았다. 가볍게 코까지 골며 잠든 주인님과는 달리.

습격은 거의 예견되어 있는 바였다. 짐마차는 겨우 사람이 걷는 것과 비슷한 정도의 속도로 이동했다. 이제 모헬 영지는 벗어났지만 모헬의 추적자들로부터 벗어난 것은 아니었다.

쟌스포트는 제이드 백작가의 영지였다. 모헬 백국과는 선린의 나라로, 국경을 벗어났다고는 하지만 결코 마음 놓을 수 있는 상황은 아니었다.

그런 자세한 사정까지는 모르고 있었지만, 흑묘와 백묘는 결코 방심하지 않았다.

그리고 그러한 노력은 결실이 있었다.

"주인님! 라휄 주인님! 어서 일어나세요!"

흑묘가 라휄을 흔들어 깨웠다. 라휄은 졸린 눈을 비비며 자리에서 일어났다.

"으응? 왜 그래?"

"적이에요. 숫자가 아주 많아요."

라휄은 정신이 번쩍 들었다.

"괴물이야?"

"아니요. 모헬 백국의 병사들 같아요."

라휄은 마차 밖으로 고개를 내밀었다. 흑묘나 백묘만큼 또

렷하게는 아니었지만 라휄의 눈에도 상대의 모습이 어렴풋이 보였다. 어둠 속에서 움직이는 그림자가 수백은 될 듯했다.

"와, 많다! 어쩌지? 싸워야 해?"

라휄의 물음에 흑묘는 고개를 끄덕였다.

"물론이에요. 카시카님을 구하려면 저들을 쫓아내는 수밖에 없어요."

"응, 알았어. 내가 가서 때려주고 올게."

백묘는 어느샌가 마차에서 내려 바닥에 술법을 하기 위한 진을 그렸다. 얼마 전 모헬 성에서 그렸던 것은 그저 둥글기만 한 간진(簡陣)이었다면 이번에는 제법 복잡했다. 원과 그 주위를 둘러싸고 있는 길고 짧은 막대기로 이루어진 괘(卦), 점과 점을 연결한 선까지 그리는 데 적잖은 시간이 걸렸다.

술법의 진을 거의 완성한 백묘가 말했다.

"라휄 주인님, 적을 다치게 해서는 안 돼요."

"응, 맞아. 엘로한님도 그렇게 말했어."

"그것도 그렇지만, 카시카님으로 인해 모헬 백국에 큰 죄를 지어서는 안 돼요. 만약 사람을 죽이거나 한다면 모헬 백국과 라휄님 사이는 결코 다시는 좋아질 수 없어요."

라휄은 '그게 뭐 어쨌다는 거야?'라는 생각을 했지만 백묘의 말인지라 고개를 끄덕였다. 아는 것이 적은 만큼 라휄은 신용하고 있는 사람의 말에는 거의 무조건적으로 따랐다.

"알았어."

라휄은 이렇게 말하며 검을 뽑아 들었다. 라프델이 준 토가타였다. 막 달려나가려던 라휄은 돌연 우뚝 걸음을 멈추었다.

"근데 그럼 어떻게 해야 해?"

"무기를 부수고 갑옷을 깨뜨리세요. 그것만으로도 적은 물러날 거예요."

백묘는 이렇게 말하며 적의 무리를 보았다. 일반 사병으로 보이는, 창과 방패를 든 사람들 중간에 검사 지그아츠를 비롯한 모헬의 주력도 눈에 띄었다.

"응, 무기를 없애고 갑옷을 잘라 버리면 되는 거지?"

백묘는 고개를 끄덕였다. 그리고 그때 술법의 진이 완성되었다.

백묘의 춤이 시작되었다. 흑묘는 백묘의 진을 지우지 않을 정도의 거리에서 백묘를 지킬 수 있도록 자리를 잡았다.

전투 준비가 끝난 것이다.

지그아츠를 비롯한 추격대의 지휘관들은 습격이 실패했다는 것을 깨닫고는 전략을 수정했다. 조밀하게 세운 병사들을 셋으로 나누었다.

지그아츠와 쥬다스, 또 한 명의 검사, 그리고 두 마법사. 이들은 이미 얼마 전에 치른 일전을 통해 라휄과 다른 두 묘족의 소녀가 기묘할 정도로 강하다는 것을 알고 있었다. 하지만 새로 데려온 삼백 명의 병사와 열다섯 명의 기사까지 있었기에 어느 정도는 자신하고 있었다.

마법사들이 마법을 외우기 시작했다. 강력한 공격 마법으로 기선을 제압하려는 것이었다. 그와 동시에 지그아츠는 열다섯 명의 기사에게 명령해 세 패의 병사들로 하여금 라휄 등을 감싸도록 했다.

하지만 선수를 친 것은 라휄이었다.

라휄의 뒤로는 붉은색의 천과도 같은 끈이 백묘에게로 닿아 있었다. 그리고 그것은 라휄의 힘을 약간이나마 키워주었다.

약간이었다. 하지만 그 약간이 더해진 라휄은 검사들의 눈에조차 담기 어려울 정도의 움직임으로 병사들을 공격해 나갔다.

차차차장―

짧은 네 음절의 소리가 울렸다. 그리고 두 병사의 갑옷과 창이 쪼개지고 갈라져 땅으로 쏟아져 내렸다.

"서, 서둘러 포위하라!"

지그아츠는 상황이 묘하게 돌아간다고 느끼며 외쳤다. 병사들은 '와!' 하고 함성을 지르며 라휄을 포위하기 시작했고, 쥬다스와 다른 검사는 이미 전장으로 뛰어들고 있었다.

두 마법사 중 남자는 공격 마법을 걸기엔 틀렸다는 생각에 세 검사의 능력을 올려주는 마법을 걸었다.

하지만 여자 마법사는 오히려 백묘와 흑묘가 있는 곳으로 공격의 눈길을 돌렸다.

"잿빛 연기는 구름이 되어 내리도다! 파이어 레인(Fire Rain)!"

그녀의 머리 위에서 생겨난 한 덩이의 구름이 붉은 번개를 몇 차례 뿜어내더니 흑묘와 백묘에게로 접근해 갔다. 한 방울, 두 방울 빗줄기 같은 불똥이 바닥으로 쏟아지기 시작했다.

백묘가 외쳤다.

"흑묘야! 4번 탄환!"

백묘의 외침에 흑묘는 허리에서 단총을 꺼내어 리볼버를 빙그르르 돌렸다. 차르르르 하는 소리와 함께 돌던 리볼버는 딱, 하고 멈추었다. 흑묘의 손가락이 방아쇠를 당겼다.

타앙―

탄환은 탄두를 쏘아냈고, 탄두는 총구를 벗어나 1미터 정도를 날더니 펑! 하고 폭발했다.

한줄기 서늘한 바람이 주변으로 쏟아졌다. 마법의 탄환은 한 덩이 찬바람이 되어 여자 마법사가 만들어낸 구름으로 날아갔다. 불과 물의 마법이 상쇄되었고, 한줄기 하얀 김으로 화해 대기 중으로 흩어졌다.

여자 마법사는 곤혹감을 드러냈다. 흑묘는 득의양양하게 허리에 총을 든 손을 얹었다. 그녀의 하녀복 앞치마와 이어진 등 뒤의 커다란 리본이 살랑 흔들렸다.

여자 마법사는 약이 오른다는 듯 다시 마법을 만들기 시작했다. 그때, 남자 마법사가 말했다.

"그만둬. 지금 급한 것은 저쪽이야."

여자 마법사는 고개를 돌려 그가 말한 쪽을 보았다. 벌써 한 무리, 100명의 병사 중 태반이 무장 해제 당한 채 멍하니 서 있었다.

"저, 저럴 수가! 저건 사람이 아니야!"

여자 마법사가 외쳤다. 검을 휘두르는 것은 물론이거니와 이번에는 몸의 움직임마저 마치 환영처럼 제대로 보이지가 않았다. 백묘의 술법 덕분이었다.

지그아츠와 쥬다스, 그리고 세 번째 검사는 간신히 라휄의 검속을 쫓을 수 있었다. 그들 역시 마법의 도움을 받고 있었으니 말이다. 하지만 믿고 있었던 병사들과 기사들이 그저 철 깡통을 뒤집어쓴 허수아비가 되어버렸으니 아무래도 이번 공격은 득보다 실이 많을 듯했다.

"너무 만만하게 보았군."

지그아츠는 자신도 모르게 이렇게 중얼거렸다. 전날의 싸움을 근거로 세운 전술은 전혀 쓸모 없게 되어버렸고, 이제는 물러날 때가 되었다.

"철수하라! 일단 군을 다시 정비한다!"

지그아츠의 외침에 모헬의 병사들은 뒤로 물러났다. 그때를 맞춰 백묘가 외쳤다.

　"주인님, 이제 그만 해요! 저들이 물러날 것 같아요!"

　라휄은 백묘의 말에 고개를 끄덕이고는 검을 갈무리했다. 양측이 한 걸음씩 물러나자 전투는 끝이 났다. 지그아츠는 병사들을 이끌고 10킬로미터나 후퇴했다.

　라휄은 '하하하' 하고 웃었다.

　"백묘의 술법은 너무 신기해. 내가 내 몸 같지가 않아. 만약 백묘가 있었더라면 너무쎈이와 싸울 때도 큰 도움이 되었을 텐데."

　백묘가 웃으며 말했다.

　"이 백묘의 술법은 술법을 받는 사람의 능력에 비례하여 힘을 발휘해요. 이게 다 주인님의 공부가 훌륭하신 덕분이에요."

　백묘는 이렇게 말하면서 한편으론 자신의 주인을 새삼 다시 보게 되었다. 라휄의 몸은 막대한 양의 술법을 마구잡이로 집어삼켰다.

　백묘는 처음엔 사부를 떠올리며 술법을 걸었는데, 그것으로 이야기할 만한 수준이 아니었다. 자칫하면 술법을 전해주는 백묘 쪽이 너무 과한 요구치에 기절할 뻔했다. 백묘가 알고 있는 것 이상으로 라휄의 능력이 뛰어났던 것이다.

　이 싸움으로 라휄 등이 얻은 것은 비록 라휄이 잃었던 검을 대신할 한 자루의 검뿐이었지만, 그 이상으로 라휄의 위용을 적에게 떨쳐 보였다는 것만으로도 앞으로의 여행에 유리한 고지를 차지하게 된 셈이었다.

한편, 지그아츠는 전열을 정비하고 피해 상황을 보고받았다. 그런데 기사들의 보고에 의하면 죽은 사람은커녕 다친 사람도 없다는 것이다. 지그아츠는 그 보고를 듣는 순간 라휄을 제압할 방법을 떠올렸다.

이유가 무엇인지 모르지만 상대는 자신들을 죽일 마음이 없는 것이다. 그것이 확실하다면 아까처럼 물러날 필요가 없었다. 무기를 잃고 갑옷이 없더라도 덤벼들어 발을 묶으면 그만이다.

이런 생각을 하던 도중 지그아츠는 도대체 라휄이 어디로 가는지를 짐작해 보았다.

"그렇다! 칸센님이다!"

독에 관해 휘바드가 한 이야기를 저 꼬마도 들었다. 그렇다면 치료를 하기 위해 쟌스포트로 가는 것이 당연하지 않은가.

지그아츠는 말을 탄 기사에게 명령해 모헬 백국의 전투노예들을 모아오도록 명령했다. 좀 더 적극적으로 라휄을 몰아붙이기 위해서였다. 만약 상대가 정말로 죽일 마음이 없는 것이 아니라면 애꿎은 병사들만 죽임을 당하게 된다. 하지만 전투노예라면 죽든 말든 크게 문제될 것이 없었다.

지그아츠는 자신이 생각해 낸 것을 모두에게 이야기했다. 두 마법사는 지그아츠의 방법에 승산이 있다며 찬성의 뜻을 보였고, 지그아츠는 다시 한 번 전군에 명령했다.

"쟌스포트로 간다!"

4

라휄과 흑묘, 그리고 백묘는 한차례 싸움이 있은 후 휴식을 취했다. 이번 불침번 차례는 라휄이었다.

그때 '끄응' 하는 소리가 라휄의 귀에 들려왔다.

"카시카!"

신음 소리의 주인은 카시카였다. 라휄은 카시카의 곁으로 다가갔다.

카시카가 천천히 눈을 떴다. 눈빛은 침착했지만, 중독은 여전히 그녀를 괴롭히고 있었기에 눈가가 파르르 떨리고 있었다.

"카시카, 괜찮아?"

카시카는 게슴츠레 뜬 눈으로 라휄의 걱정 가득한 눈빛을 발견했다.

"어, 어떻게… 네가?"

카시카는 짜내듯 중얼거렸다. 파르르 떨리는 입술 끝으로 나온 목소리에 라휄은 귀를 기울였다.

"응? 잘 못 들었어."

"넌… 너도 날 버렸잖아. 아니, 내가 널 버렸는데……."

카시카의 기억 속에서 라휄의 마지막 모습은 자신에게 등을 돌린 그대로였다. 라휄을 탓하지는 않았다. 다만 눈을 뜬 지금 라휄이 자신의 앞에 있을 거라고는 생각지 못했기에 하는 말이었다.

"응. 그런데 다시 데리러 갔어."

"……."

"카시카, 도둑질은 나쁜 거야. 하지 마."

카시카가 미간을 좁혔다.

"네가 뭔데 나에게 그런 말을 하는 거지?"

"카시카는 라휄의 친구야."

명쾌한 그의 대답에 카시카는 오히려 입을 다물었다.

"나쁜 짓을 하는 건 안 돼. 하지만 나는 카시카가 좋아. 그러니까 카시카가 나쁜 일을 하지 않았으면 좋겠어."

카시카는 라휄을 너무나 잘 알고 있었다. 아니, 라휄과 단 일주일이라도 같이 지내본 사람이라면 누구나 라휄을 알 수 있을 것이다. 그만큼 단순했으니까.

그렇기에 지금 라휄이 하는 이야기가 진심에서 우러나오는 것이라는 걸 카시카는 알고 있었다.

대답 대신 카시카는 고개를 돌려 주위를 돌아보았다. 백묘와 흑묘의 잠자는 모습이 보였다. 평소 그녀들은 항상 주인보다 먼저 일어나 늦게 잠들었다. 라휄이 깨어 있는데 그들이 잠드는 일은 단 한 번도 없었다.

피로 곳곳이 얼룩진 하녀의 복장에 카시카는 그간의 사정을 알 것 같았다.

"너희들… 설마 모헬 백국의 사람들과 싸우고 있는 중은 아니겠지?"

"아니, 싸우고 있어. 자꾸 카시카를 데려가려고 하잖아."

라휄의 말에 카시카는 어색한 표정을 지었다.

"그야 나는 죄인이니까……. 죄인을 데려가려는 백작가의 기사와 싸우다니 너희들, 생각이 있는 거니?"

카시카는 이렇게 말하며 속으로 자신이 독으로 정신을 잃은 후에 있었을 일을 상상해 보았다. 휘바드, 북의 마도사 휘바드는 자신의 정체를 알고 있었다. 그에게 듣고 자신의 정체를 알게 된 이상 모헬 가의 사람들은 총력을 다해 자신을 탈환하려 했을 것이다.

"친구는 버리면 안 돼."

라휄은 단호하게 말했다.

"너… 내가 널 이용하려 한 것을 모르는 거니?"

카시카는 자신도 모르게 이렇게 물었다. 라휄은 고개를 갸웃했다.

"네게 거짓말을 한 거야. 난 단지 모헬 가문의 처녀의 눈물을 훔치기 위해서, 네가 있으면 편리하겠다는 생각에 널 데려간 것뿐이야."

왜 라휄에게 솔직하게 이야기하는지 카시카는 말을 하면서도 이상하게 생각했다. 라휄의 얼굴은 어슴푸레한 달빛을 받아 빛나고 있었다. 맑게 빛나는 눈에는 세상의 때가 한 점도 묻어 있지 않았다.

"맞아. 카시카는 거짓말도 하고 도둑질도 했어. 그렇지만… 그래도 난 카시카가 좋아."

카시카는 그제야 왜 자신이 라휄에게 솔직하게 이야기하고 있는지 알 수 있을 것 같았다. 듣고 싶었던 것이다. 모든 것을 알게 된 후의 라휄의 진심을.

카시카는 입술을 지그시 깨물었다. 그리고 눈을 들어 하늘을 바라보았다. 어쩐지 눈물이 나올 것만 같았다.

"라휄, 고마워. 하지만… 이제 됐어. 나를 모헬 백국에 넘겨줘."

"왜?"

"그야……."

"백묘가 그러는데, 카시카가 잡혀가면 감옥이라는 곳에 갇힌대."

카시카는 고개를 끄덕였다.

"그러겠지. 아마 이름뿐인 귀족이니… 귀족의 지위도 잃게 될 거야."

"그러면 주지 않을 거야."

"바보야, 모헬 백국을 상대로 전쟁을 벌이려는 거야? 아니, 모헬 영지뿐이 아니야. 나라의 범죄자를 탈출시켰다간 너희들도 죄인이 돼."

라휄은 다시 한 번 고개를 저었다.

"상관없어. 백묘가 말했어. 친구를 구하기 위해서는 법을 어겨도 괜찮댔어."

"평생 동안 쫓겨 다니게 된다고."

"괜찮아. 그래도 카시카를 구할 거야."

그녀는 라휄이 아무것도 모르고 있다고 생각했다. 평소 평범한 이야기도 알아듣지 못했으니 지금처럼 어려운 판단을 요하는 일이야 오죽할까.

"맘대로 해, 이 바보 멍청아!"

카시카는 빽! 소리쳤고, 그 탓에 머리에 열이 올라 카시카는 다시 혼수 상태에 빠졌다.

라휄은 다시 잠이 든 듯 눈을 감은 카시카의 모습을 한참 동안이나 바라보았다.

카시카를 실은 마차는 쟌스포트에로의 길을 서둘렀다. 어림잡아 하루나 이틀 정도 더 남쪽으로 나아가면 도착할 터이다. 그나마 백묘의 치료술이 아예 효과가 없는 것은 아닌지 카시카의 상태는 조금이나마 호전되었다.

점심 무렵, 카시카가 다시 눈을 떴다. 하지만 그녀는 아무런 말도 하지 않았다. 시선을 라휄에게 둘 뿐 말을 할 힘이 없는 것인지, 할 생각이 없는 것인지 입은 꼭 다물고 있었다.

그때 한 무리의 병사가 라휄의 마차를 습격했다. 숫자는 기천에 달했다. 하지만 무장 상태가 변변치 못한 것을 보니 근처의 지방관이 모헬 백작가의 명령을 받고 농민들을 동원해 나온 듯했다.

숫자가 숫자이다 보니 라휄과 흑묘, 그리고 백묘는 상당히 고전했다. 무엇보다 상처를 입히지 말라는 백묘의 말을 충실히 이행하느라 라휄은 진땀을 뺐다.

카시카는 라휄의 싸움을 묵묵히 지켜보았다. 그리고 지쳐 숨을 헥헥대는 모습을 보았다.

싸움이 끝난 후 라휄은 카시카의 상세를 살피기 위해 마차에 올랐다. 백묘와 흑묘는 마차 밖에서 뒷정리를 하고 있는 중이었다.

그제야 닫혀 있던 카시카의 입이 열렸다.

"라휄, 왜 날 위해서 싸우는 거야?"

지친 듯 어깨를 들썩이며 숨을 쉬던 라휄은 그런 카시카에게 미소를 지었다.

"카시카, 이제 좀 덜 아파?"

카시카는 답하지 않았다. 눈빛으로 라휄의 대답을 기다릴 뿐이었다.

"이번에는 지그아츠랑 마법사들이 오지 않아서 쉬웠어. 게다가 백묘의 마법은 정말 대단해. 몸이 훨씬 가벼워지고 힘도 세지거든."

"……."

라휄은 아무런 대답도 하지 못하는 카시카를 걱정스런 눈으로 보았다. 옆에 놓여 있는 물통에 수건을 담가 꼭 짠 다음 카시카의 이마에 올려주었다.

"좀 더 자도록 해. 백묘가 그러는데, 독에 걸렸을 땐 자야 한대."

"난 네 친구도 뭣도 아니야. 내 나이가 몇인 줄 알아? 서른여섯이야. 평범하게 결혼을 했다면 너보다 더 큰 아이가 있었을 거라고."

라휄은 고개를 갸웃했다.

"결혼이 뭐야? 아이가 있는 게 결혼이야?"

그리고 이어서 다시 말했다.

"카시카는 라휄이 싫어? 친구가 되기 싫어? 나는 카시카가 좋은데……."

시무룩하니 말하는 그의 모습에 카시카는 마음이 찌릿하니 아파왔다.

"그, 그런 뜻이 아니야. 친구라는 건 무엇보다……."

라휄이 말했다.

"나도 친구는 뭔지 알아. 내가 있던 지하는 해가 가끔밖에 들지 않고, 어느 곳은 눈앞이 보이지 않을 정도로 어두웠어. 그리고 판판이나 왕벌레, 긴꼬리, 납작꼬리, 집게발이… 많은 괴물들이 살고 있었어. 하지만 그래도 살 수 있었던 건 많은 친구들이 있어서였어. 나와 함께 있던 그 친구들은 때로는 나를 지켜주고 때로는 내가 지켜주며 살아남았어. 비록 너무쎈 이가 너무 세서 다 죽었지만……."

라휄은 침울한 표정을 지었다가 방긋 웃었다.

"카시카는 나한테 조금 거짓말을 했지만, 참말을 더 많이 했어. 나는 카시카에게 많은 것을 배웠고……. 카시카가 아니었다면 흑묘와 백묘를 구하지도 못했을 거야. 아흐라마 산맥이 어디에 있는지도 몰랐으니까. 나쁜 카시카지만 내게는 좋았어. 그래서 난 카시카가 좋아. 카시카는 라휄의 친구야."

"무슨 말을 하는 거야, 바보 주제에……."

카시카는 라휄의 말에 중얼거리면서 눈을 감았다. 문득 자신의 어린 시절이 떠올랐다. 그때 라휄과 같은 친구가 있었더라면…….

"라휄은 카시카의 친구가 아니야?"

라휄의 이 물음에 카시카는 답하지 않았다. 마음이 너무나도 복잡했다.

라휄은 카시카가 다시 잠든 듯 보이자 그녀의 이마에 있는 물수건을 갈아주고는 흑묘와 백묘가 있는 마차 밖으로 나왔다.

"흑묘, 백묘, 고생했어."

흑묘와 백묘 역시 상당히 지쳐 있었다. 마차 주변을 살피고, 기절해 쓰러지거나 해서 채 도망치지 못한 모헬 가의 농민 병사들을 일일이 깨워 돌려보낸 후 마차 곁에 앉아 한숨 돌리는 중이었다.

"라휄 주인님!"

두 소녀는 한목소리로 라휄을 불렀다. 라휄은 두 소녀 사이에 털썩 주저앉았다. 흑묘와 백묘는 빙긋 웃으며 라휄의 다리에 두 팔을 기대며 엎드렸다.

라휄은 백묘와 흑묘의 머리를 쓰다듬어 주었다. 기분 좋게 그녀들의 귀가 팔랑거렸다.

"카시카가 이상해. 자꾸 자기를 구하지 말라고 그래. 아파서 제정신이 아닌가 봐."

흑묘가 말했다.

"원래 아프면 투정을 부리고 싶어지는 법이에요."

백묘가 말을 보탰다.

"아마 고마워서 그럴 거예요. 주인님께 거짓말을 하고, 또 나쁜 일에 이용하려고 했는 데도 주인님이 그런 것을 상관치 않고 도와주었으니……."

라휄은 카시카의 태도를 알 듯 말 듯했다.

"그런데 백묘야, 카시카는 나이가 서른여섯이래."

라헬은 이렇게 말하며 문득 성안에서도 그런 이야기를 들은 것 같은 기분이 들었다.

백묘와 흑묘가 눈을 동그랗게 떴다.

"네에? 설마요?"

"믿기지 않아요!"

"그래? 왜?"

라헬은 나이에 대한 감이 없었다. 그렇기에 지금까지 카시카의 나이를 몇 번 들었어도 이상한 점을 느끼지 못했다.

"그게… 카시카님은 보기엔 열여덟 살? 그 정도로밖에는 보이지 않아요."

백묘의 말에 이어 흑묘가 미소를 지으며 말했다.

"하긴, 하는 행동은 가끔 아줌마 티가 나긴 했지만요."

"우웅… 잘 모르겠어."

라헬은 고개를 갸웃갸웃했다.

"하긴 라헬 주인님은 늘 또래들과만 살았다고 했죠? 보통 서른여섯쯤 되면 눈가나 입가에 잔주름이 많이 생겨요. 하지만 카시카님의 피부는 주름 하나 없이 곱잖아요."

백묘의 말에 라헬은 문득 흑묘와 백묘의 스승인 서문 천을 떠올렸다.

"맞아. 서문 천은 조금 주름이 있었어."

"네, 돌아가신 사부님의 연세가 서른하나셨으니까요."

대답하는 흑묘의 표정이 조금 어두워졌다. 그러나 흑묘는 바로 고개를 털며 그런 기분을 떨쳐 버렸다.

정리도 대강 끝났고, 더 이상 지체할 만한 곳이 아니기에 라휄이 모두에게 말했다.

"자, 그럼 다시 출발하자."

5

카시카의 상태는 악화되었다가 완화되기를 반복했고, 느려 터진 짐말이 끄는 포장마차는 느릿느릿 남쪽으로 나아갔다. 말과 마차를 버리고 갈까도 생각해 보았지만, 적의 습격이나 많은 짐을 생각해 볼 때 그다지 속도의 차이가 없을 듯했기에 지금의 상태를 유지했다.

저 멀리로 쟌스포트가 보이기 시작했다.

그리고 몇 필의 말이 라휄과 일행이 타고 있는 마차 곁을 스쳐 지나갔다.

그 말의 마갑에는 모헬 가문의 상징이 수놓아져 있었다. 산맥을 배경으로 서 있는 한 채의 요새, 그리고 아흐라마의 특산품인 작고 흰 꽃으로 이루어진 문장이었다.

마부석에 있던 흑묘가 외쳤다.

"모헬 가의 기사예요!"

그녀의 외침에 기사들이 흘끗 마차를 돌아보더니 그대로 앞으로 치달아 나갔다. 전마의 육중한 발굽 소리가 멀리 사라져 갔다.

"어? 왜 그냥 가는 거지?"

이상하다는 듯 흑묘가 중얼거렸다. 그녀의 외침에 고개를 마차 밖으로 내밀었던 백묘와 라휄도 고개를 갸웃했다. 흑묘가 돌아보며 말한다.

"우리를 못 알아본 것일까요?"

백묘가 말했다.

"아! 아마도 저들의 목표는 쟌스포트일 거야!"

백묘의 말에 흑묘도 알겠다는 듯 고개를 끄덕였다.

"아아! 그렇구나! 어차피 우리가 갈 방향이 정해져 있으니……. 아마도 많은 군마를 이끌고 그곳에서 매복해 있을 거야."

두 소녀는 이렇게 말하고는 라휄을 바라보았다. 어떻게 해야 할지 주인의 결정을 기다리는 듯했다. 하지만 라휄은 한참이 지나도록 아무런 말도 하지 않았다.

"주인님, 어쩌지요?"

흑묘가 물었다.

"주인님, 지금까지 실패를 거울 삼아 적의 규모는 엄청날 거예요. 요전 일천 명의 병사를 상대로 고전한 것을 생각해 보면……. 거기에 기사와 검사 몇만 더해져도 어떻게 될지 장담할 수가 없어요."

백묘까지 이렇게 말해오자 라휄은 '끙' 하고 신음을 뱉었다. 그녀들의 말은 언제나 옳았다. 백묘가 힘들 것 같다라고 이야기하면 정말 그럴 것이다.

이때 카시카는 깨어 있었다. 하지만 라휄과 두 묘족 소녀의 이야기를 잠자코 듣고만 있었다.

"흑묘야, 백묘야."

"네, 주인님."

"네, 말씀하세요."

라휄은 자신의 생각을 천천히 정리해서 말했다.

"그러니까, 땅속에 있었을 때… 어느 때는 괴물이 아주 많았어. 그때 겁쟁이 파드셀이 그랬어. 그냥 싸우면 졌겠지만 머리를 쓰면 이길 수 있다고. 그래서 우리는 괴물들을 좁은 곳으로 유인하거나 막다른 곳으로 몰거나 해서 무찔렀어. 여기서도 그렇게 하면 되지 않을까?"

백묘가 눈을 반짝였다.

"주인님, 병법(兵法)도 공부하셨군요?!"

라휄이 고개를 흔들었다.

"병법이 뭐야?"

흑묘가 대꾸했다.

"군사들을 이끌고 싸우는 방법이에요."

백묘가 말했다.

"주인님께서 그렇게 말씀하시니 이 백묘와 흑묘는 조용히 따르겠어요. 지난번처럼 노지가 아니라 많은 건물과 벽이 있는 마을이니까 또 무슨 방법이 있을 거예요."

라휄은 고개를 끄덕이며 허리에 있는 네 자루의 검에 손을 얹었다.

"나랑 백묘랑 흑묘랑 힙을 합치면 충분해. 몇천 명이 와도 이길 수 있어."

두 소녀는 주인의 든든한 호언장담에 빙긋 웃으며 고개를 끄덕였다.

그날 오후 늦은 시간이 되어서야 마차는 쟌스포트에 입성했다.

상황은 백묘 등이 예상한 그대로였다.

쟌스포트에는 무기를 든 사람을 제외하고는 인적이 완전히 끊겼다. 창문의 나무 덧창이 일제히 닫혀 있고, 그러한 집과 집 사이의 거리 가득 병사들이 포진되어 있었다.

백묘가 이야기한 병법이라는 걸 오히려 적이 사용하고 있었다. 물샐틈없이 마을을 감싸고 있는 수천 병사들의 모습에 흑묘와 백묘는 눈살을 찌푸렸다.

"주인님, 이제 어쩌지요?"

흑묘가 물었다. 아무리 보아도 뚫고 들어갈 틈이 없었다. 비록 검사가 아닌 보통의 병사들이었지만, 숫자가 저쯤 되면 아무리 주인님이라도 무리일 것이 뻔했다.

마차가 멈췄다.

큰길을 따라 저 앞쪽으로 몇몇 사람들의 모습이 보였다. 지그아츠를 비롯한 모헬 가문의 사람들이었다.

라휄은 마차에서 내렸다.

"흑묘랑 백묘는 잠시 여기 있어봐."

라휄은 이렇게 말하고는 홀로 몇 걸음 앞으로 나아갔다.

상대 측 주장인 지그아츠도 라휄의 모습을 발견했는지 앞으로 나왔다.

"오래간만이구나, 라휄."

"응. 지그아츠라고 했지?"

라휄의 말에 지그아츠는 살짝 미소를 지었다.

"이름을 기억해 주다니 영광이구나."

"내 이름도 기억해 줘서 고마워."

지그아츠는 미소를 지우며 근엄하게 말했다.

"아직도 범죄자를 감싸줄 생각이냐? 네가 비록 몸에 대단한 기술을 가지고 있다고는 하지만 이 많은 병사들과 검사, 마법사들을 당해낼 수는 없을 것이다. 지금이라도 그녀를 우리에게 넘겨준다면 지금까지의 일은 없었던 것으로 하겠다."

아무런 대꾸도 하지 않는 라휄에게 지그아츠가 다시 말했다.

"그동안의 전투에서 너는 비록 적이지만 모헬 가의 사람들에게 피해를 주지 않으려고 하는 정의로운 모습을 보여왔다. 비록 오해가 있어 이렇게 서로 검을 마주하고 있지만, 지금이라도 마음을 돌린다면 좋은 친구가 될 수 있을 것이다."

라휄이 웃었다.

"응, 나도 적보다 친구가 되는 게 좋아."

지그아츠가 반갑게 물었다.

"그렇다면 죄인을 넘겨주겠다는 것이냐?"

이 물음에 라휄은 고개를 저었다.

"아니. 카시카는 내 친구야. 치료해 줄 거야. 칸셴은 어디 있지? 카시카가 많이 아파."

"그녀는 죄인이다!"

"응, 맞아. 카시카는 나쁜 짓을 했어."

"그걸 알면서 그녀를 감싸주겠다는 건가?!"

준엄한 지그아츠의 말에 라휄은 한 걸음도 물러나지 않았다.

"그러니까 다시는 나쁜 짓을 하지 못하게 할 거야. 그렇지만 감옥에 가두는 건 너무 가여워."

그의 말에 지그아츠는 눈살을 찌푸렸다.

"과연 그녀가 네 말에 따라줄까?"

라휄은 고개를 저었다.

"그건 나도 몰라."

지그아츠는 한숨을 내쉬었다.

"휴, 할 수 없구나. 결국 싸우는 수밖에는 없을 것 같다."

몸을 돌려 지그아츠는 다시 자신의 병사들이 있는 곳으로 돌아갔다. 라휄은 그런 지그아츠의 뒷모습을 잠시 바라보다 마차로 향했다.

백묘와 흑묘가 주인을 맞이했다.

라휄이 그런 그녀들에게 말했다.

"지그아츠는 칸센이 어디 있는지 모르나 봐. 자꾸 딴소리만 해."

백묘가 눈을 동그랗게 뜨며 물었다.

"설마 주인님은 그걸 물으러 간 거였어요?"

라휄이 고개를 갸웃한다.

"응? 그럼 내가 뭐 하러 저기로 가?"

흑묘와 백묘는 빙긋 웃었다. 흑묘가 물었다.

"주인님, 싸울 건가요?"

"응. 지그아츠가 싸우는 수밖에 없대."

라휄은 이렇게 말하며 멀리 포진되어 있는 병사들을 바라보았다.

"흑묘야, 백묘야. 난 지금부터 카시카를 데리고 저 안으로 갈 거야. 저렇게 꼭꼭 막아둔 걸 보면 저쪽에 칸센이 있는 거 같아. 흑묘와 백묘도 내 뒤를 따라와. 칸센을 만나고 나서 그 집에서 적을 막자."

두 소녀는 고개를 끄덕거렸다. 라휄이 덧붙여 말했다.

"좁은 곳에서 싸우면 아무리 숫자가 많아도 조금만 상대하면 되니까 집 안에서 입구를 막고 싸울 거야."

"좋은 방법이에요. 그렇게 해요, 주인님."

백묘는 이내 라휄에게 몇 가지 보조 마법을 걸어주었다. 라휄 몸의 상처를 계속해서 자신에게 옮겨오는 무녀의 술법은 쓸 수 없었지만, 그 외 근력이나 스피드를 높여주는 마법을 모두 라휄에게 걸어주었다.

라휄은 마차에서 카시카를 꺼내 들쳐 메고는 적진 한가운데로 달려나갔다. 어느샌가 뽑아 든 토가타가 저물어 가는 햇빛에 금빛을 토해냈고, 백묘와 흑묘는 그런 주인의 뒤를 쪼르르 쫓아갔다.

차자창—

라휄과 병사의 무리가 맞닥뜨리는 순간, 십여 자루의 부러진 무기가 허공으로 솟아올랐다. 라휄은 병사들의 무리 한가운데로 뛰어들어 가더니 갑자기 한 건물의 벽 쪽으로 달려갔다.

건물 곁에는 낡은 짐마차가 하나 있었다. 라휄은 카시카를 어깨에 걸친 채 짐마차를 박차고 지붕 위로 올라갔다.

라휄을 둘러쌌던 병사들은 자신의 머리 위로 날아올라 지붕으로 사라진 그의 모습을 보며 탄성을 내질렀다.

허공으로 한줄기 불꽃이 작렬했다. 허공에 떠 있는 라휄에게 발사된 한 덩이의 불꽃이 맹렬하게 라휄의 옆구리를 덮치자 병사들은 '와!' 하고 함성을 질렀다. 모헬 가문의 두 마법사 중 한 남자가 날린 불꽃이었다.

하지만 라휄은 그 마법의 불꽃에는 신경조차 쓰지 않았다. 나이도 어리고, 세상에 대한 경험은 전무했다. 하지만 전투에 관해서는 어느 누구보다도 경험이 많았다.

적의 공격에 허둥댈 것 없다. 혼자가 아니니까.

사람들의 눈이 라휄에게 향한 사이 백묘와 흑묘 역시 라휄을 따라 건물 위로 올라갔다. 다른 능력은 모르지만 묘족의 특성상 민첩성은 발군이었기에 그녀들의 움직임은 적의 시야를 벗어나 있었다.

그 순간 흑묘의 마탄이 불을 뿜었다. 은색의 마탄이 날아 불의 마법을 덮치자 자욱한 수증기가 솟아났다. 불의 마법은 오히려 세 사람의 잠입을 돕는 흰 연기로 변했다.

수증기 덩어리가 라휄의 몸을 감쌌다. 옥상에 도착한 라휄은 빠르게 뛰어 건물 건너편, 병사들의 무리 뒤쪽으로 몸을 날렸다. 라휄을 감쌌던 수증기가 길게 라휄의 뒤로 이어졌다.

순식간에 벌어진 사태에 모휄 측 사람들은 우왕좌왕했다. 앞이 뒤로, 뒤가 앞이 됨에 따라 밀집되어 있던 보병이 방향을 전환하는 사이 부대에 약간의 혼란이 생겼다.

지그아츠가 검을 뽑아 라휄에게 달려들었다. 쥬다스도 바로 그의 뒤를 쫓았다. 두 자루의 검이 앞을 가로막자 라휄은 어깨를 흔들어 카시카를 다시 고쳐 들쳐 메며 검을 뽑았다.

차창—

세 자루의 검이 얽히는 소리가 두 번 울렸다. 지그아츠와 쥬다스는 일제히 '윽!' 하는 소리를 냈다. 실력이 조금 더 떨어지는 쥬다스는 하마터면 검을 놓칠 뻔했다. 호구가 찢어져 피가 배어 나왔다.

제삼의 검사가 라휄의 앞을 가로막았다. 하지만 치달아오는 라휄의 기세에 눌려 자신도 모르게 옆으로 피하고 말았다. 그는 옆으로 살짝 비켜서며 라휄의 옆을 노렸다.

그쪽은 카시카를 들쳐 멘 방향이었다. 평소라면 왼손의 일섬으로 상대를 했겠지만, 지금은 불가능한 상황이었다.

라휄은 상대의 검이 거의 자신의 몸에 닿을 때까지 기다렸다가 오른손의 검을 휘둘렀다. 팅! 하는 소리와 함께 상대의 검끝이 잘려 나갔다.

기습을 한다고 마구잡이로 공격을 한 탓에 세 검사는 오히려 치밀하게 연합해 라휄을 공격했을 때보다 더 큰 타격을 입었다.

세 검사의 공격을 피해내자 이번에는 기사들이 앞을 가로막았다. 여덟 기의 말에 나눠 탄 여덟 명의 중장 기사들이 긴 창을 앞세워 라휄에게 달려나왔다.

하지만 인간이 아닌 것을 상대로 하는 싸움은 라휄의 특기였다. 라휄은 몸을 날려 마갑의 손가락 하나쯤 되는 틈을 따라 검을 휘둘렀다. 두 마리의 말이 비명을 지르며 쓰러지자 기사들의 육중한 몸이 바닥을 나뒹굴었다.

라휄은 쓰러진 기사와 말을 밟고 다시 앞으로 나갔다.
"칸센, 어디에 있어?!"
큰 소리의 외침이 전장에 울렸다.

쟌스포트의 사람들은 진작에 촌장으로부터 모휄 가의 병사들이 마을을 배경으로 일종의 군사작전을 펼친다는 것을 들었기 때문에 모두들 덧문을 닫아놓고 집 안에서 떨고 있었다.

그에 비해 쟌스포트의 회복술사 칸센은 끓어오르는 호기심을 참지 못하고 창 틈으로 밖을 보고 있었다.

그러다 웬 어린아이가 여자를 들쳐 메고 자신의 이름을 부르는 모습을 보았다. 칸센은 자신도 모르게 창문을 빼꼼히 열었다. 그리고 라휄과 정면으로 눈이 마주쳤다.

칸센은 20대 중반쯤으로 보이는 여자였다. 흰색에 가까운 투명한 보라색 머리칼이 엉치까지 흘러내리고, 눈동자는 보석과도 같은 붉은색이었다.

아니에르 폰 칸센. 대륙에서 가장 유명한 회복술사이자 엘로한의 말씀을 공부하는 고명한 신학자. 또한 19세라는 어린 나이에 대마도사 북의 휘바드와 검림의 왕 라프델과 함께 노스루프를 모험한 여행자로서 이름을 날리고 있었다.

라휄은 미소를 지었다. 아니에르는 그의 순수한 미소에 자신도 모르게 웃었다.

"네가 칸센이구나."

라휄은 아니에르의 창문 아래에서 고개를 들어 이렇게 물었다.

"그래, 내가 칸센이란다."

"카시카를 치료해 줘. 휘바드가 그러는데, 칸센이 아니면 치료할 수 없대."

아니에르는 라휄의 말에 고개를 갸웃했다.

"휘바드? 북의 휘바드님을 말하는 것이니?"

"응. 사람들이 북의 마도사라고 했어."

아니에르는 시선을 라휄의 어깨에 있는 사람에게로 향했다.

"흠, 그렇다면 포이즌 크라우드겠구나. 그렇다면… 나는 치료해 줄 수 없는걸? 휘바드님의 마법에 당했다면 그의 적일 테니까."

라휄은 갑자기 오래전의 일을 기억해 냈다. 그리고 품에서 한 장의 종이를 꺼냈다.

"이거, 라프델이 써준 거야."

그 종이는 전에 쟌스포트의 자경단에게 보여주었던 바로 그것이었다. 아니에르는 라휄의 종이를 받아 들었다. 하지만 그때에 비해서 몇 배는 더러워져 글씨는 흔적도 남지 않았다.

"이건… 모르겠는걸? 그런데 꼬마야, 로이아드 씨도 알고 있니?”

라휄은 고개를 끄덕이며 아니에르의 손에서 다시 종이를 받아 들어 품에 간직하고는 말했다.

“라프델은 내 친구야.”

라휄의 말에 아니에르는 고개를 저었다.

“로이아드 씨는 어느 누구와도 친구가 되지 않는단다. 꼬마야, 너는 거짓말을 하고 있구나.”

아니에르는 라프델의 성격을 잘 알고 있었다. 그는 좋은 사람이지만 편안한 사람은 못 되었다. 그에게 있어 친구라고 부를 만한 존재는 북의 마도사 휘바드와 자신 정도였다.

라휄은 자신이 라프델과 친구라고 말할 때마다 거짓말쟁이 취급을 하자 이제는 체념을 했다.

“아무튼 치료해 줘.”

라휄은 이렇게 말하고는 다짜고짜 아니에르가 서 있는 창문으로 달려들었다. 그 순간 꽝! 하고 이마를 어딘가에 부딪치며 뒤로 벌렁 넘어갔다. 간신히 균형을 잡아 넘어지는 것은 면했지만 라휄은 이마가 지끈지끈 아팠다.

라휄은 고개를 들어 다시 아니에르를 보았고, 아니에르는 미소를 지었다. 지금 라휄은 아니에르가 창문에 만들어둔 무형의 보호막에 부딪친 것이었다.

라휄의 정체는 알 수 없었지만 모헬이라는 귀족 가문과 적인 이상 좋지 않은 사람일 가능성이 높았다. 그렇기에 아니에르는 라휄과 천역덕스럽게 이야기를 하며 한편으로는 신성 마법인 홀리 실드를 창문에 쳐놓았다.

"너, 너도 마법사구나."

"아니. 난 신성술사란다."

라휄은 한참 동안 아니에르의 웃는 얼굴을 보았다. 그러는 사이 흑묘와 백묘가 도착했고, 적들이 라휄을 포위했다.

라휄은 뒤를 돌아 적의 무리를 보았다. 그리고 앞의 아니에르를 보았다.

"카시카를 치료해 줘."

아니에르는 단호하게 고개를 저었다.

"안 돼."

"해줘!"

"안 돼."

"칸센은 고집쟁이야!"

라휄은 어디서 주워들었는지 이렇게 외쳤다. 아니에르는 쿡쿡 웃음을 터뜨리고 말았다.

뒤쫓아온 지그아츠가 외쳤다.

"칸센님, 안에 들어가 계십시오!"

아니에르는 고개를 돌려 지그아츠를 보았다.

"파쇄의 지그아츠님 아니십니까? 오래간만입니다."

"아, 예. 오래간만입니다. 그보다 위험하니 몸을 피하십시오."

아니에르가 웃었다.

"이 아이가요? 그보다 이런 아이를 잡기 위해 모헬 백국 전체가 움직이다니……."

지그아츠는 부끄럽다는 얼굴을 했다. 하지만 이내 고개를 털며 말했다.

"무서운 아이입니다. 비록 나이는 어리지만 검술은……."

지그아츠는 이렇게 말하다 문득 라휄이 도대체 어느 정도 수준인지 궁금해졌다. 흰색의 듀얼리스트의 반지. 일천 위에 든다는 건 결코 가벼운 것이 아니었다. 그런 자신이 손도 쓸 수 없는 검사라니…….

한편, 라휄은 검사와 기사들에게 포위되어 버리자 머리를 굴리기 시작했다. 처음 마을 안으로 돌진해 올 때 흑묘와 백묘에게 이야기했던 것처럼 어디 좁은 곳에 자리를 잡았으면 했다. 하지만 칸센의 저 창문은 이상하게도 들어갈 수 없었다. 그런 라휄의 눈에 칸센의 집 문이 보였다.

"흑묘, 백묘! 따라와!"

라휄은 이렇게 외치고는 바람처럼 몸을 날려 문 안으로 들어갔다. 아니에르는 라휄의 돌발 행동에 '앗!' 하는 소리를 냈다. 문 쪽은 신경을 쓰지 않은 것이다. 그래봤자 자신이 머물고 있는 방 전체에 홀리 실드가 걸려 있으니 라휄이 자신에게 접근할 수는 없겠지만.

우연히 들어간 칸센의 집 문은 라휄의 훌륭한 보호막이 되었다. 지그아츠는 감히 세계제일의 회복술사이자 치료사이며, 신성학자의 집을 마구잡이로 공격할 수는 없었다.

흑묘와 백묘도 집 안으로 들어갔다. 라휄은 카시카를 두 소녀 앞에 내려놓고는 문 앞에 버티고 섰다. 검끝을 아래로 늘어뜨리고 두 눈으로 뭇사람들을 쏘아보았다.

"집 안으로 아무도 들어오지 마."

라휄의 이 말에 지그아츠를 비롯한 모헬 백국의 사람들은 머뭇머뭇했다. 라휄의 그런 말이 아니더라도 저 귀신같은 꼬마에게 홀로 다가설 용기가 있는 사람은 없었다.

아니에르는 지그아츠들이 정말로 라휄을 두려워하는 듯 보이자 호기심이 한층 더해졌다. 창에서 방 안으로 걸음을 옮겨 두 소녀와 카시카가 보이는 곳까지 걸어갔다.

백묘가 그런 아니에르의 앞에 섰다.

"칸센님, 부디 카시카님을 구해주세요."

아니에르는 백묘의 모습에 눈을 동그랗게 떴다.

"묘족… 이구나."

"예, 소녀들은 묘족의 아이예요. 그보다 부디 주인님의 부탁을 들어주세요. 소녀들의 주인님은 훌륭하신 검사이세요. 카시카님을 구해주신다면 칸센님께 큰 도움이 될 수 있을 거예요."

아니에르가 미소를 지었다.

"내게는 검림의 왕이라는 친구가 있단다. 과연 저 꼬마가 그보다 내게 큰 도움이 될까?"

백묘는 말문이 막혔다. 흑묘가 대신해 입을 열었다.

"주인님은 세계 최고예요!"

"호호호, 그건 아닐걸? 로이아드 씨는 듀얼리스트의 반지가 생겨난 이래 가장 뛰어난 검림의 왕이라는 이야기까지 들었어. 실제로 그가 꺾은 바로 전대의 검림의 왕은 불과 열다섯 번 검을 부딪치고 졌다는 이야기를 했단다. 로이아드 씨는 비단 세계제일일 뿐 아니라 시대를 통틀어서도 최고야."

라휄이 그녀의 말을 받아 라프델을 칭찬했다.

"응, 라프델은 세. 아마 나도 이기지 못할 거야."

"그것 봐. 너희들의 주인도 저렇게 이야기하잖니?"

아니에르는 라휄이 라프델을 칭찬하자 몹시 기뻐했다.

상황은 교착상태에 빠졌다. 모헬 백국의 사람들은 아니에르에게 폐를 끼치면서까지 카시카를 검거할 생각은 감히 하지 못했다. 게다가 저 좁은 문에 서 있는 라휄을 상대한다는 건 불가능했다.

라휄은 라휄대로 카시카를 칸센에게 맡기려 했지만 뜻을 이루지 못했다. 그러다 보니 어느 누구도 그 자리에서 움직일 수가 없었다.

"늦지 않았구나!"

그때, 하늘로부터 사람의 목소리가 들려왔다. 모헬 가의 뭇 사람들은 고개를 들어 하늘을 바라보았다. 한 늙은이가 허공을 걸어 사람들에게로 내려오는 모습이 눈에 들어왔다.

"휘바드님?!"

아니에르는 그 목소리를 듣자마자 이렇게 외치며 바로 창가로 달려가 하늘에서 내려오는 노인을 보았다.

"칸센, 잘 있었나?"

"오래간만이에요. 로이아드 씨를 만나러 노스루프로 간다고 하더니 이곳에는 무슨 일이에요?"

휘바드는 창문 바로 앞에 내려섰다. 지그아츠가 앞으로 나서며 인사를 했다.

"휘바드님, 안녕하십니까?"

휘바드가 웃었다.

"안녕은 무슨, 헤어진 지 며칠이나 되었다고."

휘바드는 그를 한 번 쳐다보고는 시선을 아니에르에게로 돌렸다.

"이봐, 칸센. 저 소년의 말을 들어줘야겠네."

그의 갑작스러운 말에 아니에르는 고개를 갸웃했다. 지그아츠 역시 눈살을 찌푸렸다. 지그아츠가 말했다.

"그게 무슨 말씀이십니까?! 그녀가 죄인임을, 진홍의 카시카임을 이야기해 준 것이 다름 아닌 휘바드님 아니십니까? 이제 와서 그녀를 구해주라니……."

아니에르가 지그아츠의 말에 놀라 외쳤다.

"진홍의 카시카라고요?! 그녀가… 그녀가 아직 살아 있습니까?!"

아니에르는 이렇게 말하며 휘바드를 쳐다보았다. 휘바드는 쓸쓸레한 미소를 지었다.

"치료해 주게."

하지만 아니에르는 휘바드의 말에도 움직이지 않았다. 그러자 휘바드가 한마디 더 덧붙였다.

"라프델을 만나고 왔네."

아니에르는 '아!' 하는 탄성을 질렀다. 지그아츠를 비롯한 모헬 백국의 사람들도 깜짝 놀라 움찔했다.

"그는 내게 말했네. 나도, 칸센 자네도 벌써 10년 넘게 사귀어온 좋은 동료이지만, 라휄이라는 이 꼬마는 그에게 있어 지음(知音)이라고."

아니에르의 표정이 묘하게 허물어졌다. 휘바드는 그런 아니에르에게 무슨 말을 해야 할지 쉽사리 정하지 못했다. 아니에르가 라프델을 어떻게 생각하는지를 알고 있었기에.

아니에르는 실망과 슬픔이 살짝 엿보이는 눈빛으로 휘바드를 잠시 바라보다가 한숨을 내쉬었다.

"후, 그의 뜻이라면… 따르겠어요."

휘바드는 고개를 돌려 지그아츠를 바라보았다. 칸센을 해결했으니 이번에는 지그아츠를 처리할 차례였다.

"내가 이곳에 온 이유는 칸센에게 라휄, 저 꼬마의 보증을

서기 위함도 있지만 실은 자네들을 만나기 위해서이네."

진지한 얼굴로 이야기하는 휘바드의 말에 지그아츠는 자신도 모르게 경직되었다.

"노스루프의 국경이 무너졌네."

휘바드의 말에 지그아츠는 멍청한 얼굴이 되었다. 휘바드의 말뜻을 얼른 이해할 수가 없었다. 국경이 무너지다니? 하지만 동시에 그것이 의미하는 바를 깨달았다.

"노스루프의 괴물들입니까?!"

휘바드는 고개를 저었다.

"북쪽의 야만인들이네."

그의 말에 지그아츠는 믿기 어렵다는 표정을 지었다.

"그럴 리가요?! 노스루프가 비록 넘을 수 없는 산맥은 아니지만, 대규모의 군사 행동을 할 정도의 지역은 아닌 것으로 알고 있습니다. 어떻게……."

"그건 나도 모르네. 하지만 어떻게든 간에 야만인들이 대대적인 공세를 펼쳐 모헬의 북쪽 국경을 침범했네. 이곳에서 머뭇거리고 있을 시간이 없단 말일세."

지그아츠는 휘바드의 말에 고개를 끄덕였다. 카시카가 비록 제국의 수배가 내려진 범죄자지만 따지고 보면 절도범에 불과했다.

지그아츠가 외쳤다.

"전 병력, 본국으로 돌아간다! 서둘러라!"

휘바드와 지그아츠 사이의 대화를 들었기에 모헬 백국의 뭇 병사와 기사, 마법사, 검사들은 이미 행군의 채비를 갖추는 중이었다. 지그아츠를 선두로 일군의 무리가 북으로 출발했다.

아니에르는 카시카를 치료했다. 하지만 그녀는 썩 내켜 하는 표정이 아니었다. 라프델이 도대체 라휄에 대해 무슨 말을 했는지 휘바드에게 자세히 묻고 싶었다. 하지만 라휄을 곁에 두고 그런 이야기를 할 생각은 없었다.

휘바드가 그런 아니에르에게 말했다.

"칸센, 나와 함께 노스루프로 가세. 라프델은 모헬을 도와 야만인들과 싸울 생각인 듯하네. 자네도 함께 가면 큰 도움이 될 거야."

아니에르는 잔잔한 미소를 지었다.

"네, 그렇게 할게요."

휘바드가 라휄에게 말했다.

"그보다 꼬마야, 네가 정말 라프델의 친구일 거라고는 생각지 못했다. 하지만 그걸 알게 된 이상… 네가 그때 말했지? 라프델의 친구는 너의 친구라고. 나 역시 마찬가지다. 라휄 네가 라프델의 친구인 이상 나, 북의 마도사 휘바드의 친구다."

라휄은 지금 얼마나 대단한 사람과 친구가 됐는지 그런 건 전혀 알지 못했다. 다만 친구가 늘었다는 게 기뻐 방긋 웃었다.

"응, 휘바드도 라휄의 친구야."

이어 라휄은 아니에르를 보며 물었다.

"칸센도 라휄의 친구야?"

하지만 아니에르는 라휄의 말에 외면하며 대답하지 않았다.

휘바드는 토라진 아니에르를 보며 '허허' 웃고는 라휄에게 말했다.

"그런데 라휄, 카시카를 어쩔 셈이냐? 지금은 이렇게 넘어간다고 하지만 그녀가 죄인임은 변하지 않는다."

라휄이 말했다.

"도둑질을 못하게 할 거야."

"그야 당연한 이야기이고, 지금부터 죄를 짓지 않는다 하더라도 전에 지은 죄가 사라지는 건 아니란다."

"으응……."

라휄은 신음을 뱉었다. 그의 머리로는 아무리 생각에 생각을 거듭해도 이 문제를 해결할 수 없을 듯했다.

"이렇게 하자꾸나."

"응?"

"그녀가 지금까지 훔친 물건 등이 모두 합쳐 금화 십만 닢 정도라고 한다. 라휄, 네가 책임지고 그 돈을 맡는 거야. 만약

카시카가 아직도 물건으로 가지고 있다면 그것을 주인에게
돌려주고, 없다면 돈으로 갚게 하는 거야. 카시카, 그녀는…
보석 자체를 탐내지 돈으로 바꾸는 일은 드무니 대부분 물건
으로 가지고 있을 게다.”

휘바드의 말에 라휄은 고개를 끄덕끄덕했다.

“맞아. 훔친 물건은 주인에게 돌려줘야 해.”

카시카가 입을 연 것이 바로 그때였다.

“고약한 늙은이…….”

모두의 시선이 카시카에게로 향해졌다. 안색이 많이 좋아
진 것이 독이 거의 풀린 모양이었다.

휘바드는 그녀의 말에 아무런 대꾸도 하지 않았다. 카시카
가 다시 입을 연다.

“오래간만이에요, 선생님.”

백묘와 흑묘는 그녀의 말에 깜짝 놀란 표정을 지었다. 선생
님이라면 이곳 천남산맥 아래 이족들의 나라에서 사부 같은
것이 아닌가?

“휴우!”

휘바드는 한숨을 내쉬었다.

“결국 뜻을 이루셨군요. 제가 그동안 모은 보석을 모두 잃
게 만드셨으니.”

카시카의 말에 휘바드가 고개를 절레절레 저었다.

“그건 어차피 네 것이 아니잖느냐?”

"흥, 이 세상 어디에 제 것이 단 하나라도 있나요?"

"비뚤어진 소리는 그만두거라. 그럼 나는 가보겠다."

휘바드는 카시카를 상대하는 게 껄끄러운 듯 보였다. 몇 마디 말을 마지막으로 떠날 뜻을 비추자 카시카는 카시카 나름의 사정이 있는 듯 입을 다물었다.

아니에르가 라휄 등에게 말했다.

"그녀의 독은 거의 다 풀렸으니 이제 걱정할 건 없단다. 그럼 이제 집을 비워야겠으니 너희들도 갈 길을 가거라."

라휄이 고개를 끄덕였다.

"응, 알았어. 고마워, 칸센. 카시카를 치료해 주어서."

아니에르는 그런 라휄의 말에 어색한 미소로 고개를 끄덕였다.

휘바드와 아니에르는 북쪽으로 여행을 시작했다. 그리고 라휄과 카시카, 흑묘, 백묘는 마차로 돌아갔다. 카시카를 중심으로 한 길고도 짧은 사흘은 이렇게 일단락 지어졌다.

Chapter 8

천사님에게로……

카시카는 라휄을 바라보았다.

장소는 마차 안. 흔들흔들, 덜컹덜컹, 엉망진창인 짐마차가 남쪽으로 나아가는 동안 카시카는 많은 생각을 했다.

그러다 문득 라휄이 참을 수 없을 만큼 사랑스럽게 느껴졌다. 그전, 그저 인형이나 동물을 볼 때처럼 귀엽다라고 느꼈을 때와는 사뭇 달랐다.

"라휄."

"응?"

"고마워."

라휄과 만난 후로 그녀는 처음으로 진심이 담긴 한마디를 건넸다. 라휄이 미소를 지었다.

"천만에."

"라휄."

카시카가 다시 라휄을 불렀다.

"응?"

"결혼해 줘."

난데없는 카시카의 말에 흑묘는 말고삐를 놓쳤다. 지금 세계의 언어를 좀 더 공부하겠다고 책을 읽고 있던 백묘도 읽고 있던 책을 떨어뜨렸다.

"응? 그게 뭔데?"

"내가 라휄의 아내가 되는 거야. 라휄은 내 낭군님이 되고."

"더더욱 모르겠어."

카시카는 라휄의 손을 잡았다.

"라휄, 내가 예뻐?"

라휄이 고개를 끄덕끄덕했다.

"응, 카시카는 예뻐."

"난 라휄에게 도저히 갚지 못할 은혜를 입었어. 그리고 라휄은… 나는 지금까지 라휄처럼 순수한 사람을 기다려 왔어. 라휄뿐이야, 이전에도 앞으로도 내 낭군님이 될 사람은."

"으응… 그러니까 낭군님이 뭐냐니까?"

카시카가 돌연 라휄의 목을 끌어안았다.

"낭군님, 이제부터 라휄은 이 카시카의 낭군님이야. 내 이름은 오늘 부로 카시카 란스카야."

그때 백묘가 끼어들었다.

"자, 잠깐만요! 듣자 듣자 하니까……. 카시카님, 무슨 말을 하고 계시는 거예요?!"

흑묘도 나섰다.

"맞아요. 갑작스럽게 결혼이라니?"

카시카는 라휄의 목을 껴안은 채 두 소녀에게 시선을 던졌다.

"흑묘, 백묘, 이제부터 너희들은 나를 마님이라고 부르거라."

백묘가 외치듯 말했다.

"말도 안 돼요! 주인님이 순진하다는 것을 이용해 또 무슨 일을 꾸미려는 거예요?"

카시카가 고개를 저었다.

"무슨 소리야. 나는 정말로 순수한 마음으로 낭군님께 청혼을 한 거야."

흑묘가 말했다.

"카시카님은 아줌마잖아요! 나이가 서른여섯이라면서요? 라휄 주인님은 열세 살이라구요."

당당하게 카시카가 반문했다.

"그게 어쨌다는 거야? 사랑에 나이 따위는 상관없는 거란다. 게다가 난 아직 처녀야.”

“안 돼요. 뭣보다 카시카님은 믿지를 못하겠어요.”

백묘의 말에 카시카가 단호히 말했다.

“나는 무슨 일이 있어도 낭군님의 아내가 될 거야.”

“도대체 왜요?!”

백묘의 말에 카시카가 반문했다.

“낭군님에게 내가 반했다는 게 이상하다는 거야? 낭군님은 매력있는 분이셔.”

카시카의 말에 백묘와 흑묘는 순간 말문이 막혔다. 두 소녀의 뺨이 발그레 붉어졌다. 백묘가 머리를 흔들었다.

“아무튼 안 돼요. 라휄 주인님은 존귀하신 분이에요. 주인님의 아내는 이 백묘와 흑묘가 고를 거예요.”

흑묘도 고개를 끄덕여 찬성했다.

“그래요. 주인님의 아내는 우리 두 사람이 정할 거예요.”

“흥, 맘대로 하렴.”

카시카는 흑묘와 백묘에게 그렇게 말하고는 라휄을 바라보았다.

“낭군님, 이제 곧 밤이야. 이 허름한 마차에서 초야를 맞는 셈이네.”

“카시카, 이상해. 도대체 뭐라고 하는 거야? 내가 낭군님이야?”

흑묘와 백묘가 동시에 ‘아니에요’라고 외쳤다. 그리고 카시카는 '네' 라고 답했다.

라휄은 흑묘와 백묘의 말을 들어야 할지 카시카의 말을 따라야 할지 감을 잡지 못했다. 애초에 결혼이 뭔지, 낭군이니 아내인니 하는 게 뭔지를 몰랐으니 말이다.

"잠깐! 우선 나한테 설명을 해줘."

카시카가 라휄의 말에 답했다.

"낭군님은 이 카시카가 좋아?"

라휄은 고개를 끄덕였다.

"응, 난 카시카가 좋아."

카시카가 기쁘다는 듯 미소를 지었다.

"기뻐! 카시카도 낭군님이 너무 좋아. 평생 나를 진심으로 대한 사람은 단 한 사람도 없었어. 오직 낭군님만이 나쁜 짓을 했음에도 좋아해 주고, 또 구하기 위해 모든 위험을 무릅썼어."

카시카는 독에 당해 기절했을 때를 떠올렸다. 몇 번이나 자신을 버리고 떠나라고 이야기했던 그때, 라휄은 너무나 상냥하게 자신을 설득했다. 그리고 또 지켜주었다.

따듯한 감정을 마음에 품은 채 카시카가 말을 이었다.

"낭군님과 이 카시카처럼 서로 좋아하는 남녀는 결혼을 하는 거야. 서로 함께 평생을 지내자는 약속 같은 거지."

라휄이 알아들었다는 듯 고개를 끄덕였다.

"아아, 그런 거구나? 그럼 나도 좋아. 나도 카시카와 계속

같이 다니고 싶어.”

백묘가 끼어들었다.

“주인님, 속지 마세요! 결혼은 단지 함께 있는 것이 아니라 좀 더 특별한 거예요.”

“응?”

“결혼은 그러니까… 특별한 여자와 하는 거예요.”

라휄이 백묘의 말에 답했다.

“카시카는 특별하잖아. 서른여섯 살인데 잔주름 하나 없고… 마법사고.”

“그런 게 아니라, 라휄님이 특별하게 생각하는 여자를 말하는 거예요.”

카시카가 백묘에게 눈을 흘겼다.

“방해하지 마, 흰 고양아.”

흑묘가 성을 냈다.

“시끄러워, 할망구!”

“마님께 그게 무슨 말버릇이야?”

백묘가 말을 받았다.

“누가 마님이란 거예요?”

“싸우지 마!”

언성이 격해지자 라휄이 말리고 나섰다.

“뭐가 뭔지 잘 모르겠지만 싸우지 마. 친구들끼리는 싸우면 안 돼.”

"알았어, 낭군님."

카시카는 나긋나긋한 목소리로 대답했다. 백묘와 흑묘는 또다시 발끈해 카시카의 말에 딴죽을 걸려고 했지만 억지로 참았다. 이대로는 끝이 없을 듯했기 때문이다.

백묘가 말했다.

"아무튼 카시카님은 믿을 수가 없어요. 또다시 라휄 주인님을 나쁜 일에 이용했다간 라휄 주인님도 참지 않으실 거예요."

"당연하지. 내가 낭군님을 속일 리 없잖아?"

백묘는 더 이상 카시카를 공격할 거리가 떨어지자 이번에는 라휄에게 도움을 청했다.

"주인님, 주인님이 말씀해 주세요. 카시카님은… 아무튼 그녀가 더 이상 주인님을 낭군님이라고 부르지 못하게 하세요."

"왜? 낭군님이 혹시 나쁜 말이야?"

"그건 아니지만……."

라휄은 고개를 저었다.

"그럼 상관없잖아. 누구는 날 꼬마라고 부르고, 누구는 날 주인님이라고 부르잖아. 뭐라 부르든 상관없어."

라휄의 말에 흑묘가 대꾸했다.

"그치만 주인님은 주인님인걸요. 하지만 카시카님의 낭군님은 아니에요."

"무슨 말이야? 나는 라휄이야. 천사님이 란스카라는 성을 주어서 라휄 란스카야."

지금까지 라휄은 주인님, 주인님 하는 말을 몇백 번이나 들었지만 그 의미를 온전하게 이해하고 있는 것은 아니었다.

"소녀와 백묘는 주인님이 소유하신 노예예요. 그러니까 주인님이 소녀들의 주인님이시죠."

라휄은 고개를 갸웃했다.

"내가 주인님이란 건 알고 있어. 나도 노예였는걸. 노예는 주인님이 있는 거잖아. 그런데 소유한다는 게 뭐야?"

라휄은 사람이 사람을 소유한다는 개념에 익숙하지 못했다. 지하의 세계는 따지고 보면 네 것, 내 것조차 제대로 없는 곳이었으니 말이다.

"이 백묘와 흑묘가 라휄 주인님 거라구요."

백묘의 말에 라휄은 고개를 갸웃했다. 하지만 더 이상 물어보지는 않았다.

그때 카시카가 라휄에게 말했다.

"아무튼 낭군님~ 이 카시카 란스카, 낭군님의 훌륭한 아내가 되어 목숨을 구해주신 은혜를 갚을게."

사태는 원점으로 돌아올 뿐이었다.

"그건 안 돼요."

"맞아요. 그것과 그건 별개예요."

흑묘와 백묘는 여전히 반대하고 나섰다.

"흥! 맘대로 해. 난 이미 라휄의 아내니까."

라휄은 세 사람이 다시 싸울 듯하자,

"싸우지 말고……."

뭔가를 하자고 말하려 했다. 하지만 막상 흑묘와 백묘를 만나고 카시카를 구하기까지 한차례 우당탕탕 일을 치르고 나자 갑자기 할 일이 없어졌다.

비록 겁쟁이 파드셀을 다시 만나봐야 한다는 큰일이 남아 있었지만, 이 세상 어디에 있는지도 모르는 그를 찾아갈 엄두가 나지 않았다.

그러다 문득 카시카가 계속 이야기했던 '은혜' 라는 말이 떠올랐다.

"백묘야, 은혜는 꼭 갚아야 하지?"

백묘가 고개를 끄덕였다.

"물론이에요. 은혜를 잊는 자는 금수와 같다고 했어요. 금수는 들짐승과 날짐승을 말하는 거예요."

라휄은 처음 흑묘와 백묘를 만났을 때를 떠올렸다. 그녀들은 자신을 은공이라고 부르며 극진히 대했다.

"흑묘야, 은혜라는 건… 고마운 걸 말하는 거지?"

"네, 주인님."

"나는 노예가 너무 싫었어. 그래서 노예를 해방시켜 준 천사님이 너무 고마워. 근데 은혜를 갚지 못했어."

백묘와 흑묘는 고개를 끄덕였다.

“은혜를 잊지 않으시다니, 역시 주인님은 좋은 분이세요.”

“맞아요. 정말 주인님은 착하신 분이에요.”

“그럼 천사님을 만나러 가자.”

라휄의 말에 흑묘는 다시 마부석으로 갔다.

마차는 다시 관로를 따라 여행을 시작했다. 카시카의 ‘낭군님, 나에게 물어볼 말은 없어?’ 라는 말을 뒤로한 채.

2

카시카에게 뭔가를 물을 일은 너무나도 빨리 찾아왔다.

“코넬리아 가문은 이곳에서 남서쪽에 있어. 다른 공작 가문과 마찬가지로 넓은 땅덩이를 가진 나라야. 땅이 넓은 데다 물산이 풍부해 부유한 나라지.”

“그런데 카시카, 꼭 이렇게 이야기해야 해?”

카시카는 지금 라휄의 뺨에 자신의 뺨을 찰싹 붙인 채 이야기하고 있었다.

“신혼부부는 다정해야 하는 법이야.”

백묘는 카시카의 그런 모습을 보며 한때 품었던, 나라를 세우는 데 현자로서 도움을 받겠다는 생각을 머릿속에서 지웠다.

“노처녀 늦바람이 무섭다더니……..”

언젠가 주워들었던 말을 흑묘가 중얼거렸다. 카시카가 매섭게 눈을 흘겼다.

"그런데 낭군님, 우리 잠시 큰 도시에 들르자."

"도시?"

"그래, 은행에 들러야 해. 전에 이야기했던 대로 보석을 모두 주인에게 돌려줘야 하니까."

라휄은 고개를 끄덕했다.

"웅, 그러자. 근데 어차피 길은 카시카만 알고 있잖아."

"그건 그래. 호호호."

"하하하!"

마차는 다시 하루를 더 나아가 커다란 도시에 도착했다. 도시의 이름은 피더비였다.

피더비는 제이드 백국 최대의 도시였다. 알콘과 이젝이 속해 있는 북서쪽 사국 및 북의 모헬, 이 두 나라의 물산이 모이는 곳이다. 그럼에도 국력이 약한 편이라 별다른 두각을 나타내지는 못했다. 하지만 워낙 지리적 이점이 있었기에 피더비라는 커다란 도시를 품에 안을 수 있었다.

워낙 큰 도시였기에 피더비에는 은행이 있었다. 허름한 라휄 일행의 마차는 으리으리한 은행의 정문에 멈춰 섰고, 그것만으로도 사람들의 눈총을 받아야만 했다.

이 시대의 은행은 단순히 돈을 맡긴다는 그런 개념과는 조금 달랐다. 거의 모든 사람은 한 마을에서 태어나 평생을 살다 그 마을에서 죽었다. 재산을 저금하려면 지역의 금고면 족했다.

하지만 어떤 사람들은 많은 곳을 여행하고 다녔다. 그것을 위해 생겨난 것이 바로 은행이었다.

마법의 힘으로 한곳에 저금한 돈이나 물건들은 다른 곳에서도 찾을 수 있었다. 이를 테면 온라인 시스템을 구축한 것이다. 반면, 그러기 위해서는 많은 이용료를 지불해야 했다.

그렇기 때문에 허름한 마차는 은행과는 어울리지 않았다.

금색의 타일로 모자이크된 대리석 바닥을 지나 라휄 일행은 은행 안으로 들어갔다.

그곳은 부와 사치, 그리고 향락이 있었다. 살롱처럼 꾸며진 커다란 홀에는 몇몇의 사람이 앉아 환담을 나누고 있었다. 그러다 거지꼴을 한 라휄, 백묘, 흑묘, 그리고 카시카의 등장에 비웃음을 터뜨리기 시작했다.

홀의 한쪽에는 흡사 최고급 바인 듯 꾸며진 허리쯤 오는 판매대가 놓여 있었다. 그곳에 서 있던 젊은 직원이 카시카 일행에게 허리를 굽혀 인사했다. 제비꽃 색깔의 정복이 썩 잘 어울리는 여자였다.

"류페르트 은행의 피더비 지점입니다. 방문해 주서서 감사합니다. 성함이 어떻게 되십니까?"

카시카는 그녀의 바로 정면에 섰다.

"란그리제, 카시카 폰 란그리제."

직원은 그녀의 앞에 종이를 한 장 내밀었다. 카시카는 그곳에 자신의 이름을 적었다.

직원은 카시카에게서 이름을 적은 종이를 받아 카운터 뒤, 많은 단추가 달린 기계의 얇은 틈으로 그것을 밀어 넣었다. 위잉, 하는 기계음이 잠시 울리더니 다시 카시카의 이름이 적힌 종이가 그 틈으로 튀어나왔다.

처음과는 달리 카시카의 이름이 적힌 종이에는 이런저런 글자가 쓰여 있었다.

"카시카 폰 란그리제님, 본인임이 확인되었습니다. 무엇을 도와드릴까요?"

"우선 E—7번 상자를 꺼내줘."

"예, 알겠습니다."

카시카의 말에 직원은 깍듯하게 대답한 후, 뒤돌아 바로 등 뒤에 있는 테이블로 향했다. 그곳에는 흡사 금가루 같은 것이 얇게 깔려 있는 넓은 판이 있었다. 은행 직원은 그 판에 손가락을 대어 기묘한 도형을 그리기 시작했다. 묵직한 가루가 그녀의 손가락을 따라 자국을 남겼다.

마법의 진 같은 것이 완성된 직후, 그 금색의 판이 번쩍하고 빛을 냈다. 그러자 그 가루가 담긴 판의 바로 옆에 있는 천장까지 이어져 있는 커다란 파이프가 덜컥덜컥 흔들렸다.

마지막으로 은행 직원이 그 커다란 파이프 중간에 달려 있는 문을 열었다. 그곳에는 손바닥 두 개를 합친 정도 넓이의 상자가 있었다.

직원이 그 상자를 들어 카시카의 앞에 내려놓았다.

“여기 있습니다. E-7번 상자입니다. 맞는지 확인해 주십시오.”

카시카는 고개를 끄덕이고는 품에서 열쇠 하나를 꺼냈다. 황금으로 만들어진 화려한 열쇠였다. 상자의 구멍에 열쇠를 넣고 돌리자 딸깍 하고 문이 열렸다.

“확실하구나.”

카시카는 이렇게 말하고는 상자의 뚜껑을 열었다. 뚜껑을 따라 모두 세 단의 칸막이가 나타났다.

백묘와 흑묘는 흘끗 상자를 보고는 ‘와!’ 하고 탄성을 질렀다. 부드러운 벨벳 재질의 함 바닥에는 보석이 줄을 지어 늘어서 있었다. 모두 백여 점이었는데, 가장 작은 것이 새끼손톱만 했고, 큰 것은 엄지손가락 한 마디를 넘을 듯했다.

은행 직원은 결코 고객의 물건을 보아서는 안 됐지만, 자신도 모르게 그 상자 안을 보고는 눈을 동그랗게 떴다. 저 정도면 어림잡아 금화 10만 닢 어치는 될 듯 보였다.

카시카는 그 보석들을 보며 한숨을 내쉬었다. 주인에게 돌려주려니 아까운 모양이었다. 그녀는 잠시 머뭇거리다 라휄을 바라보았다.

라휄과 함께 다니기로 한 것은 순수한 마음이었다. 하지만 보석을 좋아하는 것은 또 다른 천성. 그녀는 이 순간 한 가지 다른 마음을 떠올렸다. 세계에서 통하는 검사와 세계제일의 마도사가 손을 잡은 것이다. 보석은 언제든지 되찾을 자신이 있었다.

카시카는 다시 품에서 흰색의 장갑을 꺼냈다. 한 짝만 손에 낀 후 조심조심 보석을 들어 올렸다. 은행 직원에게 하나씩 건네며 세계의 귀족 및 부호들의 이름을 읊기 시작했다. 주인에게 직접 은행을 통해 보내려는 것이었다.

"수수료는 어떻게 하시겠습니까? 보석 하나당 금화 한 닢입니다."

"그야 당연히 수신자 부담이지. 내가 그것까지 내주라고?"

"네, 알겠습니다. 그러면 하나씩 전송하겠습니다."

그 작업은 거의 한 시간 가까이 걸렸다. 보석함은 이내 텅텅 비었고, 카시카의 표정은 거의 울 것처럼 일그러져 있었다.

"낭군님, 이제 모두 돌려줬어."

라휄은 방긋 웃었다.

"응, 잘했어. 훌륭해, 카시카."

그나마 해맑은 라휄의 미소를 보았으니 만 가지 손해 중 하나쯤은 보상받은 듯 느꼈다.

"그럼 A—4번 함을 꺼내줘."

카시카는 다시 은행 직원에게 말했다. 은행 직원이 조금 전과 같이 판 위의 금가루에 마법진을 그리자 또다시 하나의 상자가 파이프 안에 생겨났다.

"여기 있습니다."

A—4번 상자는 카시카의 금화 상자였다. 두 손 안에 들어

갈 듯한 크기의 상자에 줄잡아 오백여 개의 금화가 들어 있었다.

그 뒤로 다시 몇 개의 상자를 더 주문했다. 전 재산을 꺼내려는 모양이었다. 어떤 상자는 크고 어떤 상자는 작았다. 어느샌가 카운터 앞에 상자가 산처럼 쌓였다.

"좋아, 마지막으로 L—3번."

카시카의 주문이 드디어 끝났다. 어느덧 시간은 네 시간이 훌쩍 지나 있었고, 은행 직원이 한 명 더 투입됐다.

이번에 나온 상자는 작은 여행 가방 정도 크기의 상자였다. 직원이 전송 파이프에서 상자를 들자 달그락 하는 소리가 들렸다. 그리고 상자를 들어 올리자 흰색의 걸죽한 액체가 상자 틈으로 주르륵 새어 나왔다.

"꺄앗!"

"아앗!"

은행 직원과 카시카는 동시에 비명을 질렀다.

"내 화장품들! 뭐 하는 거야? 다 깨졌잖아!"

가방을 들어 올린 은행 직원은 당황해 어쩔 줄을 몰라 했다. 그때 옆에 있던 다른 직원이 차분한 목소리로 말했다.

"고객님, 이용 약관을 잘 읽어보셨어야죠. 액체는 전송이 불가능합니다."

카시카는 속으로 뜨끔했다. 그러고 보니 은행의 워프 시스템은 안정성을 높이기 위해 액체로 된 물체는 맡지 않았다.

그녀도 잘 알고 있었지만 깜빡하고 화장품 상자를 맡긴 것이
다.

카시카가 말했다.

"그게 어쨌다는 거야? 자신없으면 맡지를 말아야지."

밀리면 지는 거다. 이럴 땐 우기는 게 남는 거다.

"고객님, 액체로 된 물건의 파손은 당 은행에서는 책임지
지 않습니다."

"아, 몰라, 몰라. 아무튼 물어내. 멀쩡한 물건을 맡아놓고
이렇게 깨뜨려 돌려주겠다는 거야?"

"그게……."

"점장 불러와! 나참, 어처구니가 없네. 은행 서비스가 이래
도 되는 거야?"

카시카는 점점 언성을 높였다.

"고객님, 조금 조용히 해주세요."

"뭐야?! 조용히 해결하겠다고? 이게 간단히 끝낼 일이야?
저 화장품들이 얼마나 비싼 건 줄 알아?"

카시카는 우기기가 먹히는 듯하자 점점 기세등등해졌다.
결국 점장까지 나서게 되었고, 금화 열 닢을 보상해 주는 선
에서 일을 해결하게 되었다.

백묘와 흑묘는 카시카가 억지를 쓰는 모습에 부끄럽다는
생각이 들었지만, 다른 한편으로는 존경스럽기도 했다.

"좋아, 이 정도로 끝내기로 하겠어. 앞으로는 조심해."

카시카는 수염을 기른 점장에게 큰소리를 쳤고, 점장은 굽실대며 한편으로는 두 직원을 향해 하얗게 눈을 흘겼다.

"그럼 짐을 모두 마차 가게로 가져다줘. 경비는 물론 대주겠지?"

원래 부피가 큰 물건은 은행이 마차에까지 실어다 주곤 했다. 그것을 위한 노예도 몇 고용하고 있으니 말이다. 하지만 카시카의 물건은 부피를 따질 정도가 아니었다. 거의 이삿짐 수준이었다.

그럼에도 점장은 거절의 말을 하지 못했다. 조금 전 맛본바 카시카는 만만한 여자가 아니었다.

카시카는 이어 일행을 데리고 마차 상점으로 향했다. 도중, 백묘가 물었다.

"카시카님, 수수료로 금화 백 개나 지불하면서 물건을 모두 찾은 이유가 뭔가요? 보니까 대부분 옷이나 모자 같던데……."

"그야 이제부터는 가난하게 살아야 할 것 같으니까. 은행을 이용할 정도로 수입이 생길 것 같지 않아서 그래."

카시카는 백묘의 물음에 이렇게 답했다.

"그래서 마차를 살 거야. 큰 것으로. 마차를 움직이는 집으로 꾸밀 생각이야."

카시카의 말에 백묘는 그것도 좋을 것 같다는 생각이 들었다.

마차 가게에서 카시카는 금화 300닢을 들여 커다란 마차를 한 대 구입했다. 금화 한 닢이면 도시 노동자의 한 달 월급이었다. 조금 수수한 것을 사도 되련만 그녀는 굳이 장식이 화려한 고급 마차를 샀다. 딸려 있는 말만 해도 여덟 마리였다.

그녀는 즉석에서 마차 개조를 부탁했다. 줄잡아 10여 명은 탈 수 있을 듯한 마차의 뒷부분을 옷장으로 만들었다. 그래도 네댓 사람 정도는 충분히 앉을 만한 공간이 남아 있었다.

카시카의 옷장은 수많은 옷으로 가득 찼다. 은행에서 찾아온 모든 짐이 용케도 그 마차 안에 다 들어갔고, 그밖에 몇 가지 여행에 필요한 필수품을 더 채워 넣은 후에야 카시카의 준비가 일단락되었다.

"그런데 너희들, 옷이 말이 아니구나. 낭군님도 그렇고. 옷을 사러 가야겠다."

카시카는 일행을 이끌고 옷가게로 향했다.

여덟 필이나 되는 말이 끄는 화려한 마차를 타고 나타나자 거리 사람들의 시선이 자연 일행에게 집중되었다.

커다란 도시다 보니 없는 것이 없었다. 흡사 성을 방불케 하는 거대한 옷가게 앞에 마차를 멈추게 한 카시카는 라휄과 흑묘, 백묘 등을 데리고 안으로 들어갔다.

생전 처음 보는 광경에 라휄의 입이 쩍 벌어졌다. 커다란 홀 안에 옷걸이가 가득했고, 그 옷걸이를 따라 옷이 죽 늘어서 있었다. 수많은 종업원들이 손님을 접대하며 옷 팔기에 여념이 없다.

카시카의 등장에 점원이 마중을 나왔다.

"어서 오십쇼. 손님, 어떤 옷을 찾으십니까?"

"우선 낭군님의 옷부터 사자."

카시카는 이렇게 말하며 라휄의 손을 잡아당겼다.

"우리 낭군님한테 맞는 옷을 사야겠어. 검사니까 적당한 옷을 골라보거라."

점원은 라휄을 쳐다보았다. 평민들이 입는 평범한 옷이었다. 꾀죄죄한 것이 제대로 빨지도 않은 듯 보였다. 옷가게의 사람이다 보니 복장으로 사람을 판단하기 마련이었고, 그는 속으로 고개를 절레절레 저었다.

그런 그의 마음을 읽었는지 카시카가 말했다.

"돈은 충분히 있으니까 튼튼하고 좋은 것으로 해라."

점원은 카시카의 말에 고개를 끄덕이고는 비교적 어린아이들의 옷이 있는 곳으로 향했다.

그곳에는 정말 다양한 옷이 있었다. 평민들이 들어올 만한 가게가 아니었기에 수수한 옷은 오히려 적었고, 귀족들의 화려한 연회복에서 모험가들의 것까지 종류가 다양했다.

카시카는 점원이 골라준 몇 벌의 옷을 라휄의 앞에 들었다

놓았다 하며 어울리는 것을 찾았다.

"어때, 낭군님? 어느 옷이 마음에 들어?"

라휄은 패션에 전혀 감이 없었기에 카시카의 물음에 어색한 표정을 지을 뿐이었다.

카시카는 그런 라휄을 귀엽다는 듯 쳐다보고는 자기 마음에 맞는 것으로 세 벌을 골랐다. 그중 하나는 반바지와 반소매로 된 가벼운 옷이었다.

이어 카시카는 흑묘와 백묘의 옷을 고르러 갔다. 점원은 묘족을 처음 보는 듯 연신 신기하다는 표정으로 흑묘와 백묘를 쳐다보았다.

카시카는 그녀들에게 우선 하녀복 세 벌을 새로 사주었다. 개중엔 치마가 짧은 것도 있었고 긴 것도 있었다. 짧은 치마에는 긴 스타킹을 추가로 구입하는 등 꼼꼼하게 챙겨주었다.

그러던 흑묘의 눈에 한 벌의 옷이 들어왔다.

"아아앗! 사화(四禾)의 옷이다!"

그 옷은 원피스였다. 앞쪽에 여미는 단추가 있고, 옆 트임이 허벅지 중간까지 올라오는, 몸에 꼭 붙는 그런 옷이었다. 흑묘의 눈은 이미 카시카에게 사달라는 빛을 발하고 있었고, 뒤늦게 참가한 백묘 역시 그 옷이 탐나는 듯한 표정이었다.

카시카는 할 수 없다는 듯 지갑을 열었다.

"알았어. 사줄게."

흑묘는 흰색에 붉은 목란이 크게 새겨진 것을, 백묘는 검정색에 흰 장미가 수놓아진 것을 골랐다.

쇼핑이 모두 끝나자 이미 해가 서편으로 지고 있었다. 카시카는 옷값으로 금화 스무 닢가량을 지불해야 했고, 그 옷들은 마차의 뒤쪽 옷걸이 한 켠을 장식하게 되었다.

"자, 그럼 코넬리아 가문으로 가자."

"응, 천사님을 만나러 갈래. 은혜를 갚아야 해."

카시카와 라휄의 결정에 따라 마차는 남쪽으로 그 육중한 바퀴를 움직이기 시작했다.

3

이전의 포장마차에 비해 카시카가 구입한 마차는 비싼 만큼 제값을 했다. 무엇보다 완충 장치가 뛰어나 험한 길을 달려도 엉덩이가 편했다. 게다가 절반 이상을 짐칸—옷장—으로 꾸몄음에도 자리가 많이 남아 일행이 밤을 보낼 공간이 되어주기도 했다.

늦은 밤.

마차는 길에서 조금 떨어진 풀밭에 자리를 잡았다. 네 사람은 마차 안쪽 의자에 길게 누워 잠이 들었다. 흑묘와 백묘는 평소 다리를 내려놓는 공간에 담요를 깔고 나란히 누웠다.

"아우……."

라휄이 잠에서 깼다. 잔뜩 졸린 눈으로 몸을 일으켜 신발을 찾았다. 신발은 흑묘와 백묘 두 사람의 발치에 있었기에 라휄은 그녀들을 깨우지 않으려 조심하며 신발이 있는 곳으로 갔다.

마차 밖으로 나가자 차가운 밤공기가 온몸에 엄습했다. 부르르 몸을 떨며 라휄은 마차에서 조금 떨어진 수풀로 향했다. 밤늦게 일어나 수풀을 찾아가 할 일이라곤…….

일을 마친 후 라휄은 다시 마차로 돌아왔다. 자리에 누워 잠을 청했지만 얼른 잠이 들지 않는다.

그러다 문득 자신의 아래쪽에서 쌔근쌔근 숨소리를 내며 잠들어 있는 흑묘와 백묘가 보였다.

그동안 정신없이 바빠 잊고 지냈는데, 다시 보드랍고 말랑말랑한 '그것'에 호기심이 생겼다.

이번 타깃은 백묘였다. 별다른 이유는 없었다. 다만 라휄의 바로 아래서 자고 있는 것이 이유라면 이유랄까.

백묘는 이상한 느낌에 깜짝 놀라 눈을 떴다. 그러다 자신의 가슴을 만지고 있는 라휄과 정면으로 눈이 마주쳤다.

"꺄아!"

백묘는 반사적으로 비명을 지르다 손으로 입을 막았다.

"주, 주인님, 뭐 하시는 거예요?!"

천연덕스럽게 라휄이 대꾸했다.

"잠이 안 와서."

"그, 그런……."

"근데 백묘는 티프라보다 조그맣네."

라휄의 말에 백묘는 발끈 성을 냈다.

"원래 묘족은 그래요! 그보다 어서 손을 치워주세요!"

"왜? 난 이제 노예가 아닌걸. 노예만 사람 몸을 못 만지는 거 아냐?"

"그게 아니에요!"

백묘는 이 기회에 라휄에게 기본적인 성교육을 시켜야겠다고 마음먹었다.

"사람들이 깰 테니 밖으로 나가서 얘기해요."

라휄은 고개를 끄덕이며 백묘와 함께 마차 밖으로 나갔다.

백묘는 마차에서 조금 떨어진 곳으로 라휄을 데리고 갔다. 삽상한 밤공기에 정신이 조금 들어 감정이 차분히 가라앉았다.

"라휄 주인님, 소녀는 천한 신분이고 주인님의 소유물이에요. 하지만 가벼운 여자는 아니랍니다. 주인님이 소녀를 범하시면 소녀는 목을 매 죽는 수밖에 없어요."

라휄은 고개를 갸웃했다.

"하지만 난 백묘를 범하지 않을 거야. 내가 언제 백묘를 때리고 괴롭힌 적 있어?"

백묘가 말했다.

"범한다는 건 때리고 괴롭히는 것을 말하는 게 아니에요."

“하지만 아벨루나가 그랬는걸.”

라휄의 말에 백묘는 고개를 저었다.

“물론 어떤 의미로는 괴롭히는 것이기도 하지만… 주인님, 남자와 여자는 다른 거예요.”

라휄은 고개를 끄덕끄덕했다.

“응, 나도 알아. 여자만 가슴이 볼록 나오잖아.”

“네, 맞아요. 그렇기 때문에 여자와 남자는 서로 지켜야 할 선이 있어요. 이를 테면 지금처럼 함부로 몸을 만지거나 해서는 안 돼요.”

백묘의 설명에 라휄은 고개를 갸웃했다.

“노예가 아니라도?”

“네, 노예라거나 평민이라거나, 심지어 귀족이라고 해도 마찬가지예요.”

“아, 그렇구나!”

백묘의 설명이 이어졌다.

“그런 것을 무시하고 음탕한 마음으로 여자를 마음대로 하는 것을 범한다고 해요.”

꽤나 고차원적인(!) 이야기였기에 어린 라휄에게 설명하자니 상당히 어려웠다. 백묘는 라휄이 제대로 이해했는지 확신이 서질 않았다.

“음탕한 게 뭐야?”

“나쁜 마음이에요.”

“흐음… 그러면 내가 백묘의 가슴을 만지는 것도 백묘를 범한 게 되는 거야?”

라휄의 물음에 백묘는 고개를 끄덕했다.

“네, 그래요.”

백묘의 말에 라휄의 얼굴이 일그러졌다.

“그럼 내가 엘로한님의 계율을 어긴 거구나. 나쁜 짓을 한 거네.”

라휄이 지나치게 괴로워하자 백묘는 오히려 미안한 마음이 들었다.

“모르고 지은 죄는 죄가 아니에요.”

그리고는 정색을 하며 백묘는 다시 말했다.

“주인님, 다시 한 번 말씀드리지만 소녀와 흑묘는 주인님의 소유물이에요. 뭐라도, 심지어는 범하는 것도 마음대로 할 수 있어요. 하지만 소녀는 비록 천한 여인이지만 값싼 여자는 아니랍니다. 주인님이 만약 소녀를 더럽히려 하신다면 스스로 목숨을 끊어 깨끗한 몸을 지키겠어요.”

라휄은 어려운 말은 생략한 채 백묘의 말을 이해했다.

“그러니까, 내가 또 백묘의 가슴을 만지면 백묘는 죽을 거야?”

“네, 주인님.”

라휄은 감짝 놀라며 말했다.

“그럼 안 돼. 알았어. 다시는 안 그럴게.”

라휄은 그렇게 이야기하고는 백묘의 몸을 한 번 바라보았다. 그러다 문득 손에 눈이 갔다.

라휄은 손잡는 것을 좋아했다. 지하에서 어두운 곳을 지날 때면 아벨루나의 손을 잡고 나아갔다. 보드랍고 따듯한 그녀의 손을 잡을 때마다 훈훈한 바람이 가슴속에서 일었다.

그런 기분을 떠올리며 라휄이 물었다.

"그러면 손을 잡는 것도 안 돼?"

백묘는 라휄의 말에 잠시 머뭇거리다 얼굴을 붉히며 손을 내밀었다.

"그건… 괜찮아요."

라휄은 환하게 웃으며 백묘의 손을 잡았다. 묘족이라고는 하지만 외모는 인간과 거의 비슷했다. 몇 가지 행태와 귀의 모양을 빼고는 거의 인간 그대로였다.

백묘의 손은 눈처럼 희고 부드러웠다. 다만 손톱이 뾰족하게 갈려 있었다. 라휄은 백묘의 손을 만지작거리다 돌연 '아얏!' 하고 소리를 쳤다.

"주인님!"

라휄은 백묘의 손을 놓으며 자신의 손바닥을 바라보았다. 뭔가 뾰족한 것에 찔린 듯 손바닥에서 피가 배어 나오고 있었다. 백묘는 얼른 라휄의 손을 잡아당겨 상처 부분을 입으로 가져갔다. 피를 빨아 '패' 하고 땅에 피 섞인 침을 뱉어냈다.

그렇게 몇 차례나 한 후 백묘는 라휄의 손바닥에 치료의 마법을 걸었다. 조그마한 상처가 사르르 사라져 갔다.

"묘족의 손톱에는 독이 있어요. 평소에는 괜찮은데……."

백묘는 자신의 손가락 첫 번째 마디를 살짝 눌렀다. 그러자 뾰족하던 손톱이 두 배로 길어졌다.

"이곳은 건드리면 안 돼요. 고양이처럼 저희 묘족도 평소에는 손톱을 감추고 다녀요. 손톱이 이렇게 길어졌을 때 찔리면 중독되지요."

라휄은 신기하다는 듯 눈을 크게 떴다.

"그렇구나."

라휄은 다시 백묘의 손을 잡았다. 그러다 입을 크게 벌려 하품을 했다.

"하아음~ 졸리다."

백묘는 '푸훗' 하고 웃었다.

"그만 주무세요."

라휄은 고개를 끄덕끄덕했다.

"응, 알았어."

자리에서 일어나 라휄은 마차로 몸을 돌렸다. 그러더니 갑자기 몸을 돌려 백묘에게 말했다.

"백묘야, 범해서 미안해. 다시는 안 그럴게."

백묘는 환한 미소로 주인을 잠자리로 전송해 주었다.

라휄이 잠든 후에도 백묘는 쉽사리 잠이 오지 않았다. 마차가 잘 보이는 곳에 앉아 차가운 바람을 얼굴에 쐬었다. 근처에 맑은 물이 있는지 반딧불이 수풀을 차고 날아오르는 모습이 보였다. 백묘는 가만히 눈을 감아 주위의 기운을 받아들였다.

무녀의 기본은 세계의 영혼을 이해하는 것이었다. 조용한 밤, 나무가, 돌이, 그리고 사령(死靈)과 생령(生靈)들이 속삭일 때, 두려워하지 말고 그것들이 하는 말에 귀를 기울여야 한다.

그런 백묘의 귀에 사람의 발자국 소리가 들려왔다. 눈을 떠 마차가 있는 곳을 보았다. 카시카가 마차 문을 열고 밖으로 나오는 모습이 보였다.

카시카는 머리가 망가진다며 이상한 보자기 같은 것을 머리에 쓰고 잠을 청했다. 지금도 그 풍선같이 부푼 머리 보자기를 머리에 쓰고 있었다. 거기에 두툼한 가운을 몸에 걸치고 있는 모습을 보자니 백묘는 조금 우스운 생각이 들었다.

카시카는 곧바로 백묘가 있는 곳으로 왔다. 그리고는 털썩 자리에 주저앉았다.

"밤늦게 시끄럽게 재잘재잘, 조잘조잘! 수면 부족이 피부에 얼마나 큰 적인지 알기나 해?"

"죄송해요, 카시카님. 제가 시끄럽게 굴어 깨신 모양이네요."

"흥!"

백묘가 미소를 지었다.

"하지만 어차피 피부가 조금 거칠어져도 마법으로 해결하실 수 있잖아요?"

카시카가 투덜대며 말했다.

"그게 얼마나 마법 소모가 큰 줄 알아? 내 전신의 잔주름을 없애고 피부에 탄력을 주는 데만도 8, 9천만 카타토는 족히 소모되고 있어."

사화에서는 마력을 재는 단위 같은 건 없었기에 백묘는 카시카가 말하는 마법 에너지가 어느 정도인지 이해하지 못했다. 카시카가 말을 돌렸다.

"그나저나 그까짓 가슴 한번 줘버리지 목숨까지 걸며 지킬 건 뭐야?"

백묘가 얼굴을 붉혔다.

"무슨 말씀이세요?! 전 그런 헤픈 여자가 아니에요!"

"뭐 어때? 낭군님이라면 좋지 않아?"

"그……."

백묘는 입을 닫았다. 잠시 엉클어진 사고를 정리한 후 다시 입을 열었다.

"결혼을 한 것도 아닌데 어떻게 그럴 수가 있겠어요?"

"흐웅, 그럼 아내인 내가 상대해 줘야겠네."

카시카의 농담조 말을 백묘가 정색하며 받았다.

"안 돼요! 주인님에게 나쁜 버릇을 들이지 마세요!"

"뭐가 나쁘다는 건지…….”

카시카는 이렇게 말하며 마차 쪽을 바라보았다. 그녀의 눈에는 애정이 담뿍 담겨 있었다. 그 모습을 보며 백묘가 물었다.

"그런데 카시카님, 도대체 왜 주인님인가요?”

"뭐가?”

"왜 주인님을 낭군님이라고 부르는 건가요?”

카시카가 시선을 백묘에게 옮겼다.

"또 그 얘기야?”

"끈질기다고 하셔도 할 수 없어요. 소녀들은 주인님을 지켜야 하니까요.”

카시카가 빙긋 미소를 지었다.

"고작 열넷짜리 여자 애들이 지켜야 할 정도니, 낭군님도 큰일은 큰일이야.”

백묘가 아무런 대꾸도 하지 않자 카시카는 그런 백묘를 보며 말했다.

"라휄은, 내 낭군님은 좋은 남자야.”

백묘가 고개를 끄덕인다.

"맞아요. 주인님은 좋은 분이세요. 하지만 너무 어리세요. 비록 사화에서도 일부 지역에 조혼(早婚)의 풍습이 있기는 하지만…….”

"생각해 봐. 몇 년 남지 않았어. 3년? 아니, 남자 아이들은 자라기 시작하면 금방이니까 2년만 지나도 거의 어른이야.
장담컨대 라휄은 훌륭한 미남이 될 거야.”

백묘가 그녀의 말에 볼을 발그레 붉혔다. 성장한 라휄의 모
습을 상상한 모양이었다.

“게다가 난 검술에 대해서는 잘 모르지만, 검림의 왕 라프
델이 인정할 정도로 뛰어난 검사고, 내 마법 선생인 휘바드마
저 친구라며 인정하고 있어. 그 완고한 노인네가.”

“맞아요. 주인님의 공부는 아주 깊으셔요. 어떻게 그런 어
린 나이에 익힐 수 있었는지 믿기 어려울 정도에요.”

카시카는 흡사 자신을 자랑하기라도 하는 듯 들떠 말을 이
었다.

“그것 봐, 능력도 외모도 부족함이 없잖아? 남편 삼기 조금
도 부족함이 없어. 좀 바보 같긴 하지만, 그건 머리가 나쁜 게
아니야. 세상 물정을 모를 뿐이라고. 그것도 한두 해 정도만
세상을 돌아다니면 다 해결될 거라고. 아마 앞으로 사오 년만
지나면 남편 삼겠다고, 사위 삼겠다고 나서는 치들이 수천은
몰라도 수백은 될걸?”

백묘는 자신도 모르게 고개를 끄덕끄덕했다. 카시카가 소
리 내어 웃었다.

“호호호, 보석으로 치자면 천 캐럿쯤 되는 다이아의 원석
을 주운 거야. 이 카시카의 인생에 있어 최고의 횡재라고. 내
가 그 보석을 다 버리면서 라휄 옆에 남은 게 왜겠어?”

어쩐지 백묘는 그녀의 웃음이 음험하게 들렸다.

"아아, 역시 속마음이 있었군요?"

"무슨 속마음? 낭군님을 향한 마음은 오직 붉고 흴 뿐이야."

카시카는 이렇게 말하고는 백묘를 쏘아보았다.

"그보다 나는 너희들이 더 수상한걸? 너희들이야말로 내 낭군님을 어디에 이용하려는 거야?"

"무슨 말씀이세요? 소녀와 백묘는 오직 한마음으로 주인님을 섬길 뿐이에요."

카시카는 고개를 저었다.

"그 점까지 의심할 마음은 없어. 하지만 너희들의 정체 자체가 수상쩍기 짝이 없다고. 사화와 제국이 서로 교류가 없는 건 아니지만, 또 가까운 나라도 아니야. 따지고 보면 거의 단절되어 있다고 봐도 되지. 그런데 갑자기 사화에서 날아온 노예 둘이 같은 노예를 섬기겠다고 부산을 떠니 아무래도 수상하잖아?"

백묘가 웃었다.

"그건 카시카님이 사화의 풍습을 잘 모르셔서 그런 것뿐이에요. 사화에서는 은원이 그 어느 것보다 우선해요. 이 백묘와 흑묘, 그리고 전에 섬기던 주인님은 라휄 주인님께 목숨을 구원받았어요. 소녀들이 주인님께 오게 된 것도 그 일 때문이었지요."

카시카가 고개를 젓는다.

"나도 그건 알고 있어. 그런데 내가 알고 있기로 노예는, 그것도 이족(異族)의 노예는 대부분 관상용이나 노리개로 팔리는데, 그런 것치고 너희들은 교육 수준이 너무 높아. 주인의 성품이 아주 고상하고 지체가 높다는 것을 이야기하지. 그런 지체 높은 사람이 제국으로 넘어온 것부터가 이상하기 짝이 없어."

백묘는 뜨끔했다. 카시카의 예측이 너무나도 정확했기 때문이다.

"라휄 주인님처럼 신분이 높지 않고 교육 수준이 낮아도 여행은 할 수 있는 거예요."

백묘의 말에 카시카가 다시 고개를 저었다.

"아니아니, 그건 불가능해. 비록 사화와 제국의 말이 크게 다르지 않다지만 간단히 바꿔 말할 수 있는 게 아니야. 분명 일찍이 배웠다는 이야기지. 그것만으로도 정상은 아니야. 사화에서 제국의 말을 배우는 건 외교관 정도야."

"꼭 그렇지만은 않다구요."

카시카는 '호~' 하고 한숨을 내쉬었다.

"그렇게까지 잡아떼겠다는데 나도 더 이상 추궁은 않겠어."

그리고 다시 그녀는 시선을 마차로 던졌다.

"아무튼 너도 원하는 게 있을 거고, 나도 있고. 좋아, 그럼 동맹을 맺자. 라휄을 잘 키우는 거야."

백묘가 눈을 동그랗게 떴다.

"감히 키운다는 말은……."

"말이야 어쨌든!"

백묘는 카시카의 말에 미소를 지을 뿐이었다.

"난 지금의 낭군님이 몹시 귀여워. 그 귀여움을 지키기 위해서 뭐든 할 거야."

"저도 주인님이 지금의 순수함을 유지했으면 좋겠어요."

백묘와 카시카가 바라는 것은 약간 달랐지만 어찌 되었든 뜻은 통했다.

"그럼 귀여움 지킴이 동맹이다."

"네, 그렇게 해요."

카시카가 손을 내밀자 백묘는 그녀의 손을 잡아 악수했다. 밤은 그렇게 깊어갔다.

4

여행은 한 달 가까이 이어졌다. 마차가 워낙 둔중했기에 하루 이동 거리는 30키로 정도였다. 전체 거리론 1천킬로미터가량. 쟌스포트 근방은 제국의 거의 북쪽이었다. 반면 코넬리아 영지는 제국의 서남쪽 끝으로, 일행은 마차로 제국을 남북으로 횡단한 셈이었다.

　그동안 일행의 여행은 정말이지 순탄, 그 자체였다. 마차를 집 삼아 뒹굴대는 네 명의 백수 정도가 일행을 표현하는 정확한 말이었다.
　이제 남은 길은 닷새 거리가량.
　코넬리아 영주의 성을 감싸듯 서 있는 우르크 산맥을 좌측에 두고 나 있는 길을 따라 나아가면 된다.
　"저 산속은 오크(Orc)들의 영토야."
　가끔 카시카는 라휄에게 세상에 대해 설명해 주었다.
　"오크가 뭐야?"
　"멧돼지 비슷하게 생긴 사람이야."
　"멧돼지라면 납작코?"
　"그래."
　"사람이야?"
　라휄의 물음에 카시카는 잠시 대답을 미루었다.
　"괴물에 가까워. 수인(獸人)이니까."
　카시카는 이렇게 말하며 라휄의 옆에서 여전히 바느질로 하루를 보내고 있는 백묘를 가리켰다.
　"백묘 같은 경우엔 묘족으로 아인(亞人)이야. 거의 사람이지. 그렇지만 수인은 오히려 짐승에 가까워. 아, 낭군님은 전에 윌케와 싸운 적이 있지?"
　"응, 가지뿔이."
　"가지뿔이도 수인이야."

"아, 그렇구나."

라휄은 백묘를 쳐다보았다. 귀 말고는 거의 사람과 비슷했다. 그리고 월케를 떠올려 보았다. 두 다리로 서 있다는 것을 빼고는 사람과 비슷한 점이 없었다. 라휄은 수인과 아인의 차이를 알 것 같았다.

"그래도 오크들은 월케와는 달리 지능이 높은 편이지. 인간의 말을 익힌 것들도 있고."

그때 창밖 먼 곳으로 몇 명의 사람이 보였다. 흑묘가 마차를 세우더니 마부석과 안쪽이 이어진 창을 열어 물었다.

"주인님, 앞쪽에 상처 입은 사람들이 있어요. 싸움을 한 모양이에요."

"어, 저 사람들 말이야?"

"네, 주인님."

라휄은 다른 감각이 초인적인 데 반해 시력은 평범했다. 반면 흑묘와 백묘는 눈이 좋은 편으로, 꽤 먼 곳이었음에도 흑묘는 사람들의 상태를 볼 수 있었다.

"한번 가보자. 신민은 도와줘야 해."

라휄의 말에 흑묘는 마차를 다친 사람들이 있는 곳으로 몰아갔다.

"으으윽—"

가까이 가자 사람들의 신음 소리가 들렸다. 그곳에 있는 것은 네 명의 남녀. 카시카는 그들을 보자마자 두 명에게서 마력을 느꼈다. 마법을 배운 사람들인 것이다.

게다가 그들 사이에는 동료를 상징하는 힘이 서로에게 흐르고 있음이 느껴졌다. 라휄 일행이 그러하듯.

"모험가들인 모양이야."

네 사람 중 한 남자가 일행의 치료를 하는 중이었다. 손에서 흘러나오는 흰빛의 느낌으로 보아 단순한 회복술사인 듯했다.

가까이서 보니 두 명은 검사였다. 왼손 중지에 회색의 반지가 있었다. 하지만 아무런 글자도 쓰여 있지 않은 것을 보니 순위를 얘기할 수준은 아닌 듯했다.

회색 반지는 세계에 몇만 개는 될 것이다. 단순히 모험가 조합에서 등록만 하면 검사로서 등록이 되니 말이다. 순위가 새겨진 반지는 흰색이 일천 개, 검은색이 일천 개였다.

나이도 네 명 모두 10대 후반에서 20대 초반이었다. 회복술사 정도만 20대 후반 정도로 보였다.

카시카는 이들이 풋내기 모험가 집단이라는 것을 알 수 있었다. 보아하니 근처 어디 험한 곳에 멋모르고 들어갔다가 크게 낭패를 본 모양이다. 위치가 위치이다 보니 오크들에게 당했을 가능성이 높았다.

라휄은 마차에서 내려 그들에게 다가갔다.

"괜찮아?"

갑자기 나타난 으리으리한 마차에서 내린 어린 소년. 비록 대뜸 반말을 했지만 모험가들은 반발하지 않았다.

동료들을 치료하던 회복술사가 라휄의 말에 답했다. 그를 제외하고는 말을 할 만한 상황이 아니었다.

"일행이 많이 다쳤소. 혹시 회복술을 쓸 수 있는 사람이 있다면 도와주었으면 하오."

턱에 가칠가칠한 수염을 기른 그 회복술사는 고풍스러운 어투로 도움을 청했다. 라휄이 고개를 끄덕였다.

"응, 알았어. 백묘야, 우리가 도와주자."

"네, 알겠어요, 주인님."

백묘는 라휄의 말에 따라 바닥에 쓰러져 있는 여자 마법사 곁으로 다가가 회복술을 썼다. 상처를 옮겨오는 무녀의 술법을 쓴다면 순식간에 치료가 될 터이지만, 백묘는 그렇게까지 해줄 생각은 없었다. 그 술법은 자기 자신도 상당히 고통스러운 것이었으니 말이다.

"고맙소. 내 이름은 쟌지발이오. 엘로한님을 모시는 사제요."

"난 라휄이야. 애들은 백묘랑 흑묘고, 이쪽은 카시카야."

쟌지발이라고 자신을 소개한 남자는 라휄의 소개에 따라 일행에게 목례를 했다.

"아가씨들은 묘족이구려."

백묘와 흑묘는 어딜 가나 화젯거리였다. 쟌지발은 다시 라휄에게로 시선을 돌렸다. 그러다 문득 라휄의 왼손 중지에 있는 반지를 보았다.

"서, 설마… 검사이시오?!"

쟌지발의 눈은 라휄의 허리에 있는 네 자루의 검으로 옮겨졌다. 그리고 라휄의 얼굴을 보았다. 나이는 열두셋가량으로 보였지만 분명 손가락에 있는 것은 순위가 적혀 있는 진짜 검사의 반지였다.

"응, 검사야."

몇 번이나 들었기에 라휄은 자신이 검사라는 것을 종내엔 배웠다.

"우리는 한 달 전쯤 코넬리아 영주성에서 동료의 서약을 한 후 모험을 나온 모험가들이오. 실력을 키울 겸 이곳 근처에 야영지를 만들고, 오크 부족을 상대로 한 싸움을 하던 중에 잘못하여 이 지경에 이르게 된 것이오."

쟌지발은 이렇게 말하고는 한숨을 내쉬었다. 조금 전의 위급하던 상황이 떠오른 모양이었다.

"전투에서 져 도망치는 일이야 그리 드문 일이 아니니 괜찮지만, 여행 자금이 든 가방을 도중에 잃어버렸소. 나뭇가지에 걸려 떨어지고 만 것이오. 보다시피 나와 동료들은 더 이상 전투가 불가능하오."

그는 이렇게 말하며 라휄의 눈치를 살폈다. 하지만 라휄의 표정에서는 어떠한 심리 상태도 읽을 수 없었다. 아무 생각도 없었으니 당연한 일이었지만.

쟌지발은 조금 자존심이 상했다. 자기 나이의 절반밖에 안 되어 보이는 소년에게 도와달라는 말을 하게 생겼으니 말이다. 하지만 지금은 자존심을 따질 때가 아니었다.

"부탁하오. 잃어버린 가방을 찾아다 주시오."

라휄은 그의 말에 두 번 생각도 않고 바로 고개를 끄덕였다.

"응, 알았어."

그때였다. 돌연 카시카가 숲 안쪽을 향해 손가락질을 했다.

"낭군님, 저쪽에 뭔가가 있어!"

라휄은 고개를 돌려 카시카가 가리킨 방향을 보았다.

"어디, 어디?"

"빨리! 빨리! 어서 가봐!"

카시카의 다급한 외침에 라휄은 퓽, 하고 몸을 날려 숲 안으로 뛰어들어 갔다. 카시카는 그런 라휄의 뒷모습에 미소를 띠고는 쟌지발에게 고개를 돌렸다.

"그러면 얼마나 줄 건데?"

갑작스런 그녀의 말에 쟌지발은 고개를 갸웃했다.

"무, 무슨……?"

"가방을 찾아다 주면 얼마를 줄 거냐고. 설마 공짜로 해달라는 건 아니겠지?"

쟌지발은 카시카의 말에 표정이 일그러졌다.

“그게…….”

“절반.”

카시카는 딱 잘라 말했다.

“그건 너무 많소.”

“그래? 그럼 그만두고.”

쟌지발은 카시카의 말에 머뭇머뭇했다. 은화 70여 개가 든 가방이다. 그간 오크들과의 싸움에서 얻은 청동 무기나 오크의 송곳니 등 돈이 되는 것들을 마을에 팔아 얻은 돈이었다.

“알았소. 하지만 절반은 너무 많고… 은화 열 닢을 드리겠소.”

“금화 하나라……. 너무 싼데? 남는 게 없어. 그만두지, 뭐.”

카시카의 말에 쟌지발은 서둘러 말했다.

“스무 닢. 그 이상은 곤란하오.”

카시카는 그제야 고개를 끄덕였다.

“좋아, 그 정도 선에서 타협하지.”

흑묘가 카시카의 흥정에 끼어들었다.

“협사(俠士)가 사람을 구하는 데 돈을 요구하다니! 천박해요!”

카시카가 웃었다.

“무슨 말이야? 우리는 협사 같은 게 아니야.”

"주인님은 영웅협사예요."

흑묘의 말에 카시카가 빙그레 웃었다.

"영웅이건 뭐건 밥은 먹어야 할 것 아냐? 지금까지야 내 저금으로 버텼다지만, 이제 그 돈도 얼마 안 남았어. 여덟 마리 말을 먹이는 것만으로도 하루에 은화 한 닢은 들어."

말의 유지비는 공짜가 아니었다. 스스로 풀을 뜯어먹게 하면 된다지만, 말이 먹을 만한 풀이 자라는 곳은 주인이 있는 땅이었다. 마초(馬草)도 다 주인이 있는 법이다.

게다가 일행의 말은 상품의 말이라 먹는 양도 많았다.

"너희들이 입고 있는 옷이 공짜라고 생각하는 거야? 금화 일곱 닢짜리야."

흑묘는 말문이 막혔다. 너무 갖고 싶어 졸라서 산 옷이 그렇게나 비쌌다니. 그럴 수밖에 없는 것이 그 옷은 사화에서 수입해 온, 말 그대로 고가의 수입품이었다.

흑묘도 백묘도 왕궁에서 살아왔던 이들이라 경제 관념은 약한 편이었다. 늘 입는 것이 비단옷에, 먹거리는 기름졌었다.

잠시 말싸움이 소강상태에 접어든 그때, 라휄이 돌아왔다.

"카시카, 아무것도 없던데?"

카시카는 딴청을 피웠다.

"그래? 잘못 본 모양이야. 낭군님, 그보다 이 쟌지발 씨를 도와줘야지."

라헬은 환하게 웃었다.

"응, 그럴 거야. 카시카도 남을 돕는 걸 좋아하는구나? 착해, 카시카."

카시카는 라헬의 귀여운 미소에 뼈마디가 사근사근 녹아나는 것 같았다. 이에 라헬의 목을 덥석 껴안았다.

"카시카, 그만둬. 목 부러지겠어."

한편 잔지발은 그런 카시카를 보며 혼란에 빠졌다. 도대체 눈앞에 있는 세 여자와 한 꼬마의 그룹이 어떤 인간 관계를 맺고 있는 것인지…….

카시카를 떨어뜨린 후 라헬이 말했다.

"어느 쪽에 짐을 떨어뜨렸어?"

잔지발은 손을 들어 자신들이 도망쳐 온 방향을 가리켰다.

"저, 저쪽이오."

라헬은 그쪽을 한 번 보고는 모두에게 말했다.

"자, 그럼 출발하자."

카시카는 먼저 마차에 마법을 걸어 누가 훔쳐 가지 못하도록 조치를 취하고, 라헬에게 간단히 짐을 싸게 한 후 숲 안으로 향했다.

일행 중 문제는 카시카였다.

숲 안으로 걸어가기를 한 시간, 카시카는 벌써 지쳐 헥헥대기 시작했다. 평생 변변히 몸 쓰는 일을 해본 적이 없는 그녀였기에 체력은 일반인 이하였다. 조금 가파른 경사가 나오면 라휄이 끌고 흑묘와 백묘가 밀어 그녀를 부축해야 했을 정도였다.

한 시간여나 숲 속을 헤맸지만 쟌지발이 이야기한 장소는 찾을 수 없었다. 카시카가 투덜거렸다.

"이럴 줄 알았으면 은화 30닢은 불렀어야 하는데!"

라휄이 물었다.

"응? 그게 무슨 말이야?"

"호호호, 아무것도 아니야."

카시카는 얼버무리며 말을 돌렸다.

"낭군님, 그런 것보다 이제부터는 조심해. 여기서부터는 오크들의 영토야. 물론 낭군님의 실력이라면 오크 정도야 아무것도 아니지만."

라휄은 카시카의 말에 부쩍 오크라는 괴물들이 보고 싶어졌다. 하지만 단순히 호기심을 내세울 정도로 라휄은 괴물들을 만만하게 보지 않았다. 지하의 괴물들, 어떤 것은 약하고 어떤 것은 강했다. 하지만 정말 위험한 것은 약한 괴물도 강한 괴물도 아니었다. 방심하고, 잊고, 겁먹고, 마음이 꺾이는 그때가 가장 위험한 것이다.

다시 눈앞에 거친 경사면이 나타나자 카시카는 한숨을 내쉬었다.

"에휴, 또 올라가야 하나?"

하지만 올라갈 수밖에 없었다. 조금 전에 사람의 무리가 뛰어 지나갔다는 흔적을 너무나 명쾌하게 남겨놓고 있었으니 말이다.

라휄이 손을 내밀자 카시카는 그의 손을 잡았다. 백묘와 흑묘는 카시카의 뒤에 서서 그녀의 허리에 손을 받쳤다.

"가자!"

라휄이 외치자 흑묘와 백묘는 두 손에 힘을 주었다. 힘차게 달려 그 탄력으로 단번에 언덕을 올라가는 게 가장 편했다.

언덕을 넘어선 순간, 카시카는 일이 잘못됐다는 것을 느꼈다.

"어? 천막집이다!"

라휄이 외쳤다. 라휄의 앞에 펼쳐진 것은 온화한 바람이 불어오는 너른 계곡이었다. 완만한 경사가 넓게 펼쳐진 그곳에는 흡사 유목민의 것인 양 나무와 짐승의 가죽으로 만든 집들이 옹기종기 모여 있었다.

"쉿! 낭군님, 조용히!"

카시카가 라휄의 입술에 검지를 대며 말했다.

"오크들의 마을이야. 자극하지 말고 돌아가자."

"응? 저기가 오크 마을이야?"

라휄은 이렇게 말하며 신기하다는 듯 그쪽을 바라보았다. 몇몇 사람 같은 것이 마을 안에 움직이는 모습이 보였다.

그때였다.

파앗! 하는 소리와 함께 라휄의 바로 앞으로 화살이 떨어져 내렸다. 라휄이 깜짝 놀라 뒤로 물러서자 조금 떨어진 나무 위에서 시커먼 그림자가 툭 하고 뛰어내려 왔다.

라휄은 잠시 마을에 정신을 빼앗겨 그들의 기척을 느끼지 못했다. 그뿐 아니라 본래 오크들은 짐승에 가까웠기에 기척을 죽이는 일엔 일가견이 있었다.

어크— 억!

세 마리의 오크는 라휄과 카시카 등이 있는 곳에서 멀찌감치 떨어져 화살을 겨누었다. 조악하게 만든 활이었지만 워낙 힘이 억세 위력있어 보였다.

라휄은 오크들을 자세히 보았다. 녹황색의 피부에 얼굴은 사각형의 턱이 비죽 앞으로 튀어나왔다. 아랫니가 거의 드러나 보일 정도였는데, 특히 아래 송곳니는 거의 광대뼈까지 닿을 정도로 길었다. 뾰족한 귀에 들창코여서 조금 우스꽝스럽게도 보였지만, 매섭게 뜬 눈이 결코 가볍게 볼 만한 상대는 아닌 듯했다.

덩치는 보통의 성인 인간보다 조금 더 컸다. 라휄 일행의 평균 신장이 작은 덕에 오크들은 훨씬 더 커 보였다.

오크들은 알 수 없는 말로 서로 이야기를 하더니 일행에게 마구 지껄여 댔다. 하지만 카시카마저도 오크의 언어는 알지 못했다.

라휄은 고개를 돌려 카시카와 백묘, 흑묘를 바라보았다. 그리고 말했다.

"죽여도 되지?"

월케 때도 그랬지만 인간과 비슷하게 생긴 존재를 상대로 할 때면 라휄은 조금 꺼리는 마음이 들었다.

카시카는 얼른 대답하지 않았다. 가능하면 그냥 이 자리를 피했으면 했다. 오크의 마을이 지척인 곳에서 오크들을 자극해 봤자 득보다 실이 많을 테니 말이다.

카시카가 잠시 머뭇거리는 사이, 오크의 숫자가 늘었다.

"낭군님, 도망치자."

라휄은 카시카의 말에 고개를 끄덕였다.

"응, 알았어."

일제히 뒤돌아섰다. 하지만 그곳에도 오크들이 있었다.

얼마 전 모험가들이 마을을 한번 뒤집어놓은 탓에 오크들은 경계 태세가 한층 엄밀해져 있었다. 세 마리의 척후병 오크가 나타났을 때, 이미 오크들은 적의 침입에 비상 상태에 접어들어 있었다.

"어떻게 하지, 카시카? 이미 포위된 것 같아."

카시카는 괜한 일을 떠맡았다고 생각했다. 하지만 그다지 걱정하지는 않았다. 보통 오크들의 힘은 인간보다는 위였지만, 같은 수인인 월케보다는 약한 편이었다. 다만 사회성이 강하고 지능이 훨씬 높아 개중에는 검술 비슷한 것을 익힌 오

크도 있었다. 그렇다곤 해도 검사 클래스에 속하는 라휠의 상
대는 아니었다. 눈앞에 있는 십여 마리의 오크 정도야 라휠이
가볍게 처리할 수 있을 것이다.

"뚫고 가자. 어쩔 수 없어."

카시카의 말에 라휠은 고개를 끄덕이고는 검을 뽑아 들
었다. 토가타가 아닌 이젝 가문의 기사에게서 얻은 검이었
다.

"그럼 죽일까?"

라휠은 다시 한 번 카시카에게 물었다. 하지만 카시카는 고
개를 저었다.

"가능하면 죽이지 말자. 흥분시켜서는 안 돼. 이 근처에 있
는 오크의 숫자는 수백, 아니, 수천은 될 거야."

"응, 알았어. 그럼 무기만 부술게."

죽이지 않고 상대하는 건 라휠 역시 익숙했다. 말을 마침과
동시에 그는 바람같이 움직여 오크들 사이로 뛰어들었다.

차창—

오크의 무기들이 잘려 나갔다. 오크들은 청동까지 다룰 수
있었다. 자연 그들의 무기는 청동제였다. 이곳 우르크 산맥은
유명한 동의 산지였기에 오크들이 고향으로 삼은 것이었다.
하긴 어차피 라휠의 공격에 청동이건 철이건 그다지 구분할
필요는 없었지만.

쿠키 쿠어쿠 카우!

오크들이 웅성거리기 시작했다. 라휄의 검기(劍技)에 놀란 모양이다. 개중 머리에 띠를 두른 한 오크가 호각을 꺼내 불었다. 삐익— 하는 소리가 숲 속에 메아리쳤다.

"동료를 부르는 모양이야!"

카시카는 다급히 외쳤다.

"어서 도망치자!"

라휄이 뚫어놓은 길을 따라 카시카와 흑묘, 그리고 백묘가 달리기 시작했다. 그때, 카시카의 눈에 한 가지 물건이 띄었다.

"아! 저 가방이다!"

그것은 다름 아닌 여행자용 가방이었다. 방금 전 호각을 분 오크의 허리에 매어져 있었다. 깨끗한 것을 보니 오크의 손에 들어간 지 얼마 되지 않은 모양이었다.

카시카는 감으로 그 가방이 바로 자신들이 찾아 헤매던 그 물건이란 걸 알 수 있었다.

그녀는 달리던 걸음을 멈추자 바로 뒤를 쫓던 흑묘와 백묘도 엉겁결에 멈췄다. 카시카가 외쳤다.

"라휄! 저 가방을 뺏어!"

라휄은 카시카의 말에 고개를 돌렸다. 그녀의 손가락은 머리띠를 한 오크 쪽으로 향해 있었다. 방패와 투박한 칼로 무장한 그 오크는 카시카의 손끝이 자신에게 향하자 '크엉!' 하고 포효했다. 흡사 덤빌 테면 덤비라고 외치는 듯 보였다.

라휄은 카시카의 말에 두 번 생각하지 않고 즉시 그 오크에게 뛰어들었다. 다른 오크들이 그런 라휄의 앞을 가로막았다.

라휄은 몸을 좌우로 틀어 미끄러지듯 오크 무리 사이로 파고들어 갔다. 어느 오크도 그의 움직임을 따라잡을 수 없었다. 어느덧 라휄은 그 오크 앞에 섰다. 순간 오크는 거친 솜씨로 칼을 휘둘러 라휄을 공격했다.

라휄은 가볍게 그의 칼을 흘렸다. 날이 한 뼘이나 되는 칼이 라휄의 검면을 따라 매끄럽게 흘러내렸고, 오크는 자신이 휘두른 힘에 휩쓸려 앞으로 몸을 굽히고 말았다.

그사이 라휄이 손을 뻗어 그의 허리에 있는 가방을 낚아챘다. 꽤 묵직했다.

"카시카, 뺏었어!"

"그럼 어서 돌아와. 이제 진짜 도망치자."

하지만 라휄이 다시 카시카와 백묘, 그리고 흑묘의 곁으로 돌아왔을 땐 이미 달아나기에는 늦어 있었다. 일행을 감싸고 있는 오크의 숫자가 이백을 훨씬 넘어섰으니.

5

꾸역꾸역.

보통 뭔가를 어디에 구겨 넣을 때 쓰는 의태어이다. 라휄의 주위 반경 수십 미터의 공간에 오크들이 그야말로 꾸역꾸역

모여들었다. 머뭇머뭇하는 사이에 수백, 아니, 일천 이상의 오크가 모였다. 흡사 전쟁을 하듯 진을 이룬 오크들은 라휄과 일행을 중심으로 사열했다.

간단한 가죽 갑옷에 조악한 칼을 찼지만 결코 우스워 보이지는 않았다. 굳게 다문 입 사이로 보이는 긴 어금니, 그리고 가죽 갑옷 아래에서 약동하는 두툼한 근육. 그런 오크들이 흡사 군대처럼 포위한 모습에 카시카는 일이 완전히 꼬였다고 속으로 투덜거렸다.

겨우 금화 두 닢을 욕심내다 이게 무슨 꼴이란 말인가. 하지만 아무리 후회해도 이미 일은 벌어진 후였다.

그때 카시카에게 라휄이 말했다.

"카시카, 죽여야겠어."

카시카는 라휄의 말에 눈살을 찌푸렸다. 전에도 한 번 느꼈지만 이 조그마한 낭군님은 뭔가를 죽인다는 말을 너무나 쉽게 했다. 항상 입으로는 엘로한의 오계를 이야기하면서도 말이다.

카시카에게 대답도 듣지 않고 라휄은 몸을 날려 오크 무리에게로 뛰어들었다. 따지고 보면 라휄은 지금 이 자리에 있는 어느 누구보다도 전투 경험이 풍부했다. 비록 카시카가 라휄의 세 배 가까운 생을 살았어도 라휄에 비하면 어린애에 불과했다.

그에 발맞춰 백묘의 마법이 라휄을 감싸안았다. 흑묘도 단검과 총을 뽑아 전투 태세를 갖췄다.

흑묘가 카시카에게 말했다.

"카시카님, 마법사잖아요. 이럴 때 쓸 만한 마법 같은 거 없어요?"

카시카가 고개를 저었다.

"미안하지만 안 돼. 복면을 챙기지 않았단 말야."

"복면이 무슨 상관이에요?!"

"마법을 쓰려면 잔주름이 생기는 것을 막을 수 없단 말이야. 추한 얼굴을 세상에 드러내라고?!"

뻔뻔한 그녀의 말에 흑묘는 할 말을 잃었다. 위기까지는 아니더라도 한가한 상황은 결코 아니었다. 이런 순간에까지 저런 소리를 하고 있다니…….

카시카가 라휄에게 말했다.

"낭군님, 좀 더 힘을 내. 뒤에서 이 카시카가 힘껏 응원해 줄 테니까."

본격적으로 전투가 시작되자 정말로 카시카는 할 일이 없었다. 마법을 쓸 수는 없다. 아니, 그녀는 마법을 쓸 수 없었다. 잔주름을 없애고 몸매를 가꾸기 위해 어마어마한, 그야말로 세계제일이라고 하는 마법력을 모두 탕진하고 있었으니 말이다.

체력으로 말하자면 보통 사람만도 못했고. 한마디로 카시카는 전투력이 전무했다. 그저 흑묘와 백묘의 그림자에 숨어 상황을 지켜볼 따름이었다.

라휄이 발을 디딘 곳에서 짙은 피안개가 뿜어져 나왔다. 단번에 십여 마리의 오크가 죽임을 당해 쓰러졌고, 그의 무위에 오크들은 당황해 뒤로 물러서고 말았다. 너무나 갑작스럽게 벌어진 일이라 오크들은 제대로 대응하지 못했다.

하지만 일방적인 학살은 더 이상 이루어지지 못했다. 몇몇 리더로 보이는 오크들이 알 수 없는 언어로 외쳐 대자 라휄 주위에 있던 오크들이 일제히 뒤로 물러났다.

라휄은 다시 한쪽으로 몸을 날렸다. 하지만 라휄이 도착한 곳은 곧 빈 공터가 되었다. 창을 든 오크들이 전면을 방어했고, 뒤쪽에서 한 무더기의 화살이 날아와 라휄을 덮쳤다.

라휄은 검을 휘둘러 화살을 쳐냈다. 우수수, 수십여 대의 화살이 바닥으로 쏟아져 내렸다. 화살을 막아낸 직후 라휄은 고개를 돌려 일행이 있는 곳을 보았다.

그곳에는 백여 마리의 오크가 백묘와 흑묘, 그리고 카시카를 둘러싸고 있었다. 3미터가량의 날카로운 청동제 창끝이 둥글게 일행을 감쌌다.

라휄은 다시 일행에게로 달려갔다. 잔영이 남는 듯한 몸놀림이었지만, 오크들 역시 만만치 않았다. 흡사 날랜 물고기 떼처럼 라휄이 다가설 때마다 우르르 주위로 피해 달아났다.

이런 상황이 계속해 반복되었다. 물론 아무리 진을 짜 피한다고 해도 라휄의 움직임은 상상 그 이상이었다. 한 번 무리

안으로 달려들 때마다 두세 마리의 오크는 죽음을 면치 못했
다. 하지만 이리 뛰고 저리 뛰는 것에 비해서는 얻는 것이 적
었다.

카시카는 오크들이 시간을 끌고 있다는 느낌을 받았다. 그
리고 그런 그녀의 예상은 적중했다. 갑자기 오크들이 좌우로
갈라지며 한 무리의 오크가 모습을 드러냈다.

그것은 다른 오크들보다 머리 하나쯤 더 되는 키에 짙은 갈
색의 거친 머리칼을 높이 땋아 올렸다. 두툼한 전투용 도끼를
손에 들고 고리눈을 무섭게 뜬 그 오크는 무서운 눈으로 라휄
을 쏘아보았다. 이어 동족의 주검들을 흘끗 보고는 무섭게 외
쳤다.

그 오크들의 주위에 몇몇 오크가 더 있었는데, 긴 짐승의
가죽을 어깨에 두른 것이 조금은 다른 느낌을 풍기고 있었다.
카시카는 그것들에게서 상당한 마력을 느꼈다.

백묘가 말했다.

"정령의 힘이 느껴져요. 저들도… 샤먼이에요."

카시카가 고개를 끄덕였다.

"보아하니, 오크 족의 전사인 모양인데……."

라휄은 자연스럽게 새로 등장한 그 오크 앞으로 나가갔다.
일곱 마리나 되는 오크 샤먼들이 오크 전사에게 마법을 걺과
동시에 오크 전사가 라휄을 맞이했다.

아직까지도 인간과 말이 통하는 오크는 나타나지 않았다.

애초에 대화로 상황을 풀 생각이 없었는지도 몰랐다. 오크 전사는 도끼를 휘둘러 라휄의 머리를 노렸고, 라휄은 어깨를 틀어 상대의 첫 공격을 피했다.

쿠웅—

커다란 도끼가 땅에 떨어지며 바닥이 파였다. 라휄은 빙긋 미소를 지었다.

"와! 센 괴물이다! 납작코인간 중에도 센 녀석이 있구나!"

오키오쿠워쿠!

오크 전사는 도끼를 들어 다시 라휄을 공격했다. 휘잉, 하는 바람 소리가 들렸다. 라휄은 다시 한 번 몸을 피했다. 오크 전사의 도끼는 라휄의 허리를 아슬아슬하게 스쳐 지나쳤고, 라휄은 그 틈을 노려 오크 전사의 어깨에 일검을 휘둘렀다. 스윽, 뼈가 보일 정도의 상처가 생겨났다.

하지만 그 상처는 순식간에 사라졌다. 오히려 저 뒤쪽 오크 샤먼 중 하나가 '윽' 하며 바닥에 쓰러졌다. 그 오크 샤먼의 어깨 뒤쪽에서 피가 분수처럼 솟아올랐다.

그 오크 샤먼은 이를 악다물어 통증을 참아내며 자신의 몸을 치료하기 시작했고, 다른 두 오크 샤먼이 그의 곁에서 회복술을 걸어주었다.

그들이 샤먼이라는 것을 다시 한 번 확인하는 순간이었다. 상처를 몸으로 옮겨와 치료를 하는 술법을 사용하고 있었으니 말이다.

한편, 그 덕에 라휄의 공격은 완전히 무위로 돌아가고 말았다. 오크 전사는 조그마한 타격도 없이 다시 라휄에게 공격을 퍼부었다. 라휄은 미친 듯이 휘둘러 대는 오크 전사의 도끼를 몸을 젖히고 검으로 흘리며 하나하나 무위로 돌렸다.

그러는 사이 오크들이 다시 카시카와 흑묘, 백묘가 있는 곳으로 접근해 왔다. 라휄의 발을 막았으니 거칠 것이 없었다.

"아우, 좀 더 재밌게 놀고 싶었는데……."

라휄은 이렇게 중얼거리더니 돌연 들고 있던 검을 허리에 꽂고 토가타를 뽑아 들었다. 그 순간, 토가타가 푸른 빛을 내뿜었다. 원든, 반짝반짝검을 만든 것이다.

쳐 내려오는 도끼를 라휄은 토가타로 맞받아쳤다. 으레 들려야 하는 금속의 울림이 들리지 않았다. 다만, 오크 전사의 도끼가 두 동강나 땅에 쿵! 하고 바닥에 처박힐 뿐.

라휄은 그 직후 몸을 돌려 백묘와 흑묘에게로 향했다. 주위에 있는 오크들을 추풍낙엽처럼 쓰러뜨렸고, 갑작스러운 그의 움직임에 오크들은 깜짝 놀라 우르르 뒤로 물러났다.

오크 전사는 어느샌가 무기를 바꾸어 들었다. 주위에 도끼를 들고 있는 오크는 수십, 수백에 달했다. 그중 하나를 빼앗듯 들고는 라휄에게 덤벼들었다.

라휄은 다시 검으로 그의 도끼를 쪼갰다. 오크 전사는 무기를 잃었음에도 개의치 않고 돌진해 어깨로 라휄의 머리를 내리눌렀다.

라휄은 검을 휘둘러 오크의 어깨를 베었다. 피가 솟는 듯하더니 다시 상처가 사라졌다.

백묘가 외쳤다.

"주인님, 베어 잘라 버리세요! 무녀의 기술로도 잘려진 몸을 잇지는 못해요."

"응, 알았어."

라휄은 백묘의 외침에 다시 한 번 오크에게 검을 휘둘렀다. 아까와는 달리 훨씬 깊은 공격이었다. 하지만 오크 전사도 바보는 아니기에 이번에는 몸을 뒤로 빼 피했다. 팔이 거의 팔, 구 할이나 베어졌지만, 끝내 끊어지지는 않았다. 뒤에 있던 샤먼의 돼지 목 따는 듯한 비명이 한차례 울릴 뿐이었다.

오크 전사는 뒤로 가 이번에는 두 자루의 도끼를 손에 들었다. 하지만 공격의 방법을 바꾸어 오히려 수세로 변했다.

사실 오크 전사와 샤먼들의 전법이 뛰어난 편이긴 했지만, 라휄의 적은 아니었다. 백묘의 도움이 없다 하더라도 1, 2분 안에 정리할 수 있었을 것이다. 하지만 문제는 흑묘, 백묘, 그리고 카시카였다. 라휄이 잠시라도 자리를 비우기만 하면 여지없이 오크들이 달려들어 그녀들을 공격했다. 그러다 보니 라휄의 활동 폭은 제한될 수밖에 없었다.

"아우, 큰일 났네."

라휄은 오크와 오크 전사를 상대하며 이렇게 중얼거렸다.

상대의 숫자가 너무 많았다. 이미 오크들의 숫자는 삼천을 넘어선 듯 보였다. 위험하지는 않았지만, 그렇다고 상황을 타파할 뾰족한 수가 떠오르지도 않았다.

그때였다.

"할 수 없네. 낭군님, 나를 보호해 줘."

카시카가 갑자기 라휄에게 말했다.

"응? 무슨 말이야, 카시카?"

카시카는 답하지 않았다. 그 대신 손으로 허공에 기묘한 선을 그리기 시작했다.

"위대한 영혼 이마그논의 다섯 딸, 그녀들의 원인이 된 거대한 바람. 물은 나무를 자라게 하고, 나무는 불타올라 흙이 되나니, 흙 속에서 태어난 금속은 수은을 낳아 이윽고 다시 물에 이르네. 빛과 어둠, 그것이 비추매 낮은 밤이, 그리고 밤은 낮이 된다……."

그것은 흡사 시와도 같았고, 노래와도 비슷했다. 그녀가 허공에 그리는 붉고, 푸르고, 희고, 검은 선들은 점점 더 복잡해져 갔다. 라휄은 그것이 마법의 진이라는 것을 알 수 있었다.

"아아!"

백묘는 카시카의 모습에 소름이 돋았다. 그녀는 샤먼이었다. 마법이라 부르는 원소들의 영혼이 만들어내는 조화를 느끼는 데 있어서는 최고의 능력을 가지고 있었다.

지금 백묘는 카시카를 둘러싸고 있는 거대한 흐름을 느끼고 있었다. 폭풍과도 같은, 정신이 날아가 버릴 것 같은 압력이 카시카에게로 끊임없이 모여들고 있었다.

카시카의 눈가에 하나둘 잔주름이 생겨났다. 그리고 눈가에 잔주름이 하나 생길 때마다 그녀의 손에 맺혀지는 마법의 힘은 점점 더 강해져 갔다. 엉덩이의 탄력도, 가슴의 모양도, 허리 두께마저도 아주 약간이지만 변했다. 그야말로 삼십대 중반의 외모가 된 것이다.

하지만 변신(!)한 그녀의 손에 엉켜 있는 것은 1억 카타토의 마력이었다.

"하나의 흐름은 이윽고 드러나니, 세계가 되다! 월드(World)!"

콰아앙—

라휄은 깜짝 놀라 자신도 모르게 한 걸음 뒤로 물러섰다. 백묘와 흑묘는 갑작스레 쏟아진 빛에 두 눈을 가렸다. 그리고 카시카는 주위를 오만한 눈빛으로 빙 둘러보았다.

카시카를 중심을 한 반경 100여 미터의 공간의 땅이 갈라졌다. 어긋난 땅의 조각이 일부는 솟아오르고 일부는 가라앉았다. 그리고 그 일궈진 땅에서 창과도 같은 나뭇가지들이 솟아났다. 바위와 흙 틈에 눌려 짓이겨진 오크들의 시체가 창에 꿰뚫렸다.

그 틈에 있던 오크들은 우왕좌왕했다. 하지만 그것도 잠시,

나뭇가지에서 검과도 같이 솟아난 금속의 가시에 오크들의 몸이 찢겨 나갔다. 그것들은 갑작스레 나타난 불에 타오르고, 순식간에 불어닥친 눈보라에 얼어붙었다. 날카롭게 이는 바람은 이미 거의 주검이 되어버린 1천여 마리 오크들의 시체를 찢어발겼고, 남겨진 모든 것들이 검고 흰빛의 소용돌이에 휘감겨 사라져 갔다.

그렇게 모든 것이 사라져 갔다. 나무는 불타고, 가죽은 사그라져 갔다. 그 안에 있는 것은 죽은 것이든 살아 있는 것이든 모두 한 줌의 재가 되었다.

다만 흑묘와 백묘, 라휄, 그리고 카시카 이 네 사람이 있는 곳만이 온전할 뿐.

세계 최대의 마법 '월드'가 70년의 세월을 넘어 우르크 산맥에서 다시 모습을 드러낸 것이다.

오크들은 혼비백산했다. 그곳에 모였던 오크들의 1/3이 사라졌다. 오크 전사도, 샤먼도 빛 안에서 사라졌다. 남아 있는 것은 검게 그을린 너른 원형의 공터뿐이었다.

하나둘 달아나기 시작했다. 그리고 어느샌가 주위를 둘러싸고 있던 수천의 오크가 하나도 남지 않고 사라졌다.

라휄과 흑묘, 그리고 백묘는 카시카를 바라보았다. 지친 듯 그녀는 몸을 살짝 숙이고 거친 숨을 고르고 있었다.

그런 그녀가 갑자기 소리를 질렀다.

“꺅!”

그리고는 손을 들어 몸을 더듬었다.

“거울! 거울!”

항상 가지고 다니던 손거울을 꺼내 얼굴을 비춰보았다. 스무 살 가까이 되어 보이는 자신의 얼굴이 거울에 비춰지자 카시카는 호들갑을 떨며 마법을 걸기 시작했다.

하나둘 잔주름이 사라져 갔다. 가슴은 다시 봉긋 솟았고, 엉덩이에도 탄력이 생겼다. 그녀의 몸 주위를 회오리치듯 감싸고 있던 마법력이 사라져 갔다.

그제야 안심이 된다는 듯 카시카는 입가에 미소를 만들었다. 그리고는 털썩 바닥에 주저앉았다.

“카시카, 괜찮아?”

라휄은 깜짝 놀라 카시카를 부축했다. 비틀비틀, 카시카는 몸을 가누지 못했다.

백묘가 말했다.

“카시카님, 정말 대단해요! 정말 마법사셨군요!”

흑묘도 같은 기분이었다. 그녀가 마법사라는 얘기는—그것도 굉장한—이미 들어 알고 있었지만 오늘 처음으로 실감하게 되었다.

“무슨 마법이에요? 이런 마법이라면… 한 나라를 상대할 만해요!”

흑묘의 칭찬에 카시카는 웃으며 고개를 저었다.

"펑펑 쓸 수 있는 마법이 아니야."

카시카는 다시 거울을 들어 얼굴을 꼼꼼히 살폈다. 최고위의 마법을 쓴 것 따위보다 행여나 남아 있을 잔주름이 더 신경 쓰이는 모양이었다. 보고 또다시 봐도 미모는 10대의 자신 그대로였다. 그제야 안심이 된 듯 카시카는 라휄에게 미소를 지어 보였다.

"낭군님, 힘들어요. 업어주세요."

"응, 알았어."

라휄은 카시카를 들쳐 업었다. 그리고 고개를 돌려 뒤를 보았다. 이제 오크는 그림자도 보이지 않았다. 가방도 되찾았으니 돌아갈 일만 남았다.

"백묘야, 흑묘야, 돌아가자."

카시카를 업고, 졸졸 따라오는 흑묘, 백묘와 더불어 라휄은 귀로에 올랐다.

쟌지발 일행에게 가방을 건네준 후 라휄 일행의 마차는 다시 코넬리아 영지로 출발했다. 카시카는 마차에 오르자마자 곯아떨어졌다. 라휄은 여전히 세상에 대한 강한 호기심을 드러내며 밖을 내다보고 있었다.

백묘는 라휄의 건너편에 앉았고, 흑묘는 마차를 몰았다. 평화롭던 이전의 모습 그대로였다.

하루가 흐르고, 다시 하루가 흘렀다.

잘 닦여진 길을 따라 마차는 달렸다. 그리고 드디어 저 멀리 우르크 산맥의 남쪽 사면을 따라 서 있는 커다란 성이 보이기 시작했다.

코넬리아 성이었다.

Chapter 9

예 리 한 칼 의 주 인 없 는 자 루

"**어**라라? 카시카, 저거, 머리 아니야?!"

라휄은 마차 창으로 머리를 내밀어 멀리 보이는 성을 보고 외쳤다. 5미터 높이 가량의 성벽이 너른 영지를 감싸고 있고, 그 성벽 뒤로 예각 삼각형의 지붕이 즐비하게 늘어서 있었다.

하지만 한 귀퉁이가 무너진 성벽과 타오르고 있는 집들, 그것들로부터 솟아나고 있는 짙은 회색의 연기는 현재 코넬리아 성이 정상이 아니라는 것을 이야기했다.

무엇보다도,

"머리? 무슨 머리?"

카시카는 고개를 갸웃하며 라휄이 고개를 내민 창 위쪽으로 머리를 내밀었다. 그와 동시에 흑묘가 외쳤다.

"정말로 머리예요! 거인인가 봐요!"

라휄과 흑묘가 이야기하는 것이 카시카의 눈에도 보였다. 그것은 정말로 머리였다. 5미터의 성벽 위로 불쑥 솟아 있는 대머리의 남자. 머리 크기만 해도 족히 1미터는 될 듯 보이는 그것은 날카로운 어금니가 뺨을 뚫고 나온 흉악한 얼굴로 주위를 쏘아보고 있었다.

펑, 펑! 하는 소리가 들리는 것으로 보아 그것을 막기 위해 코넬리아 성은 대포까지 동원한 모양이었다. 하지만 이미 외성 성벽 안쪽은 쑥대밭이 되었다.

성벽 위로 머리 정도만 보였지만 안의 상황이 어느 정도 상상이 갔다. 가끔 커다란 손이 성벽 위로 올라오는 모습이 보였고, 휘두른 거인의 손에 한 채의 집이 스르르 허물어져 내렸다.

그런 머리가 하나가 아니었다. 대머리 저편으로 살짝 겹쳐진 하나의 대머리가 더 있었다.

"낭군님, 에틴이야."

"에틴이 뭐야?"

카시카는 라휄에게 짤막히 저 대머리 거인에 대해 설명해 주었다.

"에틴은 하나의 몸에 머리가 두 개 달린 거인이야. 주로 산속 깊은 곳에 사는데, 아마도 저 우르크 산맥 속에서 살고 있는 괴물일 거야."

카시카의 손끝은 공작의 성 뒤쪽을 감싸듯 둘러서 있는 거대한 산맥에 닿아 있었다.

에틴은 손에 든 나무 둥치 하나를 무기로 쓰고 있었다. 지름이 1미터에 길이가 4미터는 족히 될 커다란 나무였다. 휘두를 때마다 흙먼지 바람이 일며 건물이고 탑 따위가 깨져 무너져 내렸다.

라휄이 말했다.

"저것도 사람이야?"

일단 생긴 게 그랬기에 라휄이 물었다.

"아니. 완벽하게 괴물이야, 낭군님."

라휄은 방긋 웃었다.

"응, 그럼 죽이러 갈래."

카시카는 라휄의 신나 하는 모습에 자신도 모르게 미소를 지었다.

"아이 참, 낭군님은 못 말려. 조심해. 에틴은 무서운 괴물이니까."

백묘가 물었다.

"카시카님은 함께 싸우지 않으실 건가요?"

카시카가 고개를 젓는다.

"아니, 피부에 좋지 않아서."

그녀의 대답에 백묘는 순간 할 말을 잃었다. 그때 흑묘가 마차를 세웠다.

"주인님, 싸우러 가요."

"응, 어서 가자."

라휄은 마차에서 내려 흑묘와 백묘를 재촉했다. 성까지는 줄잡아 300여 미터. 백묘는 우선 흑묘와 라휄 모두에게 걸음을 빨리 하는 술법을 걸었다. 세 남녀는 나는 듯 달려 성벽이 무너진 모퉁이를 통해 성안으로 들어갔다.

에틴의 난동은 극에 달해 있었다. 뭐가 불만인지 보이는 대로 다 때려부쉈다. 그런 에틴의 어깨에는 이쑤시개 같은 화살이 몇 발 박혀 있었다.

에틴의 앞쪽에는 말을 탄 기사들이 수십여 명이나 있었다. 일제히 말을 달려 에틴에게 뛰어들었지만 번번이 에틴이 휘두르는 나무 몽둥이에 맞아 나가떨어졌다.

에틴의 키는 7미터가량으로, 말 탄 기사가 겨우 허벅지쯤에 닿을 정도였다. 성안은 2, 3층의 건물이 즐비하게 서 있었는데, 수십여 채의 건물이 이미 에틴의 공격에 무너져 성안은 어수선하기 짝이 없었다.

에틴은 머리는 둘인데 눈은 하나씩이었다. 에틴은 커다란 눈을 부리부리하게 뜨고 자신을 공격하는 기사들을 쏘아보았다. 무슨 동물의 가죽인지 알 수 없는 털가죽을 허리에 둘러 다행히 국가 규모의 파렴치범은 면하고 있었다.

장궁을 든 병사들이 성벽 위에서 에틴의 얼굴을 노리고 화살을 날렸다. 에틴이 손을 뻗어 얼굴을 가리자 화살이 에틴의 손바닥에 박혔다.

크어엉!

아프다는 듯 외쳤지만 치명적인 타격은 되지 못하였다. 에틴은 손을 비벼 화살을 떨어내고는 들고 있던 몽둥이로 성벽을 내려쳤다. 쿠웅! 소리가 나며 성첩이 있던 곳이 푹 파이고 깨어져 바닥으로 쏟아졌다.

어수선하기 짝이 없는 성안에 라휄의 외침이 울렸다.

"두 머리 큰 사람은 내가 죽일 거야!"

기사들 뒤쪽으로 벌벌 떨며 사열해 있던 전투노예들이 깜짝 놀라 뒤돌아보니 네 자루의 검을 찬 꼬맹이가 묘족의 소녀들과 함께 서 있었다.

'뭐지?' 라고 생각하는 사이, 그 꼬맹이는 나는 듯 몸을 날려 전투노예들을 넘어섰다.

"뭐, 뭐지?!"

"우앗!"

바로 자신의 머리 위로 지나치는 라휄을 보며 노예들은 깜짝 놀라 외쳤다. 이어 흑묘와 백묘도 라휄처럼 사람들 머리 위로 뛰어넘어 갔다. 땅에 내려서자마자 백묘는 바닥에 술법의 진을 그렸고, 흑묘는 무기를 꺼내 그녀를 지켰다.

한 명의 기사가 에틴의 공격에 하늘로 날아올랐다. 가슴을 지키던 갑옷은 종잇장처럼 구겨졌고, 기사는 눈을 까뒤집고 기절했다.

라휄은 바로 자신의 앞에 떨어지는 기사의 뒷덜미를 잡아 챘다. 튕겨져 오는 힘에 라휄의 몸이 반 바퀴 팽그르르 돌았다. 잡아 쥔 갑옷의 목덜미가 라휄의 손에 걸려 떨어져 나갔지만, 덕분에 떨어지는 힘이 크게 줄어 기사는 목숨을 건졌다.

그 모습을 본 기사와 전투노예는 자신들의 눈을 비볐다. 도무지 믿을 수 없는 광경이었다. 갑옷까지 합치면 기사의 무게가 100킬로그램을 족히 넘을 터이다. 에틴의 몽둥이질에 날아왔단 점을 감안하면 거기에 얼마나 큰 힘이 깃들어 있는지 상상도 가지 않았다.

그런 것을 한 손으로 잡아 멈추게 하다니……

그때, 라휄의 손에 검이 쥐어졌다.

라휄이 달렸다. 한쪽 건물의 창틀을 밟아 뛰어오르더니 10여 미터나 날아 반대쪽 건물의 3층 창틀을 찼다. 라휄의 몸은 순식간에 에틴보다 더 높은 곳에 위치하게 되었다.

"주인님, 최고예요!"

흑묘가 외쳤다. 백묘는 라휄의 검에, 그리고 몸에 공격력을 높일 수 있는 술법을 걸어주었다.

파앗—

라휄의 공격이 에틴의 몸에 닿자 어깨에 1미터나 되는 긴 상처가 생겨났다. 뿜어져 나온 피가 흡사 폭우처럼 기사와 노예들에게로 쏟아져 내렸다.

에틴은 비명을 질렀다. 그 커다란 울음소리에 가까이 있던 기사들은 귀를 움켜쥐며 고통스러워했다. 하지만 라휄은 아무렇지도 않다는 듯 벤 기세를 빌어 다른 건물의 옥상으로 뛰어내렸다. 그 직후 다시 한 번의 도약. 검은 다시 한 번 에틴의 몸에 긴 상처를 남겼다.

에틴의 몽둥이가 라휄이 서 있는 건물의 옥상에 떨어져 내린 것은 바로 그때였다. 휘익! 하고 바람을 가르는 소리가 들렸다. 그리고 건물은 2층까지 반으로 쪼개졌다. 그렇지만 라휄이 그곳에 있을 리 없었다.

하늘 높은 곳에서 라휄은 양팔을 펼쳤다. 그의 손에 들려 있는 두 자루의 검. 태양 빛에 그림자가 진 어두운 몸, 그 양손에 들린 번쩍이는 은빛의 검. 그 선명한 대비는 흡사 라휄의 모습을 한 마리의 매처럼 만들었다. 그 그림자 아래에 서 있던 노예, 기사들은 자신도 모르게 감탄사를 내뱉었다.

라휄의 몸이 떨어져 내렸다. 한줄기 빛이 된 라휄은 에틴의 가랑이 사이에 큰 흙바람을 일으켰다. 내려선 라휄의 양손에 있는 검은 이미 할 일을 다한 듯 벤 후의 자세를 취하고 있었다.

무릎을 굽혀 땅에 닿을 듯 구부리고 있던 라휄이 몸을 일으켰다. 그리고 그 뒤로 가슴 한복판, 3미터가량의 두 줄기 상처가 새로 생겨난 에틴의 몸이 서서히 무너지는 모습이 보였다.

괴물이 죽었다.

라휄은 검을 털어 피를 뿌리고는 허리에 검을 갈무리했다.

"칫, 집게발이보다 약하잖아?"

싸움에 대한 라휄의 평이었다.

기사들은 믿을 수 없었다. 그리고 노예들은 무릎을 땅에 대었다.

라휄의 무위에 코넬리아 영주성은 일순 엄숙한 기운이 흘렀다. 저 멀리 자신의 집이 부서지고, 자신들의 거리가 무너져 내리던 모습을 지켜만 보던 사람들은 재해가 막을 내리자 하나둘 거리로 쏟아져 나왔다. 그리고 그들은 외쳤다. 기쁨의 함성을.

기사단장이 말을 몰아 라휄에게 다가왔다. 두 이족의 소녀가 소년의 땀을 닦아주고 있었다. 기사단장은 묘족 소녀들을 놀란 눈으로 한 번 보고 이내 라휄에게로 시선을 주었다.

"코넬리아 17기사단을 지휘하고 있는 치카츠 폰 호들레이 남작입니다."

그는 말에서 내려서며 라휄에게 자신을 소개했다. 상대가 귀족이건 평민이건 상관없었다. 검사라는 존재는 어차피 신분을 초월한 집단이니.

치카츠라고 소개한 그는 라휄의 왼손 중지에 있는 검정색의 반지를 보았다. 하지만 그 반지가 이 소년의 실력이라고 생각할 수는 없었다. 자신 역시 저 반지를 끼고 있었으니까.

"라휄이야. 라휄 란스카."

라휄은 사람이 처음 만나면 서로 이름을 댄다는 것을 이미 여러 번 경험해 알고 있었다.

"란스카 공, 먼저 에틴을 무찔러 준 일에 대해 감사의 말을 전하는 바입니다."

라휄은 그의 말에 미소를 지었다. 너무나 천진하고 해맑은 웃음이기에 치카츠는 다시 한 번 놀랐다.

"어려움에 처한 신민을 도우라고 라프델이 그랬어. 그게 기사의 계율이래. 물론 라휄은 기사가 아니지만."

치카츠는 자신도 모르게 고개를 끄덕였다. 자신은 검사의 반지를 하고 있었지만 기사였다. 기사의 계율 정도는 외우고 있었다.

"참으로 훌륭하신 말입니다!"

흑묘와 백묘가 나섰다.

"맞아요. 주인님은 훌륭하신 분이세요."

"그럼요. 주인님은 영웅이세요."

치카츠는 라휄이 자신보다 열 살 가까이 어린 듯했지만 가볍게 보는 마음을 결코 품을 수 없었다. 오히려 그와 더불어 하고 싶은 이야기가 가득했다. 하지만 상황이 상황인만큼 우선 먼저 해결할 일이 있었다.

치카츠는 고개를 돌려 기사들에게 외쳤다.

"서둘러 피해 상황을 파악하도록 해라! 상처 입은 사람은 의사에게로 데려가고, 위중한 사람은 내성 안쪽으로 옮겨라! 헤론님의 도움을 받아야겠다!"

치카츠는 이어 라휄에게 말했다.

"북쪽에 문제가 생겨 성내의 뛰어난 검사들과 마법사, 기사들이 모두 그쪽으로 가 있습니다. 이럴 때 갑자기 저런 괴물이 성안으로 쳐들어와 크게 곤란하던 터에… 다행히 라휄 공 덕분에 큰 난을 피할 수 있었습니다."

코넬리아 가문은 공작 가문이었다. 검은 반지의 검사인 치카츠가 고작 기사단장을 하고 있는 거대한 나라였다. 평상시의 코넬리아였다면 에틴 정도에 이런 피해를 입을 리 없었다.

치카츠는 사실 굳이 설명하지 않아도 될 그런 이야기를 라휄에게 꺼냈다. 일종의 자존심 때문이었다. 라휄이 코넬리아 가문 그 자체를 무시할 것이 걱정됐기에.

하지만 그런 걸 생각할 리 없는 라휄은 치카츠의 말에 고개를 끄덕일 뿐이었다.

"아아, 그렇구나."

라휄이 곧바로 치카츠에게 물었다.

"그런데 치카츠, 천사님은 어디에 있어?"

치카츠는 라휄의 난데없는 질문에 당황하는 표정이었다.

“천사님이라……. 하늘나라에 있겠지요.”

진지한 질문에 진지하게 답했다. 하지만 그 답은 백묘와 흑묘의 웃음을 자아내기에 충분했다.

“그게 아니에요. 천사님은, 라휄 주인님이 이야기하는 천사님은 사람이에요.”

흑묘의 말에 라휄이 고개를 저었다.

“아니야. 천사님은 천사님이야.”

백묘가 말했다.

“코넬리아 영주님은 어디 계신가요? 주인님은 코넬리아 영주님을 만나뵈러 이곳까지 오셨어요.”

치카츠가 고개를 갸웃했다.

“공왕님을?”

“네.”

곤란하다는 듯 치카츠가 신음 소리를 냈다.

“으음… 비록 큰 공을 세우기는 했지만…….”

“어?! 너는 라휄 아니냐?”

그때 누군가가 라휄의 이름을 불렀다. 라휄과 흑묘, 그리고 백묘는 고개를 돌려 목소리의 주인공을 보았다.

그 순간, 라휄이 외쳤다.

“아앗! 헤론이다!”

라휄은 헤론을 기억해 냈다. 그 늙수그레한 남자의 등장에 치카츠는 손을 가슴에 대고 허리를 굽혔다.

"헤론님, 오셨습니까?"

목소리의 주인공은 다름 아닌 부활의 헤론, 코넬리아 가문의 회복술사였다. 그는 치카츠에게 미소를 지어 보였다.

"치카츠, 욕봤구먼. 하다못해 자네의 형이라도 있었으면 훨씬 간단히 해결했을 텐데."

치카츠는 애매한 미소를 지었다. 올해로 스물한 살이 된 치카츠에게는 우론슨이라는 형이 있었다. 코넬리아 가문의 가신으로서 흰색의 반지를 소유한 자였다.

"그보다 헤론님이 이제부터 큰일입니다. 다친 사람이 저렇게나 많으니……."

"휴, 할 수 없지. 하필 공왕님이 자리를 비운 이때에 이런 일이 터지다니."

헤론은 치카츠와의 대화를 정리하고는 다시 라휄에게로 시선을 옮겼다. 그런 그의 시선을 의식하며 치카츠가 물었다.

"그런데 헤론님, 라휄 공과는 어떻게……."

헤론이 간단히 설명했다.

"올해 코넬리아 공작가가 방면한 열 명의 노예 중 하나일세."

"에, 에에?!"

치카츠는 놀랐다. 놀라움은 여러 가지 의미였는데, 그중 하나를 입 밖에 냈다.

"이런 뛰어난 검사가… 코넬리아 영지의 노예였습니까?!

금시초문입니다.”

헤론은 고개를 저었다.

“아냐. 길에서 주웠어.”

“그, 그런!”

치카츠는 ‘으음’ 하고 신음을 뱉었다.

“그런데 어째서…….”

“무슨 말을 하고 싶은지 아네. 하지만 입 밖에 내지는 말게나.”

헤론의 말에 치카츠는 얼른 입을 닫았다. 영주를 비난하는 말이 될 터이다. 어째서 저런 검사를 코넬리아 가로 데려오지 않았는지…….

“헤론, 안녕? 헤론, 고마워. 헤론 덕분에 나 이제 안 아파.”

라휄과 헤어진 지도 두 달여가 흘렀지만 말투는 여전했다.

“그야 당연하지. 만약 네가 아직도 아프다면 내 별명을 바꿔야 하지 않겠느냐?”

“헤론한테도 은혜를 갚을 거야. 하지만 난 천사님이 더 고마워. 그래서 여기에 왔어.”

순진한 만큼 솔직했다. 헤론은 라휄의 말에 쓴웃음을 지었다. 따지고 보면 자신은 이 소년의 생명의 은인이었다. 문제는 라휄에게 그런 자각이 없다는 점이었지만.

“영주님을 만나러 온 거냐?”

라휄은 고개를 끄덕였다.

“응.”

“이런, 때를 잘못 만난걸. 하루 정도 기다려야겠다. 공왕님은 지금 리페트 요새에 회의를 하러 가셨어.”

리페트는 영주의 성 동남쪽에 있는 요새였다.

“기다리면 만날 수 있는 거야?”

라휄의 물음에 헤론은 대답을 하지 못했다.

“글쎄, 그건 확답하기 어렵구나.”

“그럼 리페트로 만나러 갈래.”

“그건 안 된다. 영지 귀족들의 회의야. 보통 사람들은 접근할 수 없어. 힘으로 깨부수고 가면 안 될 것도 없다만…….”

헤론은 이렇게 말하며 문득 그것도 재밌을 거 같다는 생각을 했다. 하지만 아무리 그라도 라휄에게 그런 걸 시킬 수는 없었다.

라휄은 시무룩한 표정을 지었다.

“그럼 할 수 없네. 기다려 볼래.”

헤론이 말했다.

“우리 집으로 갈래? 너랑 네 시녀들이 묵을 만한 방 정도는 내어줄 수 있다.”

라휄은 고개를 끄덕였다.

“응, 알았어. 그런데 카시카도 있어. 카시카가 잘 방도 있어?”

“카시카? 동료가 또 있었나? 뭐, 아무래도 좋아. 어차피 나

혼자 사는 집이니까."

헤론의 허락이 떨어지자 라휄은 흑묘, 백묘와 함께 우선 마차로 돌아갔다. 마차를 몰아 다시 성안으로 들어가자 그곳에 기다리고 있던 헤론의 하인을 따라 헤론의 저택으로 향했다.

헤론의 집은 내성 안쪽에 위치하고 있었다. 에틴에 의해 파괴된 곳은 내성 밖의 외성 안쪽의 거리로 상가나 일반 시민들, 하위 귀족들의 집이 있는 곳이었다. 내성은 높이가 10미터에 튼튼하게 지어져 에틴의 공격에 거의 피해가 없었다.

헤론의 저택은 이층으로 고풍스러웠다. 중심가에 위치한 덕에 부지가 넓지는 않았지만, 어느 한구석 흠잡을 곳이 없었다. 회색의 벽돌 틈새로 흰 회반죽이 사다리처럼 얽혀 있었고, 저택의 절반은 갈색으로 바랜 담쟁이가 자라고 있었다.

카시카의 순백의 마차가 집 앞에 섰다.

저택은 훌륭했다. 하지만 카시카의 마차가 한층 더 화려했기에 오히려 저택 쪽이 부족한 듯 느껴졌다. 하긴, 공작 가문의 마차보다도 요란스러운 마차에 비견할 만한 건물은 왕궁 정도일 것이다.

"이곳이 헤론님의 저택입니다."

헤론의 성(姓)인 슬레이프 가문은 코넬리아 가문을 섬기는 여러 자작 가문 중 하나였다. 헤론은 둘째 아들이었기에 가문을 이어받지는 못했지만 남부럽지 않은 부를 누리고 있었다.

헤론 가의 하인은 흑묘의 옆, 마부석에서 라휄 일행을 안내했다. 저택 안에 도착한 라휄과 다른 세 사람은 응접실로 안내되어 갔다. 저택의 규모에 비해 사람 냄새는 적었다.

라휄이 헤론을 다시 만난 것은 저녁을 먹은 후였다.

"에틴의 공격 때문에 일이 좀 많았단다. 그래, 라휄. 그동안 어디에 있었지? 보아하니 동료도 얻은 모양인데……."

응접실에 자리를 잡은 헤론은 가장 먼저 그것부터 물었다. 헤론은 처음 라휄과 만났을 때 강한 호기심을 느꼈었다. 체자렛의 명령 때문에 버려두고 오기는 했지만, 마음 같아선 자신이라도 거둬오고 싶었다. 그런 라휄이 제 발로 찾아왔으니 궁금한 게 많을 만도 했다.

라휄보다 먼저 카시카가 입을 열었다. 일행의 소개가 우선이었으니까.

"난 카시카라고 해요. 카시카 폰 란그리제. 작위 없는 귀족이죠."

헤론은 붉은 머리칼의 눈부신 소녀를 바라보았다. 귀족이라는 것이 의외이기는 했지만, 전혀 이상할 것 없을 정도의 기품을 지니고 있었다.

카시카의 소개가 이어졌다.

"이쪽은 흑묘, 그리고 이쪽은 백묘로 낭군님의 노예예요. 둘 모두 보시는 바와 같이 묘족이죠."

백묘와 흑묘는 공손히 고개를 숙였다.

그제야 라휄이 입을 열었다.

"아흐라마 산맥에서 흑묘와 백묘를 만났어. 그래서 함께 있던 카시카와 여행을 하다가 천사님에게 은혜를 갚으려고 여기에 왔어."

헤론이 세 여인에게 인사의 말을 했다.

"헤론 폰 슬레이프라고 하네. 자작 가문의 둘째지. 나 역시 별다른 작위는 없네."

라휄이 이번에는 헤론을 모두에게 소개했다.

"헤론은 날 치료해 줬어. 겁쟁이 파드셀이 가슴을 찔러서 피 기침이 나왔었거든."

카시카가 웃으며 말했다.

"낭군님의 은인이셨군요. 이 카시카도 감사의 말을 드릴게요."

카시카의 말에 헤론이 고개를 갸웃했다.

"낭군님? 자네가 라휄의 아내인가?"

백묘와 흑묘가 말했다.

"아니에요. 카시카님은 그냥 동료예요."

"맞아요. 주인님께 엉겨붙는 것뿐이에요."

"푸핫!"

헤론은 웃었다. 카시카는 볼을 붉히며 흑묘를 흘겼다. 헤론이 손을 저으며 카시카에게 말했다.

"자네를 비웃으려던 게 아니네. 다만 흑묘, 백묘라는 노예
도 라휄이 노예였을 때와 마찬가지로 말을 함부로 해서 웃은
것뿐일세. 유유상종이랄까."

이번에는 흑묘와 백묘가 뺨을 붉혔다

"죄송합니다. 무례를 범하려던 것은 아니었습니다."

백묘의 말에 헤론은 손을 흔들었다.

"아니, 아닐세. 상관없어. 나한테 무례한 행동을 한 것도
아니고."

헤론은 이어 라휄에게 말했다.

"그나저나 넌 정말 강하더구나. 왜 진작 못 알아봤을까!"

라휄은 자신을 창찬하자 기분 좋은 미소를 지었다.

"응, 난 아주 세."

헤론의 눈이 라휄의 왼손 중지로 향했다.

"1천32위라……. 대단하구먼. 하지만 진짜 실력은 반지 이
상일 것 같군."

헤론은 라휄이 싸우는 장면을 모두 지켜보았다. 비록 샤먼
의 마법으로 보조를 받았다고는 하지만 에틴을 그렇게 손쉽
게 물리치다니…….

"우론슨과 한번 붙여보고 싶군 그래. 우론슨은 아까 만난
치카츠의 형이야. 457위의 반지를 가지고 있지."

카시카의 눈이 반짝였다.

"그거 좋군요. 500위 안쪽의 반지라면 확실히 가치가 있겠

어요.”

“당연히 이길 거라는 듯 이야기하는군 그래.”

헤론의 말에 카시카와 흑묘, 그리고 백묘가 동시에 고개를 끄덕였다.

“물론이에요.”

“물론이죠.”

“당연한 얘기예요.”

헤론은 묘한 표정을 지었다. 457위다. 제국 전체의 인구를 대략 1억 정도로 보았을 때, 그중 사백쉰일곱 번째로 강한 검사다. 그런 우론슨을 고작 열세 살의 소년이 이길 수 있다는 이야기인가? 그것도 당연하게.

“세계는 넓네. 하긴 이야기해 무엇할까. 검사의 반지는 흑백을 명확히 가려주는 물건이니.”

헤론은 그 뒤로도 라휄에게 이런저런 이야기를 꺼냈다. 그렇게 코넬리아 성에서의 첫날밤이 깊어갔다.

2

하루가 흘렀다.

에틴의 공격으로 혼란에 빠졌던 성안의 분위기도 많이 차분해졌다. 외성 성벽 일부가 붕괴되고 수십여 채의 집이 무너졌지만, 코넬리아 공국은 작은 나라가 아니었다. 뭣보다 주변으로부터 속속 검사와 마법사 등 실질적인 코넬리아의 힘이 도착하면서 영주민들이 안정을 되찾는 데 큰 힘이 되었다.

복구 작업이 시작되었다.

회장이, 미장이, 아무튼 각종 장이들이 특수를 누리는 셈이었다.

하루가 지난 사이, 라휄은 영웅이 되어 있었다. 점심 무렵에 도착한 영주가 정식으로 에틴을 물리친 자의 이름을 라휄로 발표한 것이다.

마을에선 복구 작업이 한창인 그때, 영주성에선 라휄을 환영하기 위한 행사가 준비되고 있었다.

사실 라휄이 한 일이라고는 반 시간 정도 일찍 재난을 종결지은 정도였다. 라휄이 에틴을 죽인 지 딱 반 시간 후, 코넬리아 가문의 또 다른 흰색 반지의 주인인 파킨토가 도착했으니.

그렇다고는 해도 큰일을 해낸 것은 사실이었고, 성내의 주민들은 어느 한 명도 빠짐없이 라휄을 위한 행사 준비를 도왔다.

정식 초청장이 헤론 가문의 저택에 도착했다.

시간은 오후 5시, 네 시간가량 시간이 있었다.

카시카는 마차 안에서 입을 만한 옷을 뒤지기 시작했고, 흑묘와 백묘는 무려 금화 일곱 개나 하는 남화의 드레스를 몸에 걸쳤다. 그녀들은 노예였다. 하지만 본래 노예의 처신은 주인의 뜻에 따르는 법이었다. 라휄의 행적을 치하하는 연회에 그녀들을 참가시키고 말고는 라휄이 결정할 일이었다.

4시쯤 한 대의 마차가 헤론의 저택 앞에 멈췄다. 영주성에서 보낸 마차였다. 라휄을 비롯한 일행 모두가 마차에 올랐다.

헤론은 그 나름대로 연회에 참가하기로 했기에 마차는 네 사람만을 태우고 성으로 향했다.

마차가 달리는 코넬리아 성 중앙로에는 수많은 사람들이 모여 있었다. 소문으로만 들은 어린 검사의 얼굴을 보기 위해서였다. 갑자기 나타나 에틴을 물리쳤다는 것만으로도 대단한데 고작 열 살 남짓의 아이라는 점은 충분히 화제가 될 만했다.

"저 아이야, 저 아이!"

마차는 지붕이 없는 것이었기에 사람들은 라휄의 모습을 훤히 볼 수 있었다.

"정말? 설마! 저렇게나 어리다니!"

뒷줄에 있는 사람들은 까치발을 했고, 앞의 사람들은 손을 마차로 뻗어왔다. 라휄은 너무 많은 사람들이 거리에서 손을 흔들고 꽃가루를 뿌리는 통에 정신이 하나도 없었다. 게다가 자신을 마중 나온 사람들이라고는 상상조차 하지 못했다.

"카시카, 저 사람들은 뭐 하는 거야? 혹시 시장이야?"

카시카는 지금 손을 흔들어 사람들의 성원에 답하고 있는 중이었다. 워낙 시끄러웠기에 라휄의 목소리를 듣지 못했다. 라휄이 말을 이었다.

"나도 시장은 알아. 물건을 사고파는 곳이지? 저 사람들,
뭘 팔러 나온 거야?"

하지만 여전히 카시카는 묵묵부답이었고, 라휄은 결국 카
시카의 소맷자락을 잡아 흔들었다.

"카시카, 저 사람들이 뭐냐고?"

"아, 응? 낭군님! 뭐긴 뭐야, 낭군님을 환영하는 사람들이
지."

"환영? 환영이 뭐야?"

"어서 오라고 인사하고 있는 거야."

"나를? 왜?"

백묘가 대신해 대답했다.

"주인님이 에틴이라는 괴물을 무찔러 주었기 때문이에요."

라휄은 기분이 좋아졌다. 괴물을 무찌르고 사람들에게 이
렇게나 많은 칭찬을 받으리라고는 생각도 못했다. 지하에서
야 살기 위해 죽였고, 싸워서 죽인다는 그 과정이 재미있어서
죽였다.

"정말?"

흑묘가 말했다.

"신민을 보호한다는, 주인님이 늘 하시던 말씀을 행하신
거니까요."

"응, 맞아. 그렇구나."

라휄은 고개를 끄덕끄덕했다. 카시카가 그런 라휄의 손을

들어 올렸다.

"낭군님, 이렇게 인사를 받는 거야."

라휄의 손이 올라가자 사람들의 함성이 거리에 가득히 울려 퍼졌다.

인파 속을 지나 라휄을 실은 마차는 영주의 성안으로 들어갔다. 5층 높이의 커다란 성 앞. 드넓은 정원의 분수를 따라 둥글게 감아 나오는 길에 마차가 가득했다.

어디어디의 무슨 자작 부인, 어디어디의 남작.

영주의 저택 중앙에 위치한 무도회장에 사람들이 들어설 때마다 문지기의 외침이 홀 안에 울렸다. 이윽고 라휄 일행이 그 안에 걸음을 들여놓았다.

"오늘 연회의 주인공인 라휄 란스카입니다."

아무런 작위도 없는 평민이었기에 라휄의 소개는 간단했다. 하지만 연회장에 모인 모든 귀족의 시선은 라휄과 그 옆에 서 있는 눈부신 붉은 머리의 미녀, 그리고 신비로운 이족의 소녀들에게로 쏟아졌다.

라휄은 사교에 대해 아는 바가 없었다. 흑묘와 백묘는 이국의 사람들이었다. 그러다 보니 상황은 자연스레 카시카가 주도하게 되었다. 뭐, 굳이 사교뿐 아니라 생활 전반에 있어 그래왔지만.

"이쪽으로 와. 여기가 주빈석이야."

카시카가 안내한 곳은 너른 연회장의 거의 중앙부였다. 걸음을 한 번 옮길 때마다 귀족들의 웅성거리는 소리가 들려왔다.

사실 라휄이라는 존재는 따지고 보면 아무것도 아니었다. 하지만 그를 둘러싼 여러 조건, 이를 테면 어리다거나 주변에 미녀가 있다거나 하는 것들 덕분에 실제 한 일에 비해 훨씬 큰 관심을 받고 있었다.

음악이 흐르고, 탐스러운 음식들이 가득했다. 라휄은 이런 분위기가 처음은 아니었다. 문득 노예 해방식이 떠올랐다. 천사님, 그때 만났던 천사님을 오늘 다시 만나게 되는 것이다.

하지만 그런 라휄의 생각은 다음 순간 깨어졌다.

"코넬리아 영주님은 건강상의 문제로 불참하신다고 합니다."

영주관 측에서 나온 시종장이 모두에게 말했다. 서곡 분위기의 우아한 음악이 경쾌한 춤곡으로 바뀐 것은 그 직후였다. 영주가 불참을 선언했으나 주인공인 라휄이 도착한 것만으로도 연회는 시작할 충분한 여건을 갖춘 셈이었다.

오래지 않아 라휄을 둘러싸는 사람들이 생겼다.

"란스카 공, 듣자 하니 일천위 대의 검사라고 하던데, 사실이오?"

그중 한 귀족이 라휄에게 물었다. 라휄은 왼손을 들어 보이며 고개를 끄덕였다.

"응, 천32위야."

"하하하! 과연 그것참, 대단하오."

30대의 그 귀족은 속으로 '왜 반말이야?' 라고 투덜거리며 웃는 낯을 유지하느라 약간 고생을 했다. 한편으론 '검사들 중엔 괴짜가 많다더니 정말 그렇군' 이라고 생각하며 그런 기분 나쁜 감정을 속으로 삭였다.

20대 초반의 귀부인이 라휄의 곁에 섰다. 아름다운 여인으로, 남청색의 눈동자가 보석처럼 빛나고 있었다.

"란스카 공, 어떻게 그 무서운 괴물을 무찔렀나요? 이 네 자루의 검으로 해치운 것인가요?"

그녀는 그렇게 말하며 라휄의 허리에 매어져 있는 검을 보았다. 두 자루는 낡았고 한 자루는 투박했다.

"아니. 토가타랑 이것으로만 죽였어. 이 두 개는 부러졌을 때를 대비해서 가지고 있는 거야. 괴물들과 싸우다 보면 검이 부러지는 경우가 있어. 그러면 위험하거든."

그녀의 옆에 있던 녹색 머리칼의 여인이 말했다.

"어머! 그렇게 많은 괴물들과 싸워봤나요?"

"응, 많이 싸웠어. 매일매일. 다섯 살 때부터 열세 살 때까지. 아참, 지금 내가 열세 살이지?"

라휄이 갑자기 카시카의 손을 잡아당기며 물었다.

"카시카, 카시카. 나 지금 열세 살 맞아? 언제까지 열세 살이야?"

카시카가 웃었다.

"낭군님은 그런 것도 몰라? 지금이 11월이니까 한 달 더 남았지."

"아, 그렇구나. 그럼 한 달이 지나면 열네 살이 되는 거야?"

"맞아."

라휄은 다시 조금 전 자신에게 말을 건 귀부인에게 고개를 돌렸다. 그 귀부인은 카시카를 쳐다보고 있었다. 자신도 나름대로 가꾸고 꾸몄지만 저 붉은 머리칼의 여자에 비하면 초라할 지경이었다. 벌써부터 수작을 거는 남자가 셋이나 붙었다는 것만으로도 그 사실을 증명하고도 남을 일이었다.

라휄은 남녀노소를 불문하고 인기가 좋았다. 이 사람, 저 사람에게 끌려 다니며 쏟아지는 질문 공세에 정신을 차리지 못했다.

반면 카시카에게 다가서는 사람은 그 층이 확실했다. 오직 젊은 남자들로, 카시카의 환심을 사기 위해 기름기 가득한 미소를 흘리는 중이었다.

그렇다고 흑묘와 백묘가 인기 없느냐 하면 그건 결코 아니었다. 수많은 사람들이 묘족 소녀들을 둘러쌌다. 다만 다른 사람들과는 달리 대화에 끼워주거나 하지는 않았다. 신분이 신분이니만큼 말이다. 그저 구경하고 만져 보고 이야기하는 것이 인형을 상대하는 듯했다.

"그런데 라휄 공, 에틴은 키가 3층 건물과 비슷하다고 하던데 어떻게 상대할 수 있었나요?"

"맞아요. 라휄 공은 키가 1.4미터 정도밖에 안 되어 보이는데, 1미터를 뛰어오를 수 있다고 해도 겨우 어른 키를 넘길 뿐이잖아요?"

두 귀부인이 라휄에게 나란히 물어왔다.

라휄은 길이 단위에 대해 아는 바가 없었다. 하지만 이야기의 맥락을 이해 못한 것은 아니었다.

"발 디딜 곳만 있으면 괜찮아. 저기를 밟고 저기를 차고 뛰어오르면 저어기까지 닿는걸."

라휄은 손가락으로 발 디딜 곳을 가리켰다. 처음 손이 닿은 곳은 2층의 테라스로 이어진 계단의 중간쯤이었고, 그 다음은 2층의 발코니였다. 그리고 마지막으로 5미터 정도 높이의 샹들리에를 가리켰다.

귀부인들은 믿을 수 없다는 표정을 지었다.

"정말인가요?"

"한번 해보세요."

라휄은 고개를 끄덕했다. 그리고는 창! 하는 소리와 함께 검을 뽑아 들며 계단 중간을 향해 도약했다.

다른 곳에 관심을 가지고 있던 귀족들의 시선이 일제히 라휄에게로 향했다. 흡사 순간 이동을 하는 듯 도약의 순간만 눈에 보였을 뿐이다. 이어지는 곳에 있는 것은 흰색의 가느다란 선

뿐, 라휄은 순식간에 두 번째 접점인 2층의 발코니에 도착했다.

쿠웅—

라휄의 몸이 다시 처음 질문을 던졌던 여귀족들 앞에 떨어져 내렸다. 낙하의 충격으로 허리를 굽히고 무릎을 굽혀 잔뜩 낮춘 라휄의 손끝, 길게 늘어진 검 위엔 반쪽짜리 초가 올려져 있었다. 촛불이 바람에 가느다랗게 떨렸다.

귀족들의 탄성이 울렸다. 여귀족들은 신기하다는 듯 손뼉을 쳤다.

라휄은 의기양양하게 검끝에 달린 촛불을 후~ 불어 껐다.

라휄의 그런 모습을 눈을 반짝이며 보는 사람이 몇 있었다. 그들은 하나같이 손가락에 검고 흰 반지를 차고 있었다. 바로 코넬리아 가문에 속해 있는 검사들이었다. 에틴의 습격 소식을 듣고 성으로 돌아온 이들로, 그중 한 명은 파킨토로 766위의 흰색 듀얼리스트 링을 끼고 있었다.

파킨토가 라휄에게 접근했다. 주위에서 재잘거리는 여러 귀족들을 제치며 손을 내밀자 라휄은 불쑥 내밀어진 손에 고개를 갸웃하며 손의 주인을 보았다. 20대 중반의 남자였다.

"파킨토 폰 가볼트라고 하네."

갈색의 머리칼에 짙은 남색 눈동자를 가진 그는 라휄에게 자신을 소개하며 악수를 청했다. 라휄은 악수라는 것에 아직 익숙하지 않았기에 그저 이름만을 밝혔다.

"라휄 란스카야."

파킨토는 내민 손이 무안하여 꼼질꼼질 움직였다. 라휄은 그가 뭔가를 달라고 하는가 싶어 손에 들고 있던 먹다 만 과일을 쥐어주었다. 파킨토는 얼굴을 붉혔다.

그러자 곁에 있던 백묘가 서둘러 라휄 대신 사과의 말을 했다.

"죄송합니다. 주인께서 아직 예법을 온전히 익히지 못하셨습니다."

그리고 라휄에게 말했다.

"주인님, 이렇게 손을 내밀 때는 같이 맞잡아주어야 해요."

"응? 왜? 남자 손은 거칠어서 싫어."

태연스레 말하는 라휄에게 백묘가 서둘러 말했다.

"그렇게 해야만 해요. 안 그러면 나쁜 사람이 되어요."

라휄은 여전히 이해할 수 없다는 표정이었다. 하지만 백묘의 말을 전적으로 믿었기에 고개를 끄덕이곤 파킨토의 손을 잡았다.

하지만 파킨토의 기분은 이미 상한 지 오래였고, 라휄의 손을 피하며 라휄이 건넨 사과를 땅에 집어 던졌다. 그리고는 들고 있던 흰색의 장갑을 라휄의 얼굴을 향해 집어 던졌다.

라휄은 고개를 틀어 장갑을 피했다. 파킨토는 그 모습을 보며 한층 화를 냈다.

"결투다! 내일 정오에 쿠르문 성당 정문에서 보자!"

“결투? 싸우자고?”

라휄의 물음에 파킨토는 ‘흥!’ 하고 코웃음 치며 몸을 돌렸다.

연회장이 한층 소란스러워졌다. 볼거리가, 그것도 큰 볼거리가 생겨난 셈이었다. 갑작스레 나타난 라휄이라는 꼬마 검사와 명문인 가볼트의 젊은 검사 사이의 싸움이다.

하지만 정작 당사자인 라휄은 뭐가 뭔지 모르겠다는 얼굴을 했다.

“백묘야, 왜 갑자기 저 사람이 싸우자고 하는 거야?”

“주인님이 그에게 모욕을 주었기 때문이에요.”

“모욕?”

“네. 친하게 지내자고 손을 내밀어 악수를 청했는데 먹다 만 사과를 주지 않으셨나요?”

라휄이 고개를 갸웃한다.

“사과를 싫어하나 보네?”

“아무튼 상대가 악수를 청해올 땐 손을 잡아주어야 해요. 그러지 않으면 상대가 화를 내고 싸움을 하게 돼요.”

백묘의 말에 라휄은 고개를 끄덕였다.

“응, 알았어.”

한편, 라휄과 백묘 사이의 이런 대화를 보며 대부분의 사람들은 라휄이 파킨토를 재삼 놀리고 있다고만 생각했다. 정말로 라휄이 악수가 뭔지도 모른다고 생각하는 사람은 아무도 없었다. 그 모습을 보며 일부는 웃었고, 일부는 이상하다는 생각을 했다. 파킨토와 라휄 사이에 과거 어떤 원한이 있는지에 대한 호기심이 생겼다.

남자들에게 둘러싸여 그들을 상대하느라 정신을 못 차리던 카시카가 라휄의 곁으로 왔다.

"어쨌거나 낭군님, 잘됐어. 이 기회에 반지를 흰색으로 갈아치우자. 검은색은 너무 멋이 안 나."

"응? 검사의 반지를 바꾸라고?"

"그래. 아참, 동료의 계약을 끊어야겠다. 동료의 계약을 한 검사는 아무리 결투를 해도 순위가 변하지 않거든."

카시카는 이렇게 말하며 라휄에게 걸려 있던 동료의 계약 마법을 끊었다. 라휄은 갑작스레 백묘, 흑묘, 그리고 카시카가 감각에서 사라지자 기분이 이상했다.

3

연회는 밤늦도록 이어졌다. 라휄은 그 뒤로도 수많은 사람들에게 시달렸다. 그러다 보니 처음의 신기하기만 하던 호기심도 거의 사그러들어 슬슬 귀찮다는 생각이 들었다. 반면 흑묘와 백묘, 카시카는 이 분위기를 담뿍 즐기고 있었다. 본래 궁 안에서 생활하던 흑묘나 백묘야 사치스러운 것에 익숙했고, 카시카 역시 한때 한 나라의 재상에까지 오른 인물이었다.

라휄은 홀로 몰래 살짝 빠져나가 성안으로 걸음을 옮겼다. 그 안에 뭐가 있는지 갑자기 호기심이 생긴 것이다. 커다란 빈 갑옷으로 양쪽을 장식한 복도를 지나 나선형으로 된 계단에 접어들 때까지도 라휄이 그곳에서 사라진 것을 눈치 챈 사람은 단 한 명도 없었다.

계단을 모두 오르자 라휄의 눈앞에 너른 하늘이 나타났다. 검은 장막과 은빛의 별, 마을에 드리워진 보드라운 휘장에 라휄은 숨을 길게 내쉬었다. 어느샌가 입에 김이 서릴 정도로 날이 추워졌다.

라휄이 도착한 곳은 탑의 전망대 같은 곳이었다. 라휄은 창가로 다가가 밖을 내다보았다. 곳곳에 횃불이 세워져 대낮같이 환한 성의 전경이 한눈에 들어왔다.

그런 라휄의 눈에 한 장소가 보였다.

그곳은 넓은 발코니였다. 그리고 기화요초들로 장식된 공중 정원이기도 했다.

4층쯤으로 보이는 그 발코니에는 지금 한 사람이 있었다. 그 사람, 그녀는 은색의 드레스에 옅은 녹색의 머리칼이 허리에까지 닿아 있었다.

그녀는 발코니 끝에서 양손을 내밀고 있었다. 그녀의 손안에 새의 모이가 있는지 십여 마리의 작고 하얀 새가 그녀의 곁을 맴돌고 있었다. 몇 마리는 어깨며 팔 위에 앉아 손의 모이를 쪼아댔다.

라휄은 그 모습에 눈이 휘둥그레졌다. 지금까지 세상을 여행하며 많은 새를 보았지만 사람의 곁에 저렇게 가까이 다가서는 새는 단 한 번도 본 적이 없었다.

사실 따지고 보면 아무것도 아니었다. 본래 새의 머리라는 게 세칭 '새대가리'이듯 먹을 것만 있으면 아무 곳이나 달려들기 마련이다. 하지만 라휄은 처음 보는 광경이었기에 너무나도 신기하게 느껴졌다.

그곳까지의 거리는 20여 미터. 하지만 라휄이 있는 쪽이 세 층 정도 위였기에 라휄은 모든 모습이 훤히 보였다.

"와! 너, 대단하다!"

라휄이 탑에서 외쳤다. 발코니에서 새의 모이를 주던 여자는 깜짝 놀라 고개를 들어 올렸다. 그때 그녀의 눈에 비친 것은 라휄이 탑의 창틀 위에 올라선 모습이었다. 7층이나 되는 탑의 난간 끝에 선 그 모습에 그녀는 놀라 소리쳤다.

"조심해!"

라휄이 탑에서 뛰어내렸다. 순간 여자는 비명을 질렀다.

"꺄앗!"

휙— 하고 날아 라휄의 발이 닿은 곳은 아래 있던 발코니의 난간 끝이었다. 흡사 다리를 구부린 개구리 같은 모습으로 라휄은 난간 끝에 무사히 안착했다. 갑작스러운 그의 등장에 여자의 손에 앉아 있던 새들이 일제히 날아올랐다.

“앗! 새들이 날아간다!”

하지만 그것도 잠시뿐, 새들은 어느새 다시 여자의 손으로 모여들었다.

라휄은 고개를 돌려 여자를 보았다. 그녀의 뒤로 발코니에 밝힌 불이 보였다. 머리 뒤에서 비춰오는 빛의 그림자로 어두워진 그녀의 얼굴. 그 모습을 보자마자 라휄의 눈이 화등잔만 해졌다.

“천사님!”

라휄은 외쳤다. 너무 놀라 몸이 뒤로 기우는 것조차 눈치채지 못했다. 라휄의 몸이 반쯤 발코니 밖으로 떨어지자 천사님, 체자렛은 깜짝 놀라 외쳤다.

“뭐 하는 거야?!”

라휄은 그제야 손을 뻗어 난간을 다시 잡았다.

너무나 반가운 마음에 라휄은 난간 안으로 뛰어들어 체자렛의 앞에 섰다. 하지만 체자렛은 이 이상한 꼬마의 접근에 놀라며 뒷걸음질을 쳤다.

“너는 뭐 하는 녀석이지?! 더 이상 다가오지 말아라! 경비병! 경비병!”

하지만 조금 전 성질을 부리며 쫓아낸 호위병들이 주변에서 얼쩡거릴 리 없었다. 체자렛의 외침에 나타나는 사람은 단 한 명도 없었다.

“이 밥통 같은 경비병들은 다 어디로 간 거야!”

체자렛은 버럭 화를 냈다. 라휄은 그런 그녀의 모습을 그저 하염없이 바라보고만 있었다.

"뭐 하는 녀석이냐니까?! 왜 아무런 대답이 없지?"

"아, 아, 나는 라휄이야. 천사님이 란스카라는 성을 지어준 라휄이야."

체자렛은 몇 번이나 천사 소리를 듣게 되자 갑자기 옛 기억이 떠올랐다. 세 달쯤 전, 성 엘로한 절 노예 해방 행사에서 방면시켰던 꼬마 노예와 그 꼬마 때문에 당했던 창피가.

라휄의 얼굴을 새삼 바라보았다. 그러고 보니 그 꼬마였다. 보기 싫다고 왕도에 버려두고 온.

"너, 너는……."

"와, 천사님이다! 천사님을 만났다!"

라휄은 두 손을 들고 만세를 불렀다. 기쁜 마음을 주체할 수 없어 공중제비까지 돌았다.

"이상한 꼬마로구나. 그런데 네가 어떻게 코넬리아 영주관 안에 있는 거지?"

체자렛의 말에 라휄은 빙긋 웃었다.

"천사님이 불렀잖아. 두 머리 큰 사람을 죽였다고, 잘했다고 칭찬해 준다고."

"내가? 내가 언제 널?"

체자렛은 말하다 갑자기 생각났다는 듯 탄성을 질렀다.

"아! 설마 에틴을 죽인 게 너였어? 라휄… 맞아, 그 이름이었어.”

라휄은 고개를 끄덕끄덕했다.

“응, 나야.”

“그런… 너같이 어린아이라니?!”

체자렛은 이렇게 말하고는 다시 라휄을 바라보았다. 정말 어렸다. 열여섯이라는 나이에 공작위를 이어받아 이제 곧 열여덟이 되는 자신보다 훨씬 어린 아이다. 그런 아이가 홀로 에틴을 죽이다니……. 상상도 되지 않았다.

라휄은 체자렛이 더 이상 말을 꺼내지 않자 자신이 이곳에 온 용건을 이야기했다.

“천사님, 천사님. 나를 노예에서 벗어나게 해주어서 정말 고마워. 라휄은 평생 그 일이 가장 고마워. 그래서 이렇게 은혜를 갚으러 온 거야.”

라휄의 말에 체자렛은 겸연쩍은 표정을 지었다.

“그래? 어떻게 은혜를 갚겠다는 거야?”

체자렛의 말에 라휄은 대답할 말을 찾지 못했다. 막상 이렇게 왔지만 그녀를 위해 뭘 해야 할지는 생각하지 못했다.

체자렛은 한참 동안 라휄을 바라보았다. 그가 어떤 대답을 할지 기다리는 것이었다. 하지만 라휄은 아무 말도 꺼내지 못했고, 체자렛은 곧 흥미를 잃었다.

체자렛의 시선이 다시 새에게로 향해졌다.

“됐으니까 그만 가보아라.”

이렇게 말하는 체자렛의 목소리는 고요했다. 그녀는 정말 라휄에게서 흥미를 잃었다. 어린아이가 괴물을 죽인 게 뭐가 대수란 말인가? 지금 그녀에게는 더 큰 고민이 있었다.

그때 라휄이 물어왔다.

"천사님, 내가 뭘 해줬으면 좋겠어?"

체자렛은 라휄을 다시 바라보았다.

"그런데 내가 왜 천사지? 처음부터 그런 얘기를 했던 거 같은데……."

"그야 아벨루나가 그랬어. 어느 날 천사님이 와서 고통에서 구해준다고."

체자렛은 미간을 찡그렸다.

"그게 무슨 말이야? 내가 널 노예 해방식에 데려갔다고 날 천사라고 부르는 거야?"

라휄은 고개를 끄덕였다.

"응. 천사님은 날 구해줬어. 나는 노예인 게 너무 싫었어. 그런데 천사님이 와서 구해준 거야."

체자렛은 냉소했다.

"그까짓 거, 애초에 널 구할 마음 따위는 없었어. 난 그런 좋은 사람이 아니야. 천사라니? 말도 안 되는 소리."

그녀의 말에 라휄은 강하게 도리질 쳤다.

"아니야! 천사님은 천사님이야!"

그리고는 손가락 끝으로 그녀의 손에 있는 새들을 가리

켰다.

"천사님은 천사님이니까 새들과도 이야기하잖아. 아벨루나가 그랬어. 천사님은 신기한 일을 많이 할 수 있다고."

체자렛은 라휄의 말에 웃음을 터뜨렸다.

"호호호, 너는 바보구나. 새가 내 손 위에 있는 건 먹을 것이 있기 때문이야. 나이 든 문벌들이 내 곁에 머물러 있는 것이 내가 공작이기 때문인 것과 마찬가지지."

라휄은 체자렛의 말을 반쯤밖에 이해하지 못했다. 체자렛은 멍청한 얼굴로 서 있는 라휄의 손에 새 모이를 약간 쏟아 주었다.

"손을 들어 새들에게 내밀어보렴. 네 손에도 새들이 다가갈걸?"

라휄은 체자렛의 말에 따라 손을 내밀었다. 하지만 새는 단 한 마리도 달려들지 않았다. 체자렛이 오히려 이상하다는 표정을 지었다. 라휄이 말한다.

"그것 봐. 천사님이니까 오는 거야. 라휄의 손에는 새들이 오지 않잖아."

체자렛은 일순 할 말을 잃었다. 곧 그녀는 갑자기 성을 내었다.

"아무튼 어서 내 눈앞에서 사라져! 난 지금 우울해! 너 같은 바보 아이를 상대할 기분이 아니란 말이야!"

그 고민거리 때문에 연회에까지 불참한 그녀였다. 체자렛

의 말에 라휄이 물었다

"우울해? 그런데 우울한 게 뭐야?"

"슬프고 기분이 나쁘다고."

라휄이 눈을 반짝였다.

"슬퍼? 왜? 누가 천사님을 슬프게 만들었어?"

"그야 오래된 문벌들이지. 도대체 오크들이 산맥을 넘어 인간의 영지로 온 것이 왜 내 잘못이라는 거야? 에틴은 또 어떻고? 내가 에틴을 불러들이기라도 했다는 거야? 오크들을 조사하려면 많은 인력이 필요하다며 사람들을 보내라고 한 게 바로 며칠 전인데, 지금에 와서는 왜 성을 지킬 인력을 남겨두지 않았냐며 나에게 화를 내는 거야?"

체자렛은 툴툴거리며 볼멘소리를 했다. 라휄이 묻는다.

"문벌이가 천사님을 괴롭혀? 내가 혼내줄까?"

체자렛은 라휄의 말에 다시 웃음을 터뜨렸다.

"혼내준다고? 크라니엔 자작 가문의 주인은 176위의 검사야. 네까짓 게 이길 수 있을 것 같아?"

"크라니엔 자작 가문의 주인? 걔가 문벌이야?"

"제일 목소리가 큰 사람이야. 흥, 자기가 검사면 검사지 그까짓 게 뭐라고."

체자렛은 이렇게 말하며 전날 있었던 귀족회의를 떠올렸다. 가장 목소리를 높여 자신을 탄핵하던 자가 크라니엔 가문의 주인 콘첼이었다.

"그럼 내가 문벌이를 혼내줄까?"

라휄의 말에 체자렛은 라휄의 얼굴을 바라보았다. 그리고 시선을 돌려 자신의 모이를 쪼아먹는 새를 바라보았다.

"죽어버렸으면 좋겠어. 흥, 나는 내 나름대로 생각이 있어. 나라를 통치하는 데 늙은 게 자랑은 아니잖아? 그런 사람, 차라리 죽어 없어졌으면 편하겠어."

지금 이런 말을 하는 체자렛의 마음에 정말로 사람을 죽일 생각이 있느냐면 그건 아닐 것이다. 어느 누구라도 그렇다. 툭하면 죽었으면 좋겠다고 말을 뱉지만 그저 말뿐이다.

"우웅, 하지만 죽이는 건……. 라프델이 나쁜 사람은 죽여도 된다고 했지만……. 천사님, 문벌이는 나빠?"

체자렛은 별 생각 없이 답했다.

"당연히 나쁘지. 내 말에 사사건건 반대되는 의견만 뱉는 녀석들이야."

라휄이 다시 물었다.

"문벌이가 사람을 죽였어?"

체자렛은 라휄의 물음에 잠시 생각에 잠겼다. 콘첼은 크라니엔 자작가의 주인이다. 자작가의 주인이라는 것은 자신의 가문 아래에 딸려 있는 수많은 기사, 그리고 평민, 노예를 다스리는 자였다. 재판으로 죽이는 사람만 해도 한 해 백 명은 못 되어도 열 명은 충분히 넘을 것이다.

"당연히 사람을 죽였지."

라휄의 안색이 조금 무거워졌다.

"도둑질도 해?"

"물론이지. 남의 것을 빼앗는 것 정도야 일상다반사지."

이렇게 말하며 체자렛은 속으로 '나도 그렇지만' 이라고 중얼거렸다. 탐나는 것, 원하는 것, 호기심 나는 것, 원하는 게 있어 그런 기색을 내보이면 어느샌가 자신의 주머니 안에 들어와 있다. 그것이 한 나라를 다스리는 왕의 자리라는 것이다.

"거짓말은? 여자를 범하기도 해?"

체자렛은 고개를 끄덕였다.

"거짓말 정도야 뭐. 여자를 범하는지 어쩌는지는 모르겠지만."

이렇게 답한 후 체자렛은 라휄의 얼굴을 보았다. 조금 전까지 방글방글 웃던 표정에서 웃음이 완전히 사라졌다.

"문벌이는 정말 나쁘구나. 어디에 살아? 내가 죽일게."

체자렛은 그런 라휄의 말에 웃음을 터뜨렸다.

"호호홋, 아까도 말했지만 네까짓 게 어떻게 할 수 있는 사람이 아니야. 콘첼 폰 크라니엔, 176위의 검사의 반지를 가지고 있는 검사라고. 우리 코넬리아 공작령 안에서 세 손가락 안에 드는 검사니까."

라휄은 다른 말은 듣지 않았다. 오직 콘첼 폰 크라니엔이라는 이름만을 마음에 담았을 뿐.

"천사님, 천사님의 은혜는 백구가 돼서도 남문해. 그러니까 천사님이 하는 말은 뭐든지 들을 거야. 엘로한님의 계율은 어기면 안 되지만, 라프델이 그랬어. 나쁜 사람은 죽여도 된다고. 천사님도 라프델도 그렇게 얘기했으니까 그렇게 할게."

라휄은 이렇게 말한 후 다시 한 번 체자렛을 바라보았다. 그리고 미소를 지었다. 온화하기 짝이 없는, 체자렛의 마음이 일순 부드러워질 정도의 고요한 미소였다.

"그럼 나, 가볼게."

라휄은 그렇게 말한 후 발코니의 난간 위에 섰다. 몸을 돌려 4층 높이의 발코니 아래로 몸을 던졌다. 체자렛은 깜짝 놀라 난간 밖으로 상체를 내밀어 아래를 바라보았다. 하지만 라휄의 모습은 이미 사라진 후였다.

"뭐야, 저 이상한 꼬마는?"

체자렛은 왜 자신이 저런 꼬마에게 이런저런 얘기를 했는지 스스로 이상하다고 생각하면서 이렇게 중얼거렸다. 그녀에게 물었던 라휄의 질문들이 엘로한의 다섯 계율이라는 것은 꿈에도 생각지 못했다. 그리고 지금 나눈 문답이 얼마나 무거운 것이었는지도.

라휄은 그 길로 다시 연회장으로 갔다. 도착하자마자 흑묘와 백묘, 그리고 카시카가 곁으로 다가왔다.

"주인님, 어디에 가셨더랬어요?!"

"찾아다녔어요, 주인님."

두 소녀의 물음에 라휄이 답했다.

"천사님을 만났어."

"영주님을요?!"

합창하는 듯한 두 소녀의 물음은 카시카의 주정에 묻혔
다.

카시카는 지금 발그레 취해 있었다. 오래간만에 마시는 술
이다 보니 자제하는 데 실패한 모양이었다. 라휄의 목을 덥석
껴안고 늘어진다.

"낭군님, 안 되겠네? 부인을 놔두고 여기저기 돌아다니면
안 돼. 역시 안 되겠어. 다시 동료의 계약을 해야겠네."

말이 끝나기가 무섭게 카시카는 다시 라휄에게 동료가 되
는 마법을 걸었다. 라휄의 감각에 다시 카시카와 백묘 등이
느껴지기 시작했다.

"카시카, 이상해. 왜 그래?"

흑묘가 라휄의 말에 대꾸했다.

"카시카님은 술에 취하셨어요. 데려가서 주무시도록 해야
할 것 같아요."

라휄이 고개를 끄덕였다.

"응, 알았어. 나는 잠시 갔다 올 곳이 있어."

백묘가 물었다.

"어디에 가시나요? 소녀들도 함께 가겠어요."

라휄이 고개를 저었다.

"아니야. 카시카를 돌봐줘. 금방 갔다 올게."

주인이 그렇게 말하자 백묘와 흑묘는 그저 그러겠다고만 답했다. 술에 취해 몸조차 제대로 못 가누는 카시카를 데리고 백묘와 흑묘가 자리를 옮겼다. 연회장은 거의 파장 분위기였기에 이미 주인공이 있건 없건 문제될 것은 없었다.

라휄은 곧바로 연회장 밖으로 나갔다. 콘첼이라는 크라니엔 가문의 주인이 어디에 있는지 아는 바가 없었다. 어떻게 찾아야겠다는 생각은 전혀 하지 못한 채 아무나 붙잡고 묻기 시작했다.

하지만 행적을 찾는 건 어려운 일이 아니었다. 그가 바로 라휄의 환영연에 참가했으니까.

라휄은 콘첼이 있다는 곳으로 걸음을 옮겼다.

4

콘첼 폰 크라니엔.

일백칠십육위의 검사이자 코넬리아 가문의 남동쪽 국경에 위치한 크라니엔 자작령의 주인인 그는 조금 한적한 거리를 걷고 있었다. 그가 지금 서 있는 곳은 코넬리아 영주성의 외성 안에 있는 마을로, 에틴에게 당한 흔적이 아직까지도 남아 있는 어수선한 곳이었다.

“쯧쯧, 어린 계집아이가 뭐는 제대로 해낼까?”

긍지 높은 귀족이었다. 그리고 오랜 시간 동안 코넬리아 가문에 충성을 바쳐 왔다. 하지만 현 영주인 체자렛에게는 고까운 마음뿐이었다.

“오크 족의 일이 큰일이긴 하지만, 그렇다고 영주성의 기본적인 방어 병력까지 빼내 그쪽으로 보낼 것은 무어란 말인가?! 코넬리아 가문의 수호신인 마텔표르트 가문의 검사들까지 보내다니, 제정신이 아니라고밖에는….”

한잔쯤 와인을 걸쳐서일까, 그는 혼잣말을 꽤나 길게 중얼거렸다.

그런 그의 앞에 한 소년이 서 있다. 콘첼은 그가 누군지 익히 알고 있었다. 현재 코넬리아 공작가 최대의 유희거리인 라휄 란스카라는 소년이 아닌가.

“라휄 공 아닌가?”

라휄의 표정은 굳어 있었다.

“응, 라휄이야. 콘첼이지?”

콘첼은 라휄의 말에 눈살을 찌푸렸다.

“앞뒤 모르는 꼬맹이로구나. 유서 깊은 크라니엔 가문의 주인인 내게 함부로 말을 하다니.”

“콘첼 맞아?”

라휄이 다시 물었다. 콘첼은 무겁게 고개를 끄덕였다.

“그렇다. 내가 콘첼 폰 크라니엔이다.”

그 순간 라휄의 검이 검집에서 뽑혀 나왔다.

"나쁜 사람은 죽여도 된다고 그랬어. 난 사람을 죽이는 게 싫지만, 천사님이 널 죽여 달라고 했어."

콘첼은 미간을 좁혔다.

"천사? 그게 무슨 미친 소리냐? 너 같은 꼬맹이를 상대할 기분이 아니다."

그 순간 라휄의 검이 움직였다. 콘첼은 깜짝 놀라며 검을 뽑아 라휄의 검을 막아냈다. 카가각! 하는 거북한 소리가 울리며 콘첼은 일순 손이 마비될 정도의 충격을 받았다.

"자객인가?!"

사실 지금 같은 상황이라면 가장 먼저 이 말을 떠올렸어야 했다. 하지만 상대가 어리고 또 워낙 유명한 인물이었기에 오히려 지금에서야 그 말을 꺼냈다.

라휄은 말을 하는 대신 다시 한 번 검을 휘둘렀다. 콘첼은 자신의 심장을 곧바로 찔러오는 라휄의 검에 술이 확 깨는 듯했다. 첫 일격보다 두 번째 찌르기는 한층 가속이 붙어 있었다.

다시 한 번 거칠게 검을 휘둘러 콘첼은 라휄의 검을 막아내었다. 하지만 공격은 그것으로 끝이 아니었다.

연속해 찔러 들어오는 검이 벌써 일곱 번째. 첫 번째보다 두 번째가 빨랐고, 두 번째보다 세 번째가 빨랐다.

콘첼은 한 번 한 번 라휄의 검을 막아낼 때마다 손이 저릿

저릿해 왔다. 그리고 일곱 번째를 막아냈을 때, 더 이상 검을 손에 쥐고 있을 수 없었다.

찰그랑—

콘첼의 검이 손에서 떨어졌다. 몇 번이나 튀어 오르며 검은 바닥에 조용히 잠들었다.

성안의 분위기가 급변했다.

이른 아침, 코넬리아의 유명한 가문 중 하나인 크라니엔 가문의 주인 콘첼의 시신이 거리에서 발견되었다. 검으로 추정되는 병기가 깨끗하게 심장 한가운데를 뚫었다. 하지만 누구의 솜씨인지는 밝혀지지 않았다.

소란의 진원지는 코넬리아 성이었다.

그리고 그것은 짤막한, 어찌 보면 실수에 가까운 한마디 말에서 비롯되었다.

"정말로 죽었어?!"

체자렛은 콘첼의 죽음 소식을 접하자마자 그렇게 외쳤다. 그 외침에 사람들은 알게 되었다. 누가 콘첼을 죽였는지, 아니, 누가 콘첼을 죽게 했는지.

귀족들은 입을 다물었다. 그런 경우는 없었다. 아무리 마음에 들지 않는다고 해도 자신에게 충성을 맹세한 가문의 사람을 그 주인이 죽이다니……. 왕국을 지탱하는 것은 상위 귀족과 하위 귀족의 절대에 가까운 맹세, 바로 그것이었다.

충성을 맹세한 대신 조차지를 얻는다. 전쟁 시에는 기사를 보내주며, 평화 시에는 세금을 바친다.

공작은 제국의 힘이 약해질 대로 약해진 지금 거의 한 나라의 왕에 가까운 자리였다. 그런 힘을 유지해 준 것은 그 아래 있는 수많은 자작들과 남작들이었다.

코넬리아 공국에 있어 크라니엔 자작 가문은 결코 그 위치가 가볍지 않았다. 자작 본인이 뛰어난 검사인 것은 물론이거니와 경제, 정치, 모든 방면에서 상당한 비중을 차지하고 있었다.

회의에서의 말다툼. 그것을 기화 삼아 죽여도 될 만한 존재가 아니라는 뜻이었다.

체자렛은 자신이 얼마나 엄청난 일을 저질렀는지, 실수로 저 한마디를 언급한 후에도 깨닫지 못했다. 싸늘하게 식어 입을 닫은 뭇 귀족들의 모습을 보면서도 머릿속으로는 라휄을 떠올리고 있었다.

"그게 진담이었단 말이야?"

체자렛의 곁에 있던 한 귀족이 말했다.

"그보다 이제 어쩌실 생각이십니까? 크라니엔 자작 가문이 결코 이 상황을 좌시하진 않을 것입니다!"

그의 말에 체자렛은 고개를 저었다.

"고작 그 작은 자작 가문이 어쩌겠어?"

이야기를 꺼낸 귀족은 무안해져 입을 다물었다.

"앞으로 내 앞에서 더 이상 크라니엔 가문의 일은 꺼내지 말도록 해. 그보다 코넬리아 성의 복구와 민심을 수습하기 위한 안은 어떻게 된 거야? 세금을 많이 걷는 것은 찬성할 수 없어. 크라니엔의 콘첼은 자꾸 세금을 더 거두어서라도 빨리 상황을 타개해야 한다고 하지만, 세금을 올린다는 건 좋지 못하다고 들었어. 다른 안은 없는 거야?"

귀족들은 체자렛의 말에 고개를 저을 뿐이었다. 그녀의 말은 정론이었다. 세금이라는 것은 올리지 않는 것이 가장 좋다. 하지만 지금 같은 시국에까지 그런 정론을 내밀어서 어떻게 하겠다는 말인가?

언제나처럼 귀족들의 회의는 쳇바퀴를 돌았다.

난리가 난 곳은 영주성 안만이 아니었다.

이른 아침.

카시카는 숙취에 울렁이는 속을 진정시키며 방에서 나왔다. 카시카는 전날 흑묘와 백묘에 의해 헤론 가의 손님 방에서 잠들었다.

헤론의 저택은 그 규모가 규모인지라 몇 개의 손님 방 사이에 손님 전용의 응접실이 있었다. 카시카가 방에서 나와 본 것은 라휄의 모습이었다. 그것도 검을 정리하고 있는.

"카시카, 일어났어?"

라휄은 검을 닦으며 카시카에게 인사했다. 카시카는 웃으며 라휄의 인사를 받았다.

"낭군님, 좋은 아침이야."

카시카가 라휄의 바로 옆에 앉았다.

"웬일이야, 아침부터 검을 정리하고? 아, 맞다. 오늘 결투가 있지?"

카시카의 말에 라휄은 고개를 저었다.

"그것 때문이 아니라 어제 사람을 죽였거든. 꽤 실력이 좋아서 검이 많이 상했어."

"아, 그렇구나."

카시카는 아무 생각 없이 라휄의 말에 대꾸했다가 깜짝 놀라 고개를 돌렸다.

"사람을 죽이다니? 그게 무슨 말이야?"

라휄은 천연덕스럽게 답했다.

"천사님이 나쁜 사람을 죽여 달라고 했거든. 카시카가 그랬잖아. 은혜는 꼭 갚아야 한다고."

"그, 그런……."

카시카는 라휄의 태평스러운 태도에 질린 표정을 했다.

"낭군님, 사람을 죽이는 건 가벼운 일이 아니야."

라휄이 고개를 끄덕였다.

"응, 사람을 죽이는 건 아주아주 나쁜 일이야."

"그런데 어째서……."

"하지만 정말 나쁜 사람이었어. 사람을 죽이고, 물건을 훔치고, 거짓말도 한다고 했어. 라프델이 그랬어. 나쁜 사람은 죽여도 된다고. 마마님을 죽인 사람도 마찬가지야. 처음 만났을 때 나쁜 사람이지만 죽이지 않았어. 그래서 마마님이랑 서문 천이 죽은 거야."

"그야 어쩔 수 없을 정도로 나쁜 사람도 있지만……."

카시카는 말꼬리를 흐렸다. 잠시 라휄을 바라보다 다시 입을 열었다.

"그렇지만 정말 나쁜 사람인지 아닌지 사람의 말만 듣고는 알 수가 없어."

"천사님은 아주 좋은 사람이야. 나를 노예에서 벗어나게 해준걸. 그런 천사님이 거짓말을 할 리 없어."

카시카는 라휄이 한번 사람을 믿으면 바보 같을 정도로 절대적으로 믿는다는 걸 이미 겪어 알고 있었다.

"휴우, 그래서 누구를 죽인 거야?"

라휄이 죽인 게 단순한 범죄자라면 아무런 문제도 없었다. 카시카는 속으로 그러길 빌었다.

"콘첼 폰 크라니엔이라고 그랬어. 자작 가문의 주인이라고 하던데?"

카시카는 뒤통수를 한 대 쿵! 하고 얻어맞은 기분이었다.

"크라니엔 자작가?! 코넬리아의 기둥이라고까지 불리는 가문 중 하나잖아!"

놀라 외친 후 카시카는 머리를 굴렸다. 천사님, 다시 말해 영주가 자신의 심복 하나를 죽였다. 정쟁(政爭)의 냄새가 났다. 라휄은 아무것도 모른 채 정치의 가장 추악한 부분인 암살에 가담하게 된 것이다.

천진한 눈을 반짝이며 자신을 바라보고 있는 라휄을 보며 카시카는 새삼 마음을 다잡았다. 이대로 이용만 당하다 손쓸 수 없는 지경에 빠지게 할 수는 없었다. 귀여움을 지키기 전에 목숨을 지키는 것이 먼저였다.

정치로 시작된 일은 정치에서 마무리 지어야 한다.

"휴우, 못 말리는 낭군님이네. 이 카시카 폰 란스카를 이렇게 빨리 다시 사교계로 뛰어들게 만들다니."

카시카의 말에 라휄이 걱정스러운 표정으로 말했다.

"카시카, 조심해. 카시카는 몸이 약하니까 뛰어내리거나 할 때 다칠지도 몰라. 너무 높으면 마법을 꼭 쓰도록 해."

카시카는 빙그레 웃으며 라휄의 이마에 키스했다.

"응. 그렇게 할게, 낭군님."

그때 백묘와 흑묘가 라휄과 카시카가 있는 응접실로 들어왔다.

"주인님, 아침 다 됐어요. 아! 카시카님도 일어나셨네요?"

비록 헤론 가의 식객으로 머물고 있었지만 흑묘는 여전히 라휄의 식사를 챙기고 있었다.

"아, 잘됐다! 나 배고팠어."

라휄은 흑묘들을 따라 식당으로 향했다.

아침을 먹은 후, 카시카는 헤론과 독대를 요청했다. 라휄이 저지른 암살과 관련해 상황이 어떻게 돌아가는지 파악하기 위해서였다. 흑묘는 라휄의 곁에 두고 카시카는 백묘를 대동했다. 이런 일에는 역시 흑묘보다는 백묘가 쓸모가 많았다.

헤론은 서재에서 카시카와 백묘를 맞이했다.

회복술사였던 만큼 그의 서재에는 수많은 의학 서적이 꽂혀 있었다. 회복술사는 고명한 의사이기도 했다.

"아침부터 무슨 일로 날 보자고 했나?"

자리에 앉자마자 헤론이 물어오자 카시카는 거두절미하고 본론을 꺼냈다.

"크라니엔 가문의 정적 중 가장 세력이 큰 가문이 어딘가요?"

"크라니엔 가문의 적? 그건 갑자기 왜……."

"이유는 차차 알게 될 거예요. 다만 내 입으로 직접 이야기할 수는 없어요."

헤론은 고개를 갸웃했다. 이야기 투로 보아 크라니엔 가문과 어떤 문제가 생긴 듯했는데, 정확히 그게 무엇인지는 파악할 수가 없었다.

"흐음, 크라니엔 가문의 적이라……. 콘첼은 좋은 사람이라 특별히 적이랄 자들은 없어. 다만, 워낙 세력이 확고하기에 그걸 시기하는 사람이 없다고는 할 수 없지. 테르나 가문을 주축으로 한 세 개의 자작 가문은 30년 전에 영지를 이어 받은 신흥 세력이야. 크라니엔을 대표로 하는 구 문벌과는 알 게 모르게 알력이 있는 편이지.”

카시카는 고개를 끄덕였다.

“그 이름, 기억해 두겠어요.”

“도대체 무슨 일인가?”

헤론이 물었다. 그때,

똑똑똑—

헤론의 서재 문을 두드리는 소리가 들렸다.

“누군가?”

“펠트입니다.”

“아, 손님을 접견하는 중이네.”

“죄송합니다, 주인님. 하지만 급한 일 같습니다.”

헤론이 할 수 없다는 듯 들어오라고 하자 헤론 가문의 하인 하나가 종이를 한 장 들고 헤론에게 다가왔다.

“본가로부터의 전언입니다.”

헤론은 편지를 받아 들었다. 전서구로 실어 날아온 편지인 듯 둥글게 말려 있었다.

“지척에 살고 있으면서 전서구라니, 녀석도 참.”

현 헤론의 가문, 슬레이프 자작의 이름을 이은 것은 헤론의 조카였다. 슬레이프 가문의 조차지는 공작 본가의 조차지와 경계를 맞대고 있었다. 거리로 따져 보아도 60킬로미터에 불과했다.

헤론은 편지를 펼쳐 읽어보았다. 그 순간, 눈을 들어 카시카를 보았다.

"콘첼이 죽었다는군."

카시카는 어색한 미소를 지었다. 헤론은 눈을 돌려 백묘를 보았다.

백묘는 아침에 라휄이 사람을 죽였다고 했을 때 이것저것 따져 물었지만 정확히 사태를 파악하는 데는 실패했다. 귀족을 죽였다는 것은 알았지만, 코넬리아 가문 휘하의 귀족에 대해서는 아는 바가 없어서였다.

그러다 카시카와 헤론의 대화를 듣는 중 자신의 주인이 얼마나 큰일을 저질렀는지 깨닫게 되었다.

"아가씨의 주인 솜씨인가?"

백묘 역시 어색히 웃을 뿐 긍정도 부정도 하지 않았다. 헤론은 다시 카시카를 보았다.

"난 이런 일에 끼어드는 걸 좋아하지 않네."

카시카가 고개를 끄덕했다.

"알고 있어요. 그렇기에 아무것도 이야기하지 않는 거예요. 다만 제가 사교계로 나아갈 길을 대주셨으면 해요."

헤론은 웃었다.

"그게 뭐 어려운 일인가? 어제 연회에서 보니 자네의 미모에 반해 호들갑을 떠는 남자들이 한둘이 아니더군 그래."

카시카는 수줍게 웃었다. 헤론이 말을 더했다.

"자네 앞으로 오는 초대장은 내가 대신 받아주도록 하지."

카시카가 말했다.

"당분간 폐를 끼치게 될 것 같네요."

"할 수 없지, 내가 자초한 일이니. 재미있다고 위험한 일에 끼어드는 게 아니었는데 말이야."

헤론은 이렇게 말하며 웃었다. 그리고 웃음이 잦아질 무렵, 다시 말을 꺼냈다.

"그보다 저 꼬마는 도대체 뭔가? 콘첼은 176위의 반지를 차고 있는 검사였어. 그런 콘첼을 죽이다니……."

카시카는 문득 전날 술에 취해 다시 라휄에게 동료의 마법을 건 것이 생각났다. 만약 그러지 않았다면 지금 라휄의 손에 있는 반지는 176위의 것이 되었을 것이다. 콘첼을 내가 죽였다라고 손에 써붙이고 다니는 꼴이 될 뻔했던 것이다.

백묘가 헤론의 물음에 답했다.

"주인님은 저희들도 파악한 바가 많지 않습니다. 북쪽의 어딘가 땅 깊은 곳에서 전투노예 생활을 했고, 코넬리아 가문에 의해 노예에서 해방됐으며, 그 뒤로는 저희와 여행을 했을 뿐입니다. 다만… 라프델님의 인정을 받은 솜씨있는 검사예요."

헤론의 안색이 조금 변했다.

"라프델? 라프델 폰 로이아드 말인가? 아, 그러고 보니 전에 나와 만났을 때도 라프델이 친구라고 이야기했었지.”
　생각하면 할수록 정체를 알 수 없는 꼬마였다.
　“그럼 앞으로도 잘 부탁드려요.”
　카시카의 인사에 헤론은 고개를 끄덕였다. 내키지 않는 듯
한 말과는 달리 그의 표정은 재미있는 일을 보게 되었다는 듯
보였다.

Chapter 10

출세가도

카 시카가 헤론과 이야기를 하는 그때, 라휄은 흑묘와 '놀고' 있었다. 헤론 가 저택의 그리 넓지 않은 정원을 배경으로 흑묘가 말했다.

"아이참, 주인님도. 그게 아니에요."

흑묘가 가르쳐 준 놀이는 사화의 어린아이들이 즐기는 놀이로, 이름하여 자치기였다. 한 뼘이 조금 못 되는, 마름모꼴로 끝을 잘라낸 나무와 1미터쯤 되는 긴 나무를 사용해 노는 놀이였다.

흑묘는 다시 한 번 라휄에게 요령을 설명해 주었다.

"먼저 이 작은 나무를 여기에 놓고, 이 긴 나무로 이 끝을

살짝 쳐요. 그리고 잣이 튀어 오르면 긴 나무로 멀리 쳐내는
거예요."

라휄은 연신 고개를 끄덕끄덕했다.

"알았어. 다시 해볼게."

라휄은 먼저 작은 나뭇조각을 쳐 튀어 오르게 했다. 여기까
지는 별것 아니었다. 하지만 익숙지 않은 '놀이' 라는 것을 하
다 보니 손이 말을 듣지 않았다.

긴 나무로 잣을 치는 그 순간 라휄의 눈이 번쩍 빛났다. 또
힘이 들어간 것이다. 작은 나뭇조각이 두 동강나 바닥으로 떨
어졌다.

"아우, 이상하네?"

흑묘는 어떻게 하면 저 뭉툭한 나무로 짧은 나무를 벨 수
있는지 오히려 그게 더 신기했다.

"주인님은 베는 것 말고는 할 수 없는 모양이에요. 그럼 우
리 다른 놀이를 해요."

라휄은 고개를 저었다.

"아냐. 할 수 있어."

그때 카시카와 백묘가 헤론과의 면담을 마치고 밖으로 나
왔다.

"아, 카시카! 갔다 왔어?"

카시카의 곁으로 쪼르르 달려온 라휄에게 카시카는 미소
를 지었다.

“낭군님, 뭐 하고 있었어?”

“자치기래. 흑묘 나라의 놀이야.”

흑묘가 물었다.

“가서서 하려던 일은 잘 끝났나요?”

카시카는 고개를 끄덕였다. 그리고 라휄 앞에서 무릎을 굽혀 시선을 맞추었다.

“낭군님, 오늘 결투에서 내 말에 따라줘.”

라휄이 다음 말을 기다리고 있자 카시카는 잠시 말을 멈추었다가 입을 열었다.

“아슬아슬하게 져.”

라휄은 고개를 갸웃했다.

“싸워서 지라고? 하지만 어제는 이기라고 했잖아.”

“그 이야기는 잊고, 싸워서 져야 해.”

“싫어. 나는 지는 거 싫어.”

카시카가 라휄의 손을 잡았다.

“내가 부탁해도 안 돼?”

곁에 있던 백묘도 카시카의 말을 도왔다.

“주인님, 소녀도 부탁드려요.”

라휄은 백묘까지 그렇게 이야기하자 무언가 속사정이 있다는 것을 알 수 있었다.

“흑묘도 부탁드릴게요, 주인님.”

모두 다 한목소리로 이야기하자 라휄은 볼을 불룩하게 만들더니 불만 가득한 목소리로 말했다.

"알았어. 그렇게 할게."

"고마워, 낭군님."

카시카는 라휄의 이마에 입을 맞추었다. 흑묘와 백묘마저 나란히 라휄의 양쪽 뺨에 키스를 하자 라휄은 상했던 기분이 금세 풀렸다.

정오의 쿠르문 성당에는 많은 사람들로 북적거렸다. 그럴 수밖에 없는 것이, 라휄과 파킨토의 대결은 지금 코넬리아 영주성 안 최고의 화두였다.

철창과도 같은 성당 담벽을 사이에 두고 안쪽은 귀족들이 자리를 잡았다. 양산을 든 귀부인에서 검을 허리에 찬 무가의 남자들까지 모두 긴장된 표정으로 자리하고 있었다.

한편, 담 안이 귀족들의 세상이라면 그 밖은 평민들 차지였다. 담에 기어오른 아이들에서 상자를 놓고 발돋움한 사람들까지, 그야말로 성당의 정원은 검투장이 되어버렸다.

한 명의 주인공인 파킨토는 일찍이 도착해 있었다. 너른 공터의 한쪽 귀퉁이에 서서 조용히 마음을 가다듬었다. 상대가 강적이라고 생각되지는 않았지만, 검투에서 방심만큼 큰 적도 드물었다.

그 시간, 흑묘는 라휄에게 멋지게 지는 법을 계속 강의하며 성당으로의 걸음을 서두르고 있었다. 순수하게 전투 자체에 대한 경험은 세계에서 라휄을 따라올 자가 드물었지만, 무술에 대한 지식은 짧다 못해 거의 전무했다. 흑묘의 지는 방법을 들으며 라휄은 이제 진다라는 것에도 상당한 재미를 느끼는 중이었다.

라휄이 먼 곳에서 모습을 드러내자 사람들의 웅성거림이 멎었다. 약속이라도 한 듯 길에 서 있던 한 무리의 사람들이 좌우로 갈라지며 라휄이 지나갈 길을 만들어주었다.

파킨토는 검을 한 번 뽑았다가 다시 검집에 넣었다. 그것으로 준비가 다 되었다는 듯 라휄이 오고 있는 길을 정면으로 바라본 채 뒷짐을 지고 섰다.

이윽고 라휄이 성당 앞 광장에 도착했다. 사람들이 일제히 함성을 내질렀다. 전날 라휄에게 유난히 관심을 보였던 몇몇 귀부인이 라휄 근처로 접근해 왔다.

"라휄 공, 오늘 결투, 자신있나요?"

한 귀부인의 물음을 백묘가 가로챘다. 주인님의 성격으로 보아 그녀의 물음에 '오늘 지기로 했어' 따위의 말을 할 것이 뻔했다.

"검투를 하기 전에 검사에게 그런 것을 묻는 것은 큰 실례입니다."

귀부인은 무서운 눈으로 백묘를 한 번 흘겼다. 하지만 더 이상 라휄에게 말을 걸거나 하지는 않았다.

파킨토가 라휄의 앞으로 걸어나왔다.

“나와주어서 고맙군. 이로써 네가 나를 모욕했던 일은 잊겠다. 검투의 결과는 설사 생사가 그 척도가 되더라도 서로 마음에 두지 않기로 하자.”

라휄이 되물었다.

“이젠 화가 풀렸어?”

라휄은 전날 백묘에게 들어 파킨토가 화가 났기 때문에 자신에게 검투를 신청했다는 것을 알고 있었다. 한편 파킨토는 라휄의 이런 직선적인 질문에 일순 대답할 말을 찾지 못했다.

비록 말로는 모욕했던 것을 잊겠다고 했지만, 그건 어디까지나 결투를 앞에 둔 자로서의 예의 같은 것이었다. 그는 한바탕 크게 혼을 내 라휄이 바닥을 굴러다니는 모습을 봐야 기분이 풀릴 터였다.

속으로 그런 생각을 하며 라휄의 질문을 듣다 보니 자연 대답이 늦어질 수밖에 없었다.

“그, 그렇다.”

라휄이 화사하게 웃었다.

“다행이야.”

파킨토는 라휄이 또 무슨 말을 할까 걱정되어 선수를 쳤다. 이런 분위기에서 ‘이제 싸우지 말자’ 라는 말이라도 하면 꼼짝없이 검투를 그만두어야 할 것이다.

“자, 그럼 시작하도록 하자. 참관인으로는 이곳 쿠르문 성당의 대주교님을 초청했다."

파킨토의 말에 수염이 허연 노인이 앞으로 나섰다. 사제 복장을 한 그는 진지한 표정으로 라휄과 파킨토를 바라보았다.

"흠흠, 알판토라고 하네. 그럼 두 사람 모두 준비를 해주시게. 위대하신 엘로한님의 종으로서 눈은 바른 것만을 볼 것을 약속하며, 결과에 최대한 자비가 깃들길 비네."

알판토라는 사제는 이렇게 말하며 파킨토를 일별하고 라휄을 보았다. 라휄이 호기심 어린 눈으로 알판토를 보았다.

"엘로한님의 종? 알판토는 엘로한님의 노예야?"

갑작스러운 질문에 알판토는 자신도 모르게 미소를 짓고 말았다.

"그렇다네. 위대하신 엘로한님의 노예이지."

"와! 엘로한님을 알아?"

"물론이네. 아직 뵌 적은 없지만, 엘로한님의 말씀이라면 모두 외우고 있다네."

라휄은 알판토를 향해 호의 가득한 웃음을 지었다. 라휄은 순수할 정도로 엘로한을 믿고 있었다.

"알판토, 그런데 정말정말 나쁜 사람은 죽여도 괜찮아? 엘로한님의 계율에는 안 된다고 되어 있잖아. 근데 라프델은 된다고 그랬어. 라프델은 거짓말을 하지 않아. 하지만 이상하잖아."

알판토는 라휄의 질문에 곤란하다는 듯한 표정을 지었다. 어린아이의 순수한 질문이었지만, 그 내용은 교리상의 가장 어려운 부분 중 하나였다.

하지만 두 사람 사이의 이야기는 더 이상 이어지지 못했다. 라휄의 말실수를 걱정한 카시카가 나선 것이다.

"자자, 낭군님. 더 이상 결투를 지연했다가는 또 상대를 모욕한 게 돼. 이곳에 화해를 하러 나온 것이지 적을 만들러 나온 게 아니잖아?"

아닌 게 아니라 파킨토는 얼굴이 붉으락푸르락한 게 화가 폭발하기 직전이었다. 알판토 역시 겸연쩍은 얼굴로 라휄에게 말했다.

"꼬마 검사께서 교리에 관심이 깊으시니 나중에라도 이 성당을 찾아주시게. 이야기는 그때 해도 늦지 않을 테니."

라휄은 고개를 끄덕했다.

"응, 알았어."

이윽고 두 검사가 마주 섰다. 알판토가 던진 동전이 짤그랑 소리를 내며 바닥에 떨어졌고, 그 순간 파킨토와 라휄의 검이 거의 동시에 뽑혔다. 아니, 그건 보는 사람 입장에서였고, 파킨토는 눈부신 라휄의 검속에 흠칫 놀랐다.

차차차창—

언제나처럼 검사들의 싸움은 일반인 수준에서는 볼 수 없었다. 이곳에 견학 나온 몇몇의 검사만이 두 사람의 싸움에 탄성을 자아낼 뿐이었다.

싸움은 오래지 않아 결말을 맞았다. 찔러오는 파킨토의 검에 라휄은 일부러 검을 얽어 넣었다. 그리고는 손아귀 힘이 부족한 듯 검을 놓아버렸다. 핑그르르, 검이 하늘을 날아 사람들이 있는 곳으로 떨어져 내렸고, 그곳에 있던 관중들이 우르르 자리를 피했다.

탁—

검이 바닥에 꽂혔다. 그리고 라휄은 흑묘가 가르쳐 준 멘트를 읊었다.

"아, 당신의 검술에는 이 란스카가 탄복하는 바요. 패배를 인정하겠소."

가르쳐 준 말을 토씨 하나 틀리지 않고 이야기하는 라휄의 모습에 라휄을 둘러싼 세 여인은 웃음을 지어냈다. 나란히 서서 미소 짓는 그녀들의 모습은 간장이 녹아날 정도로 아름다웠다.

파킨토는 어째 이겨놓고도 이겼다는 느낌이 들지 않았다. 검투 자체야 그렇다 쳐도, 자신의 곁에 있는 사람이라고는 함께 검술을 익힌 동문이나 나이 든 하인 정도가 다였다. 눈앞에 펼쳐진 꽃밭과는 정반대인.

"좋다. 네가 패배를 인정하니 이것으로 끝을 내자."

파킨토는 이렇게 말하며 자신의 왼손 중지에 있는 하얀 반지를 들어 보였다. 패배했다면 빼앗겼을 765위의 반지였다. 콘첼의 죽음으로 한 등위가 올라가 있었다.

라휄은 고개를 끄덕끄덕했다.

"응, 이제는 된 거지?"

파킨토의 기분이 썩 좋지 못한 이유 중 하나가 바로 저 라휄의 표정이었다. 패배를 분해한다거나 하는 표정이 결코 아니었다.

하지만 뭐 어쩌랴. 이미 공증인이 파킨토의 승리를 선언했고, 라휄 자신도 패배를 인정하고 있으니.

검투는 그렇게 끝났고, 사람들은 하나둘 흩어져 갔다. 다만 라휄은 결투 전 이야기했던 대로 알판토를 만나러 갔다.

쿠르문 성당의 사제실에 라휄과 세 소녀가 초대되었다. 알판토는 꼬마 검사에게 차를 한 잔 대접하고는 온화한 미소를 지었다. 질문에 대답할 준비가 다 되었다는 뜻이었다.

"알판토, 나쁜 사람은 죽여도 되는 거지? 엘로한님의 말씀을 다 기억한다고 했잖아."

"그건 참 어려운 질문이네. 자네도 엘로한님의 다섯 계율은 모두 외우고 있겠지?"

라휄은 고개를 끄덕였다.

"응. 신을 의심하지 말고, 사람을 죽이지 말고, 도둑질하지 말고, 여자를 범하지 말고, 거짓말하지 말아라. 아벨루나

가 그랬어. 엘로한님은 모든 세계를 있게 하신 분이고, 그분
의 말씀에는 모두 따라야 한다고. 그래서 나도 그러기로 했
어.”

주교는 흐뭇한 얼굴로 고개를 끄덕끄덕했다. 신에게 신실
한 신자만큼 이 노사제를 기쁘게 만드는 일은 없었다.

“옳네, 옳아. 아주 옳은 이야기일세.”

“그런데 서문 천이랑 마마님을 죽인 사람은 나쁜 사람이었
어. 그래도 나는 안 죽였는데, 결국 마마님이랑 서문 천을 죽
였어. 그래서 내가 죽였어. 내가 처음에 그 나쁜 사람을 죽였
으면 마마님이랑 서문 천은 안 죽었을 거야. 라프델이 했던
말이 맞는 말이었어.”

말하는 것은 조잡했지만 뜻을 이해하는 데는 문제가 없었
다. 주교 알판토는 라휄이 어떤 문제로 고민하고 있는지 알
것 같았다.

“악당임에 틀림없고, 결코 마음을 고쳐먹지 않는 이가 있
다면 그것은 이미 사람이 아닐세. 엘로한님은 마귀라고 부르
며 그러한 이들을 용서치 않으셨네. 꼬마 검사, 자네는 엘로
한님을 믿으며 또 그 말씀을 따르고 있나?”

라휄은 고개를 끄덕였다.

“응, 그러고 있어.”

“그런 마음을 잃지 않는다면 되었네. 하지만 악당이라는
것은 은밀하고 또 사람을 잘 속이는 법일세. 악당과 그렇지

않은 사람을 구분하는 것은 아주 어려운 일이야. 그렇기에 가능하면 잔인하게 손을 쓰지 않는 것이 좋네. 하지만 정말 어쩔 수 없는 경우에는 상대를 죽이는 것도 어쩔 수 없는 일 아니겠나?"

신실하긴 했지만 세상에 대해 깊이 이해하고 있었기에 주교는 어찌 보면 불경스럽기까지 한 이야기를 라휄에게 들려주었다. 잠자코 있던 흑묘가 말했다.

"그것 보세요, 주인님. 협사가 세상을 나아감에, 열 걸음에 하나를 죽여 천 리를 나아가도 오직 악인을 죽이기 때문에 사람들은 그를 칭송할 뿐이에요."

주교 알판토가 흑묘에게 말했다.

"그건 너무 심하구나. 가능하면 엘로한님의 말씀을 어기지 않는 것이 좋아. 자, 그런 악한 마음을 먹은 벌로 신에게 바치는 기도문을 백 번 읽도록 하거라."

알판토는 이렇게 말하며 한 장의 종이를 흑묘에게 주었다. 그곳에는 작은 글씨가 빽빽하게 쓰여 있었다.

흑묘는 손을 절레절레 저었다.

"전 엘로한 교의 신자가 아닙니다. 제가 믿는 것은 사화의 붉은 벼이고, 하늘의 사자인 붉은 새예요."

알판토는 눈살을 찌푸렸다.

"그런 들어본 적도 없는 신을 믿다니……."

그러다 알판토는 흑묘와 백묘가 이족의 소녀라는 것을 떠올렸다. 인간이 아니니 종교가 다른 것이 당연했다. 엘로한님은 인간의 신이지 인간이 아닌 것의 신은 아니었다.

문득 라휄이 알판토에게 물었다.

"그런데 알판토, 사랑한다면서 사람을 찌르는 사람은 나쁜 사람이지?"

알판토가 고개를 갸웃했다.

"이해가 가지 않는구나. 그게 무슨 뜻이지?"

"겁쟁이 파드셀이 그랬어. 나를 사랑하니까 천 명의 아이들을 위해 죽어달라고. 그리고 검으로 나를 찔렀어."

카시카는 이런 근엄한 장소와는 천성이 맞지 않아 지금까지 조용히 있었다. 그러다 라휄의 이야기를 듣고는 눈살을 찌푸렸다. 이런 이야기는 카시카로서도 처음 듣는 것이었다.

알판토가 말했다.

"이상하구나. 파드셀이라는 게 여자 아이였느냐?"

라휄은 고개를 도리질 쳤다.

"아니, 남자야."

"흐음, 좀 더 깊은 뜻이 있는 것 같구나. 아아, 아무튼 이유가 뭐든 사람을 찌르는 건 나쁜 짓이라고 볼 수 있지."

카시카는 라휄의 이야기를 이쯤에서 끊어야겠다고 생각했다. 이 알판토가 적인지 아군인지도 정해지지 않은 상태에서 너무 많은 정보를 내어놓아서는 안 된다.

볼일이 다 끝나자 카시카는 라휄을 데리고 밖으로 나왔다. 지금은 입 조심을 시킬 때였다.

2

카시카를 사교계로 초대하는 첫 번째 편지가 온 것은 헤론과의 담판이 있은 지 겨우 이틀이 흐른 후였다.

공작가 이하 자작이니 남작이니 하는 귀족들은 대부분 자신의 영지에서 나라를 통치하기에 바빴다. 하지만 한편으론 수도라 할 수 있는 코넬리아 영주성과의 관계 역시 소홀히 할 수 없었기에 대부분 대귀족들의 둘째 아들들은 이곳 코넬리아 성에 머무르고 있었다. 헤론이 그러하듯.

이들의 주 업무는 두말할 것 없이 사교였다. 그런 게 아니더라도 본래 귀족이라는 족속들은 넘쳐 나는 재산을 어디 쓸 데 없을까 고민하기 마련이었고, 사나흘에 한 번씩은 커다란 연회를 열고 있었다.

카시카는 라휄을 데리고 가지 않기로 마음먹었다. 그렇다고 해도 혼자 가기에는 격이 너무 떨어지는 듯했기에 흑묘와 백묘 중 하나를 데려가려 했다. 처음에는 백묘를 생각했다. 하지만 콘첼이 죽은 지 이제 겨우 사흘째. 라휄의 곁에 백묘를 남겨 입단속시킬 필요가 있었다.

흑묘는 백묘에 비해 약간 거친 성격이었지만 근본적으로

두 소녀 사이의 차이는 검고 흰 머리칼 정도였다. 출신이 출신이었기에 흑묘 역시 사교에는 소질이 있었다.

이번에 카시카를 초대한 것은 텐피하 자작 가문이었다. 처음 초대장을 받아 든 카시카는 그게 누구인지 떠올리지 못했다. 그의 집에 들어가 초대한 사람의 얼굴을 본 후에야 며칠 전 영주성의 연회에서 자신에게 끈질기게 수작을 걸던 남자 중 하나라는 걸 떠올렸다.

"와주셔서 영광입니다."

율스 텐피하. 가는 턱 선에 화사한 금발을 가진 그는 카시카에게 빛이 나는 듯한 미소를 지었다.

"초대해 주셔서 감사드려요."

카시카는 흑묘의 도움을 받아 율스에게 인사했다.

"아아, 이럴 줄 알았다면 꽃으로 장식하는 것은 그만둘 걸 그랬습니다."

과장해 말하는 이야기에 카시카 역시 과장된 표정으로 받았다.

"어머, 그건 왜인가요?"

"하하, 당신이 이곳에 이렇게 서 있으니 꽃의 장식이 무색케 되었습니다."

"호호호, 과찬의 말씀이세요."

듣고 있던 흑묘는 몰래 카시카의 옆구리를 콕 찌르며 배알이 뒤틀린다는 표정을 몰래 지어 보였다.

카시카는 그런 흑묘를 짐짓 무시하곤 파티장 안으로 녹아 들어 갔다.

파티의 주체자인 율스는 카시카의 곁에서 떨어질 줄을 몰랐다. 텐피하 자작 가문의 둘째 아들이었지만 그 역시 남작이었다. 다만 영지가 따로 있는 것이 아니었기에 성을 바꾸지는 않았다.

"호호호, 정말 그렇겠군요."

카시카의 표정이 밝자 율스 역시 덩달아 환한 얼굴을 했다.

"맞습니다. 그래서 제가 호통을 쳤습니다. 감히 자작 가문의 마차를 노리는 것이냐! 그러자 도적들은 겁을 집어먹고 달아났습니다. 그 일 덕분에 저는 남작의 위를 얻을 수 있었습니다."

카시카는 그의 이야기를 들으며, '네 녀석 평생의 자랑거리라고는 그거 하나겠지.' 라고 중얼거렸다. 그녀의 추측은 사실이었다. 율스는 처음 만나는 사람마다 남작이 된 이야기를 하기로 이미 사교계에서 유명했다.

"그런데 란스카 양, 라훼르 공과는 어떻게 되십니까? 남매라고들 이야기하던데."

카시카는 고개를 저었다.

"라훼르은 제 남편입니다."

흑묘가 다시 카시카의 옆구리를 꼬집었다. 힘껏 꼬집었기에 카시카는 몸을 움찔 떨었다.

"호호호, 정확히는 약혼자이지요."

율스의 얼굴에 실망의 빛이 깔렸다.

"그런. 하지만 평민인 듯하던데 어째서 귀족인 란스카 양께서……."

그걸 떠나 같은 성에 한 명은 폰을 붙이고 한 명은 안 붙이는 엉망진창의 짓거리를 하고 있는 데도 율스는 그 점을 떠올리지 못했다.

카시카는 말을 돌렸다.

"그런데 테르나 가문은 연회에 참석하지 않은 모양이네요?"

"테르나 가문 말입니까? 저흰 그런 벼락부자들과는 상대하지 않습니다."

"벼락부자?"

"작위를 받은 지 30년밖에 되지 않은 이들이죠."

카시카는 은근하게 고개를 끄덕였다. 테르나 가문의 위치를 알 것 같았기 때문이다.

한편 율스는 카시카가 자신의 말에 동의하는 것으로 받아들였다.

"명문가들과는 다릅니다. 작은 이익에 태도를 확확 바꾸기도 하고, 작은 공이라도 얻을까 이 일 저 일 기웃거리는 게 정말 천박하기 이를 데 없지요.”
“그건 그렇네요.”
카시카는 이렇게 말한 후 미소를 지었다.
“하지만 저도 영지가 없는 신흥 귀족에 불과해요.”
그녀의 말에 율스는 강한 부정을 했다.
“그 무슨 말씀이십니까?! 당신같이 우아하고 아름다운 여
인이 그런 천박한 무리와 같을 리 없지 않습니까?!”
카시카는 볼을 분홍빛으로 물들였다.
“과찬의 말씀이세요.”
연회는 그 뒤로도 밤늦게까지 이어졌다. 이렇다 할 소득이
있는 것은 아니었지만 나름대로 몇 가지 정보를 더 얻었고,
카시카는 지친 몸을 이끌고 헤론의 저택으로 돌아왔다.

그 뒤로 카시카는 두어 번 정도 더 사교 파티에 참석했다.
하지만 정작 기다리고 있던 테르나 가문으로의 선은 쉽게 연
결되지 않았다.
그러던 중 벽력같은 소식이 코넬리아 영주성을 덮쳤다.
그날 카시카는 율스의 텐피하 가문 연회에 두 번째로 초청
되어 그곳에 참석해 있었다.
약혼자가 있다고 이야기했음에도 율스의 ‘수작’은 멈출
줄을 몰랐다. 이번에는 손톱 절반쯤 되어 보이는 크기의 루비
를 카시카 앞에 내어놓았다.

우연인지 알고 그런 것인지 보석은 카시카의 가장 큰 약점 중 하나였고, 그것을 받아 든 카시카는 예의상이 아닌 진심으로 환한 표정을 짓고 있었다.

루비 브로치를 청색의 드레스에 장식한 카시카는 과실로 만든 술로 목을 축였다. 따라온 흑묘는 오래간만에 맛보는 바다의 진미에 시간 가는 줄 모르고 있었다.

그때, 한 귀족이 텐피하 가문의 연회장 문을 열고 안으로 들어왔다.

"큰일이오!!"

귀족들의 시선이 하나로 모였다.

"큰일이 났소!"

다시 외치는 그 귀족의 곁으로 파티의 주최자인 율스 폰 텐피하가 다가섰다.

"도대체 무슨 일인데 그러시는 겁니까?"

"크라니엔 자작가가, 크라니엔 자작 가문이 코넬리아 가문과의 계약을 파기하겠다며 정식으로 선언했소!"

그 소식에 귀족들의 표정이 차례로 굳어갔다.

율스 역시 믿을 수 없다는 표정을 지었다.

"그, 그런! 공작 가문을 상대로 전쟁이라도 일으키겠다는 건가?!"

소식을 전해온 귀족이 고개를 저었다.

"듀피셸론 공작 가문과 새로 기사의 계약을 맺는다고 하오."

다시 한 번 귀족들이 웅성거렸다. 듀피셀론이라면 코넬리아와 국경을 마주하고 있는 또 다른 공작 가문이었다. 국력의 강성함이라거나 영토의 크기 등 그 어느 것 하나를 견주어도 듀피셀론이 코넬리아보다 위였다. 그런 상황에서 크라니엔마저 코넬리아에게 등을 돌려 듀피셀론에 붙는다면 두 나라의 국력은 현격한 차이가 나게 될 터이다.

"영주님은, 영주님은 뭐라고 하시오?"

율스가 새로 등장한 귀족에게 다급한 목소리로 물었다. 귀족은 고개를 저었다.

"우리 가문의 밀정이 전해온 소식이오. 아마 지금쯤 영주님의 귀에도 이 소식이 들어갔을 거요."

율스가 외치듯 말했다.

"이럴 때가 아니군! 입궁해야겠소!"

몇몇 높은 귀족들이 율스의 말에 찬동했다. 율스가 카시카에게 말했다.

"란스카 양, 상황이 이렇게 되어 연회를 일찍 파해야 할 것 같습니다. 이 무례는 나중에 꼭 사과드리겠습니다."

카시카는 고개를 끄덕했다. 소식에 촉각을 곤두세우고 있는 것은 코넬리아 가문의 귀족들뿐만이 아니었다. 카시카 역시 놀라운 소식에 정신을 빼앗긴 터였다.

율스들이 영주관으로 몰려가는 사이, 카시카는 헤론 가로 돌아왔다. 하지만 헤론 역시 이미 영주의 성으로 떠난 후였다. 비록 세상일에 거의 손을 놓고 있는 헤론이었지만, 슬레이프 가문의 일에까지 신경을 쓰지 않을 수는 없었다.

백묘가 서두르는 기색이 역력한 카시카에게 다가왔다.

"카시카님, 일찍 돌아오셨네요."

라휄도 입가에 과자 가루를 잔뜩 묻힌 채로 카시카를 마중했다.

"카시카, 어서 와."

카시카는 천연덕스러운 라휄의 얼굴을 보자 어쩐지 조금은 기분이 느긋해지는 듯했다. 그녀는 품에서 손수건을 꺼내 라휄의 입가를 닦아주었다.

"말썽꾸러기 낭군님, 도착하자마자 코넬리아 가문을 뿌리째 뒤흔들다니, 역시 대단해."

백묘가 물었다.

"무슨 일이 있었나요?"

"크라니엔 가문이 의절을 선언했어. 듀피셀론 가문에 붙을 모양이야."

백묘는 그동안 카시카에게 제국의 정치 등에 대해 어느 정도 배웠기에 자작 가문이 공작 가문에 충성을 맹세한 대신 공작 가문은 자작 가문의 영지를 보장해 주는 일종의 계약을 맺은 것을 알고 있었다.

"크라니엔이 왜? 의절이 뭐야?"

카시카는 라휄의 뺨을 어루만져 주었다.

"아니야. 그냥 하는 소리야."

백묘가 물었다.

"이제 어떻게 하실 생각이세요?"

카시카가 어깨를 으쓱했다.

"뭐 달라질 것 있겠어? 아니, 오히려 잘됐지 뭐야. 이렇게 된 이상 코넬리아 가문에 붙어 크라니엔을 적으로 삼는 데 훨씬 큰 명분이 생겼잖아."

백묘는 고개를 끄덕였다.

"그건 그렇네요."

그때 라휄이 카시카의 가슴을 가리켰다.

"어, 근데 그건 뭐야? 못 보던 거야."

라휄이 보고 있는 것은 카시카의 브로치였다. 반짝거리며 영롱한 빛을 내뿜는 것이 라휄이 보기에도 예뻐 보였다.

"루비야, 루비. 낭군님도 어서 출세해서 나한테 이런 걸 많이 사줘."

"출세가 뭐야? 나는 돈이 없어. 출세를 하면 돈이 생겨?"

카시카가 고개를 끄덕거렸다.

"그래, 아주 많이 생기지."

"그렇구나. 그럼 출세할게."

카시카가 미소를 지었다.

"낭군님이라면 금방 출세할 수 있을 거야. 나랑 흑묘, 백묘가 한마음으로 도울 테니까.”

라휄은 방긋 웃었다.

“응, 출세를 해서 카시카한테 보석을 많이 사줄게. 그럼 다시는 도둑질을 하지 않아도 되잖아. 흑묘랑 백묘는……. 흑묘야, 백묘야, 뭐가 가지고 싶어?”

흑묘와 백묘는 사양의 말을 했다.

“아니에요, 주인님. 지금의 주인님으로도 충분한걸요.”

“그래요. 이 백묘는 재물 같은 것보다 주인님이 이렇게 잘 대해주시는 게 더 고마워요.”

“아니야. 난 아무것도 사주지 못한걸.”

라휄은 이렇게 말하며 자신의 허리를 바라보았다.

“라프델한테도 받기만 했지 아무것도 못 줬어.”

라휄은 뭔가를 주고받는다는 것에 대한 의미를 어렴풋이 깨닫는 중이었다. 그러다 이런 이야기가 나오자 부쩍 선물을 해주고 싶어졌다.

“흑묘랑 백묘도 이야기해 봐. 뭐가 갖고 싶어?”

백묘는 주인의 그런 마음을 알고 있었기에 당장 라휄이 해줄 수 있는 일을 떠올렸다.

“소녀들은 묘족이에요. 묘족은 물고기를 아주 좋아하죠.”

“물고기? 물고기가 뭐야? 고기가 물에도 있어?”

백묘와 흑묘가 나란히 고개를 끄덕였다.

“물론이에요. 주인님도 벌써 몇 번이나 드신걸요.”

“맞아요. 오늘 점심때도 송어가 나왔잖아요.”

라휄은 고개를 갸웃했다.

“몰라. 근데 물고기는 어떻게 잡는 거야? 난 물은 싫어. 숨을 쉴 수 없는걸.”

지하에는 고여 있는 물이 거의 없었다. 동굴 틈새에서 졸졸 새어 나오는 경우는 있었지만. 처음 세상에 나와 흑묘 등과 한 달여 동안 여행하면서 몇 번이나 강을 지나왔지만 물에 익숙하지 않아 안에서 뭔가를 해볼 생각조차 못했다.

흑묘가 말했다.

“괜찮아요. 물에 들어갈 필요는 없어요. 낚시를 하면 되니까요.”

묘족 역시 물과는 불편한 관계였다.

이렇게 해서 라휄의 내일 놀이는 낚시로 정해졌다.

한편, 코넬리아 성안에서는 귀족들의 요청에 의해 회의가 열렸다. 코넬리아 가문의 문관들은 발등에 불이 떨어진 듯 소란을 피우고 있었다. 공작가 이하의 가문이 스스로 의절을 하고 다른 공작가로 의탁하는 건 코넬리아 가문이 생긴 이래 처음 있는 일이었다.

게다가 가문의 주인을 죽였다는 의심을 받고 있으니 일방적으로 성토를 할 수도 없는 분위기였다. 듀피셀론이라는 큰 세력을 등에 업었다는 것 역시 까다롭기 짝이 없는 점이었다.

본래 공작가에 의탁하고 있는 많은 귀족 중 후, 백작은 없었다. 대부분의 후작들은 왕족이나 그 먼 친척이었다. 황후의 가문도 후작의 위를 받았다. 왕국의 직영지에 조차지를 갖게 되며, 세습되지 않는 경우도 많았다.

백작은 전통적으로 하나의 나라로서 독립하는 경우가 많았다. 자작, 남작과 계약을 맺는데 남작인 경우가 많았다.

지금 회의에 참가한 귀족들은 대부분이 자작가였고, 일부지만 남작가도 있었다. 코넬리아라는 공작의 나라를 실질적으로 이끌어가고 있는 이들이었다.

한 자작가의 사람이 목소리를 높였다.

"영주님, 이야기를 해보십시오! 크라니엔 자작을 죽인 일에 관여하고 있습니까, 아닙니까?!"

상황이 좋지 않게 돌아가자 코넬리아 가문은 정식으로 콘첼 폰 크라니엔의 죽음과 관련이 없다고 발표했다. 이미 담뿍 의심을 받고 있는 처지였지만, 아니, 거의 확신범 취급을 받고 있었지만 적어도 공식적으로 그녀는 콘첼의 죽음과 무관하다고 발표한 것이다.

체자렛은 상좌에 앉아 안절부절못하는 표정을 짓고 있었다. 그 자작의 물음에 이렇다 할 대답을 꺼내지 못했다. 코넬리아 공작가의 외교를 담당하고 있는 귀족이 대신 입을 열었다.

"의심하실 것을 의심하십시오! 비록 최근 크라니엔 자작이 영주님께 많은 무례를 저지른 것은 사실이지만, 그렇다고 해도 암살 같은 더러운 일을 우리 코넬리아 가문에서 할 리 없지 않습니까?!"

다른 귀족이 말했다.

"그렇습니다! 그러니 어서 공작가의 귀족들에게 성토문을 돌려 크라니엔 가문을 쳐야 합니다!"

또 다른 귀족이 성을 낸다.

"이제 와서 말입니까?! 듀피셀론 공국(公國)과 전쟁을 벌이기라도 할 생각입니까?"

조금 전의 귀족이 소매를 걷어붙이며 강경한 목소리를 냈다.

"못할 것은 또 뭐 있습니까?!"

"바보 같은 소리! 듀피셀론은, 우리 코넬리아는……."

이렇게 외치던 귀족은 말을 잇지 못했다. 자신의 나라가 더 약하다는 말을 어떻게 입 밖에 낼 수 있을까.

"자자, 진정들 하시오. 지금 문제는 크라니엔을 어떻게 처분하느냐이지 않소? 듀피셀론 공국은 전통적으로 우리 코넬리아 공국과는 선린(善隣)의 나라가 아니오? 우선은 외교로써 어떻게든 해결할 생각을 해야 하지 않겠소?"

수염이 석 자나 되는 덕에 이런 상황에서도 평상심을 유지할 수 있는지 한 노귀족이 이렇게 말했다.

코넬리아의 외교 문관들이 한숨 돌렸다는 듯 찬성의 말을 꺼냈다.

"맞습니다."

그때 한 귀족이 일어나 입을 열었다.

"어찌 되었든 명분은 코넬리아 공국에 있지 않겠소?"

뭇 귀족들이 깜짝 놀라며 고개를 돌렸다. 부활의 헤론, 그에 못지않게 귀족회의에서의 헤론은 침묵의 헤론으로 통했다. 도통 그런 일에 관심이 없다는 듯 무의견으로 일관했다.

그러다 보니 귀족들은 그가 갑자기 무슨 말을 하려나 하는 호기심에 시선을 집중시켰다.

"크라니엔 자작이 누구에게 어떻게 죽임을 당했는지는 아무도 모르지 않소? 우선 그 자신이 뛰어난 검사인 자작을 과연 누가 죽였는지부터 알아보는 것이 순서요. 그럼에도 크라니엔 가문은 잘됐다는 듯 진상 규명은 내버려 둔 채 의절을 선언하지 않았소? 어떤 내막이 있는 게 아닌가 싶소."

일리가 있다는 듯 고개를 끄덕이는 귀족들에게 체자렛이 입을 열었다.

"맞아. 왜 내가 손을 썼다고 이야기하는 것이지? 나의 코넬리아 안에 크라니엔 자작을 죽일 수 있는 사람은 마텔표르트 가문의 검사들 정도야. 하지만 그들은 지금 오크 족의 문제를 해결하기 위해 나가 있잖아?"

체자렛이 강변하는 이유는, 그리고 크라니엔 가문 건에 대해 큰 목소리를 내지 못하는 이유는 바로 그 자신이 콘첼 폰 크라니엔을 죽인 범인이어서였다.

"하긴 의심이 가는 사람이 없는 것은 아니지요."

한 귀족이 입을 열었다.

"그 누구라더라, 에틴을 순식간에 죽인 어린 검사. 무엇보다 시기가 일치하는 것이……."

하지만 그 귀족의 말은 다른 귀족에 의해 일축되었다.

"닷새 전의 검투를 보지 못했소? 파킨토 경에게 패배하지 않았소? 크라니엔 자작은 파킨토 경보다 훨씬 높은 경지의 검사요."

"그야 그렇지만……."

체자렛이 말했다.

"크라니엔이 의절을 선언했으니 나, 코넬리안 공작도 크라니엔 가문을 파문하겠어요. 이제 더 이상 이 일에 대해서는 왈가왈부할 것 없어요."

체자렛은 더 이상 일이 커지는 것이 달갑지 않았다. 그러다 진상이 밝혀지기라도 한다면 이탈하는 가문이 크라니엔 하나가 아닐 것이 분명했으니.

하지만 귀족들은 이대로 끝낼 생각이 없었다.

"파문으로 끝날 일이라면 굳이 회의를 열지도 않았습니다."

"이탈해 다른 가문에 의탁하는 것을 수수방관하실 생각이
십니까?!"

"듀피셀론 가문은 영주님의 외가가 아닙니까? 잘 이야기한
다면 외교 활로가 열릴 것입니다."

귀족들의 웅성거리는 말에 체자렛은 어떻게 답해야 할지
갈피를 잡지 못했다. 지금 이 순간 그는 외사촌을 떠올리고
있었다.

'그런 일을 하다니……. 헤크토님께 폐를 끼칠 수는 없
어.'

코넬리아 가문의 외교문관이 영주를 대신해 답했다.

"그건 추진해 봐야 알 수 있는 일입니다. 아무튼 이 이상의
일은 이 자리에서 논의해 보았자 결론이 날 리 없습니다. 우
리 외무관부에서도 자세한 것을 좀 더 조사해 볼 테니 시간을
주십시오."

귀족들은 아우성을 쳤다.

"이제 와서 시간이라니?!"

"지금 당장 결정해 행동해도 사후약방문에 불과한데 너무
안일한 것 아니오?!"

"이미 사건은 벌어진 후란 말입니다!"

외교문관들은 식은땀을 줄줄 흘렸다. 그때 체자렛이 신경
질적으로 외쳤다.

"그만들 햇! 듀피셀론 가문에 폐를 끼칠 순 없어! 크라니엔

가문은 파면이야! 그리고 이 일은 그것으로 끝이야! 끝이라
고! 알았어?!"

콰—

서탁을 치며 체자렛은 자리에서 일어났다. 자신의 치부가
드러날 것 같아 너무 무서웠다. 그녀는 몸을 돌려 회의장에서
나갔다.

귀족들은 그런 그녀의 모습에 혀를 찼다.

"역시 섭정 가문을 정했어야 했는데……."

한 귀족이 중얼거리듯 하는 말에 귀족들은 무언으로 동의
했다. 1년 전, 귀족들끼리 싸움을 벌이다 결국 섭정관을 정하
지 못한 것이 이렇게나 큰 해를 가져오다니.

회의는 그렇게 흐지부지 끝이 났다.

3

테르나 가문의 주인인 구헨 폰 테르나 자작은 터덜터덜 회
의장을 나서고 있었다. 비록 자작 가문이라고는 하지만 직영
지가 다른 가문의 절반에도 못 미쳤다. 오래된 남작 가문도
자신보다 넓은 땅을 가지고 있을 것이다. 그나마 영지 안에
변변한 수리 시설조차 없는 탓에 옆 나라에 수로를 이어 물
사용료까지 내는 중이었다.

금년으로 32년 된 테르나 영지. 말이 좋아 영지지, 변두리

의 황무지를 할아버지 대부터 개간해 이제야 간신히 사람이 살기 시작한 쓸모없는 땅에 불과했다.

그런 만큼 발전에의 욕구는 강했다. 어릴 적 구헨 자신 역시 손수 돌을 날라 축대를 쌓지 않았던가? 영지의 우물 중 어느 것 하나 낯선 것이 없었다.

그는 라휄 일행을 의심하고 있었다. 회의장에서 그런 이야기를 꺼냈을 땐 비웃음을 샀지만 여전히 의혹은 남아 있었다.

이제 곧 서른네 살이 되는 구헨은 수도에 있는 자신의 별장으로 향하던 걸음을 돌려 헤론의 저택이 있는 쪽을 바라보았다.

"범인을 밝혀주마."

그는 영주가 이 일에 관여됐다고는 생각지 않았다. 그렇기에 범인을 밝혀 영주의 결백을 증명하고, 그 공으로 가문을 성장시킬 생각을 품었다.

영주성을 나온 그의 곁으로 한 사람이 따라붙었다. 흰 듀얼리스트 링의 소유자이자 할아버지의 망년지교, 유겔드 조슈아.

구헨의 할아버지가 평범한 사람이었다면 맨손으로 자작 가문의 이름을 손에 넣을 수 있을 리 없었다. 그리고 680위의 반지를 손에 쥐고 있는 유겔드 조슈아를 친구로 사귀지도 못했을 것이다.

유겔드는 올해로 서른일곱 살이 되었다. 구헨과는 친구처럼, 형제처럼 자라왔다. 그가 검에 두각을 나타낸 것은 23년 전. 당시 그가 살고 있던 황무지를 일구던 구헨의 할아버지가 그 재능을 높이 사 유겔드를 왕도 카문에 있는 검술 학교에 넣은 것이 지금의 그를 있게 한 원인이었다.

"어딜 가려는 겐가?"

평민이지만 유겔드는 구헨과 평대를 했다.

"혜론 가에 가보려고 하네. 자네도 꼭 같이 가줘야 하네. 그 어린 꼬마, 지금은 비록 천 위 밖의 반지를 하고 있지만, 에틴을 죽일 수 있는 것으로 보아 그 안쪽이라고 보는 쪽이 옳을 듯하네."

유겔드는 회의적인 말을 했다.

"솜씨 좋은 샤먼이 곁에 있었다지 않나? 검사에 샤먼의 그룹이라면 무적이네. 가디언이 하나 더해진다면 위력이 백 배는 올라갈 테지만."

가디언은 전문적인 방어형 전사를 이야기했다. 공격력에 있어서는 검사와 마법사를 따를 자가 없었다. 마법사는 중간 정도의 보조 마법을, 샤먼은 거의 완벽한 보조 마법을 구사했다. 반면 마법사와 샤먼은 방어가 형편없었기에 가디언을 고용해 주로 그들을 보호하곤 했다.

그밖에도 장기적인 안목에서 쓸모가 많은 회복술사가 더해지면 거의 완벽한 파티라고 할 만했다.

하지만 이론이 그러할 뿐 실제로 모험자가 그렇게까지 구색을 갖춰 여행하는 일은 드물었다.

"아무튼 샤먼과 검사가 힘을 합친다면 일천 위 정도의 검사가 에틴을 죽이는 것도 불가능한 일은 아닐세."

구헨은 고개를 저었다.

"자네의 말도 일리가 있지만 '간신히' 라는 것과 '가볍게' 라는 것의 차이가 있지 않나? 소문에 듣자 하니 그 어린 검사는 말 그대로 '가볍게' 에틴을 죽였다고 하네."

"믿을 수 없네, 믿을 수 없어. 듣자 하니 겨우 열두세 살 먹은 아이라고 하지 않나? 역대 검림의 왕 중 최고라고 일컬어지는 라프델도 그 나이에는 검사의 반지조차 손에 넣지 못했네. 정확히는 아직 세상에 나오지 않은 것이지만."

유겔드의 말에 구헨은 반론을 제기하지 못했다. 유겔드가 말을 보탰다.

"물론 검사의 반지가 곧 그 검사의 수준을 이야기하는 건 아니네. 평생 자신보다 높은 등위의 검사를 만나지 못하면 그 반지를 끼고 죽는 수밖에 더 있겠나? 옛날처럼 제국의 검투회가 있는 것도 아니고."

구헨이 말했다.

"아무튼 만나볼 생각이네."

유겔드는 고개를 끄덕였다.

"그건 나도 찬성일세. 나도 흥미가 있으니까."

두 사람은 오래잖아 헤론의 저택에 도착할 수 있었다. 평소 구헨은 헤론과 그다지 교류가 없었기에 어떻게 접근해야 할지 고민했다. 하지만 고민은 오래지 않아 해결되었다.

나지막한 나무 담이 있는 저택의 정원 앞에 한 무리의 남녀가 있었다. 구헨은 그들을 보자마자 라휄과 그의 소문난 동료라는 것을 알 수 있었다.

구헨은 헤론을 부르려다 라휄의 행동에 시선을 빼앗겼다.

"아이참! 주인님, 잘 겨냥해서 던져 보세요."

검은 머리칼의 묘족 소녀, 흑묘는 지금 라휄에게 낚시를 가르치고 있었다.

"이렇게 하면 돼요."

라휄은 벌써 반 시간째 끙끙대며 낚시를 배우고 있었다. 흑묘와 백묘에게 물고기를 선물해 주기 위해서였다.

"이렇게?"

길고 탄력있는 낚싯대 끝에 매달린 자그마한 추. 흑묘의 코치를 받아 라휄은 몇 번이고 낚시를 연습했다. 라휄의 몸은 완전히 검술을 위해 존재하기라도 하는지 다른 몸 쓰는 일은 그다지 잘하는 편이 못 되었다. 그래도 꾸준한 연습 끝에 겨우겨우 원하는 곳에 낚시를 캐스팅할 수 있게 되었다.

"와, 연속으로 세 번이나 성공했어요. 주인님, 이 정도 실력이면 이제 실전만 남았어요."

흑묘의 칭찬에 라휄은 기쁜 표정을 듬뿍 지었다.

한편 백묘는 조금 떨어진 곳, 라휄의 연습을 방해하지 않는 장소에서 내일 낚시에 쓰일 도구들을 정리하고 있었다. 어느 것은 사고, 어느 것은 만들었다. 두 대의 낚싯대와 물고기를 담아올 바구니, 그리고 찌와 미끼가 든 상자가 그것이었다.

그리고 그 곁에는 카시카가 풀밭에 엎드려 오래간만에 수정 구슬을 들여다보고 있었다.

"이거 봐, 이거. 피크닉 가방이 은화 네 닢이야. 어쩜어쩜, 포크와 나이프는 은으로 만들었대. 접시는 큰 게 다섯 개, 작은 게 다섯 개고, 와인 글래스도 들어 있다는데? 모든 세트가 피크닉 가방 안에 정리가 가능해서 마차에 싣기만 하면 된다는군."

백묘가 미소를 지었다.

"정말 질리지도 않네요. 카시카님, 전에 샀던 잠옷 세트가 기억나지 않으시나요? 바느질이 엉망이어서 제가 새로 다시 바느질을 했잖아요. 게다가 천의 촉감이 나쁘다고 입지 않으셔서 결국 소녀들의 속옷으로 만들었다구요."

"그건… 그래도 황새가 직접 배달해 주는 데도 배송료가 동화 30닢밖에 안 돼. 이게 얼마나 파격적인 건지 알아?"

외출에서 돌아오던 헤론은 잠시 마당에 멈춰 서서 그 모습을 지켜보곤 허허 웃음을 터뜨렸다. 언제 봐도 태평스러운 무리였다. 그러다 문득 집 밖에서 인기척이 느껴져 고개를 돌렸다.

"어, 이게 누구신가? 테르나 자작 아닌가?"

구헨과 유겔드는 어색하게 웃으며 헤론에게 인사말을 건넸다.

"안녕하십니까?"

라휄 등도 구헨과 유겔드의 기척은 이미 느끼고 있었지만 무시하고 있었다. 자신들을 신기한 눈으로 쳐다보며 지나가는 경우가 한두 번이 아니었으니 말이다.

하지만 헤론의 입에서 나온 이름에 카시카는 놀라 자리에서 벌떡 일어나고 말았다.

"테르나 자작?!"

그렇게나 사교의 연줄을 대려 노력해도 닿지 않던 그와 이렇게 갑작스레 이어지다니!

"무슨 바람이 불어 우리 집에까지 오셨나?"

"그게… 솔직히 말씀드리지요. 슬레이프 가문에 있는 어린 검사를 만나보러 왔습니다."

"라휄을?"

"나를?"

헤론과 라휄의 말이 동시에 울렸다. 구헨이 고개를 끄덕였다.

"그렇습니다."

헤론은 문을 열었다. 어찌 되었든 저렇게 문밖에 엉거주춤 서 있게 둘 수는 없었다.

"일단 안으로 들어오게."

응접실 안.

라휄의 곁에는 백묘와 흑묘, 그리고 카시카가 있었다. 맞은 편에는 구헨과 유겔드가, 그리고 주인의 자리에 헤론이 자리를 잡음으로써 모든 준비가 끝났다. 간단한 다과는 물론 기본이었다.

"자자, 나 같은 노인네에게는 신경 쓰지 말고 이야기를 시작하지 그러나?"

구헨은 응접실에 앉은 이래로 상당히 오랫동안 입을 열지 못했다. 어떻게 이야기를 꺼내야 할지 난감하기 짝이 없었다. '네가 죽였냐?' 라고 물을 수도 없는 일이었으니.

"라휄, 그래, 네가 에틴을 무찔렀다고 들었다. 어린 나이에 대단한 검술을 몸에 익혔구나. 그래, 누구에게 검술을 배웠지?"

라휄은 첫 질문부터 고개를 저었다.

"검술을 배운 적은 없어."

"그, 그런!"

구헨의 놀라움 섞인 외침과 동시에 유겔드가 말했다.

"말도 안 돼. 아무에게도 배우지 않고는 검사가 될 수 없다."

그의 말 그대로였다. 검술이라는 것은 그야말로 신비한 기술이었다. 개중에는 검이 아니라 다른 무기를 쓰는 경우도 있었지만 검이 거의 대부분이었기에 검사와 검술이 대명사로 쓰이고 있었다.

인간이 근력을 키우고 힘과 기술을 높인다고 해서 다 검사가 되는 것은 아니었다.

흑묘와 백묘가 두 사람의 말을 받았다.

"주인님은 거짓말을 하지 않으셔요."

"맞아요. 주인님은 진실만을 말하셔요."

두 소녀를 번갈아 보며 구헨과 유겔드는 어색한 표정을 지었다. 첫 대면부터 상대를 거짓말쟁이로 몰아붙인 셈이 된 것이다. 구헨이 '흠흠' 헛기침을 하며 말을 이었다.

"그런 뜻으로 한 말이 아니네."

구헨은 잠시 생각에 잠겼다. 차라리 한번 라휄을 떠보는 게 빠를 듯했다.

"라휄, 너는 콘첼 공작이 죽은 것을 알고 있느냐?"

카시카는 그 질문에 흠칫했다. 라휄의 입이 열렸다.

"응, 알아. 내가……."

카시카가 빽! 하고 소리를 지른 것은 바로 그때였다. 어찌

나 날카롭고 큰 목소리였는지 구헨도 유겔드도 라휄이 하려
는 말을 듣지 못했다.

카시카의 행보가 빨라졌다.

"콘첼 공작은 내가 죽였다."

갑작스러운 카시카의 고백에 구헨과 유겔드는 멍한 표정
이 되었다. 헤론조차도 그녀의 기습에 입을 멍하니 벌릴 정도
였다.

라휄이 고개를 돌려 카시카를 보았다. 카시카는 윙크를 하
며 손가락으로 자신의 입술을 살짝 짚었다. 잠자코 있으란 뜻
이었다.

구헨이 조심스럽게 물었다.

"그게… 무슨 뜻으로 한 말입니까? 농담이라면 유쾌하지
못한 농담이군요."

카시카는 귀족이었기에 구헨은 카시카에게 말을 할 때 격
을 갖추었다.

"농담? 왜 농담이라고 생각하지?"

"그, 그야……."

구헨은 그녀의 물음에 대답을 하지 않았다. 유겔드가 대신
입을 열었다.

"콘첼은 검사에게 죽임을 당했다. 그리고 그는 176위의 검
사였지. 이것으로 대답이 되었나?"

카시카는 그의 말에 웃음을 터뜨렸다.

"호호호홋!"

"왜 웃지?"

"지금 당장 가까운 마법사 길드에 가서 이렇게 물어보지 그래? 진홍의 카시카가 176위의 검사를 죽일 수 있는가, 없는가."

진홍의 카시카. 어떤 의미에서는 검림의 왕에 버금가는 이름이었다. 하지만 라프델이 대중에게 유명하다면, 카시카는 일부에게만 그 이름이 알려져 있었다.

유겔드도, 구헨도, 헤론도 진홍의 카시카란 이름은 알지 못했다. 하지만 그녀의 진지한 말투에서 그녀 자신이 콘첼을 죽이는 것이 가능하다는 것을 읽어낼 수 있었다.

구헨이 무거운 표정으로 그녀에게 물었다.

"사실이라고 쳐도… 어째서 내게 그런 이야기를 하는 것이오?"

말을 하는 도중 구헨은 조금 전 카시카가 자신의 이름을 들었을 때 놀라워하던 모습을 떠올렸다. 생각해 보면 그건 자신을 찾고 있었다는 의미이기도 했다.

카시카는 웃었다. 구헨은 그녀의 미소를 보며 다시 한 번 놀랐다. 겉으로 보기에 그녀는 십대 후반. 더 어리면 어렸지 그 위로는 보이지 않았다. 하지만 지금 지어 보이는 저 미소는 훨씬 완숙하고 표독스러울 정도의 요염한 빛을 띠고 있었다. 그리고 그런 그녀의 미소가 유혹하고 있는 것은 사람 한

둘이 아니었다.

나라[國].

구헨은 자신도 모르게 그것을 떠올렸다.

위험한 냄새가 났다. 뭔가 커다란 일을 하려 하고 있다, 이 여자는.

"테르나 자작, 손을 잡지 않겠어?"

카시카가 말했다. 구헨은 그녀가 풍기는 향기에 이미 취했다.

"나는 무엇을 얻을 수 있는 것이오?"

"내 욕심은 그렇게 크지 않아. 그저 우리 낭군님이 출세를 했으면 할 뿐이야. 이런 식으로 하려 했던 건 아닌데, 어떻게 하다 보니 일이 터졌어."

카시카의 말에 구헨은 다시 한 번 주판을 퉁겨보았다. 아무리 생각해도 이 정체불명의 집단과 손을 잡아 손에 넣을 것이 떠오르지 않았다.

"구 문벌 세력 사이에 당신이 비집고 들어갈 틈을 만들어주지. 어때?"

카시카가 말했다. 구헨은 자신도 모르게 '으음' 하고 신음을 뱉었다. 확실히 대단한 이익은 아니다. 뭔가를 직접 주겠다는 얘기도 아니었다. 하지만 그렇기에 믿을 만했다. 그리고 그것이면 자신에게는 충분했다.

구헨의 입이 반쯤 열렸다. 그 순간 깜짝 놀라며 옆을 보았는데, 그곳에는 헤론이 있었다. 구 문벌, 그것도 명문가 중 하나였다.

구헨의 경계심 가득한 눈길에 헤론은 미소를 지었다.

"신경 쓰지 말게나, 신경 쓰지 말아. 난 귀족들의 대장 놀이 따위에는 관심없는 사람일세."

헤론의 말이 사실이라는 것은 구헨도 알고 있었다. 부활의 헤론. 그의 이름은 회복술사로서 세계의 남쪽에 널리 퍼져 있었다. 하지만 정작 코넬리아 공작령에서 헤론의 정치적 입지는 영에 한없이 가까웠다.

구헨의 고개가 끄덕여졌다.

"무서운 아가씨군요, 당신이란 사람은. 좋소, 당신에게 한 번 속아보겠소. 하지만 대단한 일을 내게 바라지는 마시오. 아직까지는 가계약에 불과하니까. 그보다 내가 당신의 남편에게 어떤 일을 해주면 되는 것이오? 당신의 남편은 누구요?"

카시카가 미소를 짓는다. 그리고 손을 뻗어 라휄의 목을 껴안았다.

"라휄이 내 낭군님이야."

구헨은 그녀의 말에 일순 머릿속이 텅 비는 느낌을 받았다. 한 편의 긴 희극, 그곳에 등장하는 광대에게 놀림당한 기분이었다.

"그, 그런……."

카시카가 못 박듯 말했다.

"한 가지 일을 낭군님에게 밀어줘. 적어도 기사의 작위 정도는 얻을 만한 것으로."

첫 번째 요구 사항이 구체적으로 제시되었다. 구헨은 머뭇거리다 고개를 끄덕였다. 장난 같은 상황이었지만 농담이 아니라는 것만은 분명했다.

"지금 당장에는 떠오르는 것이 없지만 생기면 연락을 해주겠소."

구헨은 이 말을 마지막으로 유겔드와 함께 헤론 가를 떠나왔다. 얻으려 했던 것을 얻은 것은 물론이거니와 훨씬 황당한 일까지 떠맡게 되었다.

이것이 테르나 가문에 복이 될지 화가 될지……. 구헨은 도무지 앞이 보이지 않았다.

한편, 그 두 사람이 떠난 후 라휄이 카시카에게 말했다.

"카시카, 왜 거짓말을 한 거야? 거짓말은 나쁜 짓이야. 엘로한님의 계율에도 나와 있어."

카시카가 라휄에게 빙긋 미소를 지었다.

"이 카시카는 낭군님의 아내야. 아내와 남편은 한 몸이고. 낭군님이 한 일은 내가 한 일이기도 해."

라휄은 그녀의 말에 고개를 갸웃했다.

"그럼 거짓말한 거 아니야?"

“응, 물론이야.”

흑묘는 카시카의 말에 뭐라 제지를 하려 했다. 하지만 워낙 하나부터 열까지 모두 다 엉터리인지라 어디서부터 지적해야 할지 오히려 헷갈리게 되었다.

그 틈을 타 헤론이 카시카에게 말했다.

“그런데 괜찮겠나? 자네가 그러한 조건을 언젠가 테르나 가문에 제시할 거란 건 어느 정도 짐작했지만, 너무 갑작스러운 것 아닌가?”

카시카는 고개를 끄덕였다.

“그건 그래요. 하지만 상황이 상황인지라…….”

“하긴, 워낙 일사천리로 진행되어 버렸으니…….”

카시카는 어깨를 으쓱했다.

“일이 잘못될 경우 도망치면 그만이에요. 나라가 코넬리아 하나도 아니고.”

카시카는 말을 잠시 멈추며 라휄의 볼을 꼬집었다.

“낭군님이야 이 코넬리아 가문에 특별한 마음을 품고 있는 듯하지만, 나나 흑묘, 백묘는 아니거든요.”

라휄이 눈을 찡그렸다.

“아야! 아파, 카시카!”

헤론은 라휄을 흘끗 보며 말했다.

“그것도 그렇겠구먼. 하지만 언제나 귀족 살해범이란 누명이 따라다닐 텐데?”

"증인도 증거도 없는데 발뺌하면 그만이에요. 게다가 영주가 사주한 일이니 오히려 그 잘나신 코넬리아 영주님께서 그 사실을 은닉하려 노력하실 텐데요, 뭐."

헤론은 거기까지는 생각을 못한 듯 '아!' 하며 연신 고개를 끄덕였다.

"하여간 자네들이 이 코넬리아 가문에 복이 될지 해가 될지……."

카시카는 생긋 미소를 지었다.

"우리는 순수해요. 영주님이 어떻게 받아드릴지는 모르겠지만."

말을 하며 카시카는 라휄을 바라보았다. 자신이 순수한지 어쩐지 그런 건 말할 거리가 못 된다. 하지만 분명 자신의 눈에 담긴 낭군님은 순수함 그 자체였다.

"하긴, 따지고 보면… 크라니엔 가문의 일도 라휄 군으로서는 순수하게 영주를 돕겠다는 마음 한 가지뿐이었을 테니까."

헤론은 이렇게 말하며 속으로 중얼거렸다.

'그게 가장 무서운 점이지만…….'

4

라휄이 일을 맡게 된 것은 생각보다 훨씬 빠른 시점에서었다.

구헨 폰 테르나와의 담판이 있은 그 다음날, 마텔표르트 가문의 검사들을 위시한 조사대가 도착한 것이다.

그들이 영주에게 보낸 보고서는 그야말로 경악할 만한 것이었다.

설상가상이란 말이 절로 떠오르는 이 상황에 귀족들은 다시 회의를 열고 말았다.

"오크들이 산맥을 넘어왔습니다. 숫자는 수천이라고만 추정할 뿐 정확히는 알기 힘듭니다."

그곳에 갔던 문관 하나가 상황을 설명하기 시작했다. 수천이란 말에 귀족들은 웅성거리며 놀라움을 표했다.

"그곳을 통치하는 메니마 자작가의 영지 절반 가까운 곳이 오크들에 의해 잠식당했습니다. 그들을 다시 몰아내려면 코넬리아 가문의 군대가 움직여야 할 것 같습니다."

코넬리아가 움직인다는 것은 그 이하 수많은 자작, 남작 가문에 속한 기사들이 움직여야 한다는 말이었다.

"그들의 목적은 아무래도 영토의 점령, 그 자체인 듯합니다. 산맥을 넘어 메니마 자작가의 동편 기스락에 마을을 짓고 있습니다. 아직 몇몇 마텔표르트의 검사들이 그곳을 지키며 오크들의 정세를 살피고 있습니다만, 정황의 변화에 대해서는 보고된 바가 없습니다."

널찍하니 펼친 지도와 함께 문관의 설명이 끝났다. 귀족들의 시선이 일제히 코넬리아 공작, 다시 말해 체자렛에게로 향했다. 바로 전날 크라니엔 가문의 일에 관한 회의에서 결론을 내지도 못한 이 마당에 공작가를 뿌리째 흔드는 일이 연달아 터진 셈이었다.

체자렛은 미간을 찡그린 채 입을 닫고 있었다. 그 미모만은 찡그린 얼굴조차 매력적으로 보일 정도였지만, 회의에 그런 것은 중요하지 않았다.

한 문관이 입을 다문 체자렛을 대신해 입을 열었다.

"본래 이곳의 오크 족인 위버우르크는 우르크 산맥의 깊은 곳을 영지 삼아 코넬리아와 불가침 조약을 맺고 있었습니다. 숫자가 많을뿐더러, 천혜의 요지를 등지 삼고 있었기에 코넬리아 가문 역시 그들과 싸우기보다는 화평을 결정한 것입니다. 그런 위버우르크 종족이 갑자기 산맥을 넘은 것에는 어떤 이유가 있는 듯합니다. 보고서에도 나와 있듯 아직 위버우르크 종족이 군사적인 행동을 취하지는 않은 것으로 보아……."

이야기가 여기쯤 오자 그가 또 외교인지 뭔지를 통해 해결하려 한다는 것쯤은 누구나 알 수 있었다.

메니마 가문에 속하는 귀족이 자리에서 벌떡 일어나 그 문관의 말을 끊었다.

"영지를 절반 가까이 잠식한 지금, 그들이 아무런 군사적 행동도 취하지 않았다고 말하는 것입니까?!"

문관의 입이 닫혔다. 메니마의 귀족이 목소리를 높였다.

"우리 메니마 가문이 코넬리아의 북쪽 장벽이 된 지 이백 년입니다. 매해 수십 톤의 곡물을 코넬리아 가문에 바치고, 크고 작은 환란에 수백 명의 중무장한 기사를 보내온 것은 코넬리아가 우리 메니마를 수족으로 생각해 닥쳐 올 난을 해결해 줄 것이라 믿었기 때문입니다."

체자렛이 입을 열었다.

"코넬리아 가문은 오크들에게서 메니마 가문을 지킬 것이다."

확고한 뜻을 내비친 그 말에 회의는 전날과는 달리 체자렛에게 호의적으로 시작되었다. 메니마 가문의 사람은 허리를 굽혀 체자렛에게 절했다.

"영주님의 뜻, 메니마 가문의 대표로서 크게 환영하며 또 감사하는 바입니다."

체자렛은 문관과 메니마 가문의 이야기를 듣는 동안 어느 정도 마음의 정리가 이루어졌다. 직접 오크 부족을 정찰하고 돌아온 문관에게 시선을 던졌다.

"오크들과 협상을 위한 접촉은 시도해 보았는가?"

문관은 고개를 숙였다.

"함께 간 사람들 중 오크 어에 능한 자가 없어서 그 시도는 해보지 못했습니다."

"오크와의 문제를 해결하러 가면서 오크 어 사용자를 데려가지 않다니!"

체자렛은 책망하는 투로 이렇게 말했다. 문관은 황송하다며 고개를 조아렸다. 처음부터 생각하지 않은 것은 아니었지만, 급히 가보라는 영주의 명에 산맥을 직접 넘어가느라 오크 어에 능통한 나이 든 문관을 데려가지 못했던 것이다.

하지만 이제 와 그런 변명을 해보았자 얻을 게 없기에 문관은 그저 고개를 조아릴 뿐이었다.

"전쟁은 쉽게 이야기할 바가 아니다. 위버우르크는 그 수가 수만에 달하며, 코넬리아 가문의 중앙을 꿰뚫는 산맥 전체에 고루 펴져 있다. 그들과 대규모의 전쟁을 벌일 경우, 이기지 못한다고는 하기 힘들지만 손해가 너무 크다. 가능하면 외교로써 해결했으면 하는 것이 나의 뜻이다."

체자렛의 발표에 귀족들이 고개를 끄덕거렸다. 특히 오크들과 국경을 맞대고 있는 귀족들의 경우에는 그 마음이 한층 절실했다. 후방의 귀족들이야 기사들이나 내보내면 그만이지만, 전방인 그들은 자신의 영지가 전장이 될 터였으니 말이다.

체자렛은 이어 메니마 가문의 귀족에게 말했다.

"아직 오크들이 약탈과도 같은 구체적으로 피해를 주는 행동은 하지 않고 있다고 한다. 조급한 마음은 이해하는 바이지만 좀 더 기다려 주기 바란다. 그 기간 동안 입는 피해에 대해서는 가능한 구휼해 주도록 하겠다.”

메니마 가문의 사람 역시 이 영주의 말에는 수긍할 수밖에 없었다.

“본가에는 그렇게 전하도록 하겠습니다.”

체자렛이 모두에게 말했다.

“그럼 우선 오크들과 대화를 하는 것으로 결정하도록 하겠다. 인선에 대하여 의견이 있으면 이 자리에서 개진해 보도록 하라.”

한 문관이 일어나 체자렛의 말을 구체화시켰다.

“코넬리아의 오크 어 전문가인 구스타프 공을 주축으로 하게 될 것입니다. 수행을 위한 몇몇 귀족들과 메니마 가문의 귀족, 그리고 호위를 위한 기사들을 대동해야 할 듯합니다.”

한 귀족이 거수하며 말했다.

“우리 케이트 가문은 메니마 가문과 국경을 마주하고 있습니다. 메니마 가문의 일은 우리 케이트의 일이기도 합니다. 수행원을 자청하겠습니다.”

그의 말에 모두들 옳다고 고개를 끄덕였다. 그 뒤로 몇몇 귀족들이 외교를 위한 경비 일부를 부담하겠다거나, 하녀와 하인을 몇 보내겠다거나 하며 일조할 것을 약속했다. 하지만 수행할 기사에 대해서는 이렇다 할 결론을 내지 못했다.

"마텔표트르 가문의 검사들은 안 됩니다. 지난번 에틴의 일이 그렇듯, 설사 어떠한 일이 있다 하더라도 마텔표트르는 이 코넬리아 영주성을 지켜야 합니다."

기사들의 경우에야 상관없지만 검사의 선정은 쉬운 일이 아니었다. 어쩌면 오크의 영지 한가운데에서 큰 싸움을 벌여야 할지도 몰랐다. 하지만 기사들만 보내기엔 부족한 느낌이 강했다.

하지만 따로 보낼 만한 검사가 있는 것도 아니었다. 실력없는 검사는 선정 기준에 들지 못했고, 실력있는 검사는 다른 할 일이 있었다.

"우리 가문의 미첼을 불러오겠습니다."

한 가문이 손을 들어 이야기했다. 하지만 코넬리아 가의 문신이 거절의 말을 했다.

"미첼 경이라면 이번 일을 해낼 충분한 실력이 있습니다만, 너무 멀리 있습니다. 오크 족에 보낼 외교사절단은 출발이 빠르면 빠를수록 좋습니다."

모두 이런 식이었다. 코넬리아 영지 내에 살고 있는 흰 반지의 소유자는 70명은 족히 될 터이다. 하지만 내일 당장 출발할 수 있다는 조건까지 더해지면 인선이 마땅치 않았다.

조용히 지켜보고 있던 테르나 자작 구헨 경은 일이 재미있게 돌아간다고 느꼈다. 일을 부탁받은 게 바로 전날인데 벌써 자신이 나설 차례가 돌아오다니.

구헨이 손을 들었다.

"라휀 란스카는 어떻습니까?"

그의 말에 귀족들 태반이 고개를 갸웃했다. 한 번도 들어본 적이 없는 이름이었다. 하지만 일부 귀족들은 머리를 끄덕이고 있었다. 괜찮은 인선인 듯했다.

그러나 라휀의 이름이 거론된 순간 체자렛은 깜짝 놀라며 발작적으로 외쳤다.

"그, 그 아이는!"

하지만 말을 그곳에서 멈춰야 했다. 크라니엔 가문과 얽힌 것은 무덤까지 가져가야 할 비밀이다. 간신히 잠잠해진 지금 다시 평지풍파를 일으킬 수는 없었다.

체자렛은 목소리를 골랐다.

"흠, 흠, 그 아이는 아직 실력이 검증된 것이 아니지 않은가?"

구헨은 라휀을 위해 한마디 더 말하려 했다. 하지만 이미 다른 귀족이 그가 하려는 말을 했다.

"에틴을 죽이는 모습을 모두 보지 않았습니까? 비록 가볼트 가의 파킨토 경에게 패했다고는 하지만, 이번 일을 해낼 능력은 된다고 생각합니다."

귀족들이 고개를 끄덕였다. 체자렛은 라휀을 보내고 싶지 않았다. 아니, 더 이상 자신과 그가 얽히는 것이 싫었다. 하지만 무작정 반대할 수는 없는 일이었다.

　몇 가지 자잘한 논의가 오갔다. 그리하여 오크 부족으로 보낼 외교사절단의 윤곽이 잡혔다.

　그 사실이 라휄 등에게 알려진 것은 이날 늦은 저녁이었다. 출발 날자는 이틀 후. 카시카의 발걸음이 바빠졌다.

Chapter 11

오 크 족 의 영 웅 자 크 홈

"아이야, 아이야, 산딸기가 익었구나."

"아이야, 아이야, 산딸기가 익었구나."

흑묘와 라휄의 목소리가 우르크 산맥 깊은 곳에 울렸다.

"빨갛게, 빨갛게, 산딸기가 익었구나."

"빨갛게, 빨갛게, 산딸기가 익었구나."

라휄은 한 손에 흑묘의 손을, 다른 손에는 백묘의 손을 쥐었다. 두 손을 앞뒤로 방정맞게 흔들며 길도 없는 계곡을 따라 산을 올랐다.

흑묘는 지금 라휄에게 노래를 가르치는 중이었다.

그들의 뒤로는 한 무리의 사람들이 지팡이를 짚고 헥헥대고 있었다. 중무장한 기사들이야 그렇다 치고, 카시카를 비롯한 문관들도 거의 제정신이 아니었다. 특히 올해로 일흔세 살인 오크 어 전문가 덴 폰 구스타프는 이미 관짝에 한 발을 밀어 넣은 표정이었다. '에휴휴, 에휴휴' 하는 신음이 걸음걸음마다 터져 나오고 있었다.

카시카가 짜내듯 말했다.

"낭군님, 길을 좀 골라서 가! 느리게 간다고 다가 아니야!"

라휄은 '어?' 하며 고개를 뒤로 돌려 카시카를 보았다. 그리고 그 순간 두 소녀의 손을 잡은 채 라휄은 높이 1미터의 바위 위로 성큼 걸어 오르고 있었다. 말이 좋아 걷는 것이지, 떠오르는 것에 한없이 가까웠다.

"길을 골라? 그게 무슨 말이야? 여긴 길이 없는걸?"

라휄이 이야기를 하는 사이, 흑묘와 백묘 두 소녀가 라휄의 손을 잡지 않은 반대쪽 손을 나란히 카시카에게 내밀었다. 카시카가 두 소녀의 손을 잡자 흑묘와 백묘는 그녀를 바위 위로 끌어당겼다. 뒤에 있는 문관들의 한숨이 터진 것은 바로 그때였다.

카시카가 라휄에게 말했다.

"낭군님, 조금 쉬었다 가야겠어."

라휄은 고개를 끄덕였다. 아침부터 벌써 몇 번째 휴식이었기에 이제는 그러려니 하고 있었다.

기사들은 체면 때문에 쉬자는 말을 꺼내지 못했다. 아무리 검사라지만 어린아이가 아닌가? 그런 아이가 걷는 것을 따라가지 못해 앓는 소리를 내는 건 기사로서의 체면상 안 될 일이었다.

문관들 역시 한시라도 빨리 오크 족장을 만나라는 영주의 명령을 받은 터라 감히 쉬자는 이야기를 꺼내지 못하고 있었다. 그러다 보니 일행의 이동 속도는 전적으로 카시카가 조율하게 되었다.

문관들은 카시카의 체력이 자신들만 못한 것에 감사하고 있었다.

구스타프 노인이 메니마 가문의 귀족에게 물었다.

"그런데 얼마나 더 가야 하나?"

"이 정도 속도라면 내일 점심때쯤에야 도착할 듯합니다."

아무래도 이 산길에 있어선 메니마 가문이 전문가였다. 코넬리아 영주성에서 산맥을 넘으면 바로 메니마 자작령이다 보니, 드물지만 이 길을 이용해 장사를 하는 사람도 있었다.

"그런가? 고생스럽구먼 그래."

그때 백묘가 다가와 구스타프에게 마법을 걸어주었다.

"발걸음을 가볍게 하는 마법의 효력이 끝났습니다. 다시 걸어드리겠습니다."

그나마 이 노인이 여기까지 따라올 수 있었던 건 마법의 힘 덕분이었다. 카시카도 마찬가지였지만.

"아아, 고맙네."

구스타프는 백묘가 비록 노예의 신분이지만 인사말을 했다.

"천만의 말씀이세요."

구스타프는 미소를 지었다.

"교양이 아주 잘되어 있군 그래. 그에 비해 자네의 주인은……."

이렇게 말하며 구스타프는 라휄을 보았다. 저 아이는 자신을 보자마자 대뜸, '안녕? 라휄이야' 라고 말했다. 황당할 정도로 당황한 탓에 오히려 아무 말도 못했다.

백묘는 방긋 미소를 지었다. 신비한 이족 소녀의 어여쁜 미소에 구스타프는 나이도 잊은 채 흐뭇한 기분이 들었다.

"주인님은 예법에는 밝지 못하지만 심성이 훌륭한 분이에요."

구스타프는 오랜 문벌이었기에 백묘의 말에 고개를 저었다.

"예법은 중요한 것이네."

잠시 말을 멈추었다 구스타프가 메니마에게 물었다.

"그런데 저 어린아이의 실력은 정말 믿을 만한 것인가? 우르크 산맥은 위험한 곳이라고 들었네. 기사들이 있지만……."

구스타프는 고개를 돌려 기사들을 보았다. 모두 스무 명으로, 실력이 상당한 자들이었다. 그 뒤로 50명의 전투노예와 10명의 하녀, 그리고 5명의 짐꾼이 있었다. 상당한 규모의 사절단이었지만 든든한 마음보다 걱정이 먼저였다.

"걱정 마십시오. 이 산맥 안에 에틴보다 위험한 것은 오크

뿐입니다."

구스타프는 저 꼬마 검사가 에틴을 무찔렀단 이야기를 들었지만 미덥지 못한 기분은 여전했다.

백묘가 곁에서 거들며 말했다.

"주인님의 실력은 세상에 알려진 것보다 훨씬 뛰어나세요. 그러니까 어르신께서는 마음 편히 가지시고 체력을 보전하는 데에만 신경을 쓰세요."

"허허, 그것참. 어떻게 저런 주인 아래에 자네같이 사근사근한 하녀가 있는지."

그때였다.

후방으로부터 사람들의 비명이 울렸다.

"꺄아아악!"

"으앗! 늑대다! 늑대 떼다!"

그 순간, 구스타프는 자신의 눈앞으로 한줄기 회색 그림자가 스쳐 지나가는 것을 느꼈다.

"앗, 주인님!"

백묘가 외치는 사이, 뒤를 이어 흑묘가 그 그림자를 따라 달려갔다. 흑묘가 소리쳤다.

"늑대 정도에 주인님이 나서실 것 없어요!"

이미 저 멀리서 라휄의 목소리가 울렸다.

"안 돼. 신민은 도와야 해."

메니마 가의 귀족이 중얼거렸다.

“정말 검사란 족속들은…….”

구스타프 역시 쓴웃음을 지었다. 나이가 나이인만큼 수많은 검사들을 보아왔고, 마텔표트르의 가주인 마텔표트르 자작과도 친한 사이였다. 하지만 여전히 검사라는 자들은 이해하기 힘들었다.

“쯧쯧, 검은 흉기(凶器). 상서롭지 못한 물건이건만… 저런 어린아이까지 미쳐 그것에 매달리다니…….”

곁에 있던 백묘는 빙긋 미소를 지을 뿐이었다.

라휄은 한 떼의 짐승이 뒤쪽에 있는 하인, 하녀 무리를 둘러싸고 있는 모습을 보았다.

“저 입 쭉 찢어진 녀석들은 뭐야? 괴물이야?”

라휄의 등장에 늑대들이 ‘으르릉’ 하고 목 울음소리를 냈다. 뒤따라온 흑묘가 라휄의 물음에 답했다.

“늑대예요. 그냥 산짐승이에요, 주인님.”

“으르릉이는 짐승이야? 납작코나 길죽귀처럼?”

그새 라휄이 이름을 지었다.

“네, 주인님.”

“그럼 먹을 거야?”

흑묘는 그의 물음에 얼른 답하지 못했다.

“그건… 늑대를 먹는다는 이야기는 들어보지 못한 것 같아요.”

“에이, 재미없다.”

흑묘가 웃으며 말했다.

“그럼 죽이지 말고 쫓아보내기로 해요. 따지고 보면 이 숲은 저들의 영토니까요.”

“으르룽이네 땅이야?”

흑묘는 고개를 끄덕였다. 그리곤 곧바로 늑대들 사이로 뛰어들었다. 다리를 쭉 펼쳐 땅에 낮게 가라앉더니 양팔을 쫙 벌려 앞뒤 두 마리의 늑대를 후려쳤다.

늑대들은 ‘깨갱’ 하며 뒤로 물러났고, 흑묘는 그 기세를 틈타 다시 세 마리의 늑대에게 주먹을 지르고 손바닥으로 후려쳤다.

라휄은 그 모습에 박수를 쳤다.

“와! 흑묘야, 굉장해! 어떻게 하는 거야?”

그때 라휄의 곁으로 슬금슬금 접근하는 늑대 한 마리가 있었다. 라휄은 고개를 돌려 그 늑대를 바라보았다. 늑대는 라휄에게 다시 한 번 으르룽거리며 목 울음소리를 냈다. 하지만 늑대는 이상하게도 라휄에게 덤벼들 생각을 하지 않았다.

라휄이 폴짝 뛰어 늑대에게 접근하자 오히려 늑대는 깜짝 놀라며 뒤로 물러났다. 하지만 한발 늦어 라휄에게 덜미를 잡히고 말았다.

“어딜 도망치려고?!”

늑대는 라휄에게 붙잡히자 꼬리를 사타구니 사이에 말고

는 귀를 축 늘어뜨렸다. 라휄은 흑묘처럼 늑대를 때리려다 늑대가 너무 겁을 집어먹자 재미없다는 생각이 들었다.

그사이 흑묘는 늑대를 거의 다 쫓아내고 있었다. 뒤쪽에 있던 하인, 하녀들은 늑대의 등장에 겁을 집어먹었다가 라휄과 흑묘의 활약에 찬사를 보내고 있었다.

흑묘는 상황을 정리한 후 라휄의 곁으로 돌아왔다. 그녀는 라휄이 늑대를 붙잡고 있는 모습을 보고는 미소를 지었다.

라휄에게 붙잡힌 늑대는 그야말로 어린 양처럼 순했다. 흑묘는 귀엽다는 생각에 머리를 쓰다듬으려 하자 늑대는 그런 흑묘의 손길에 그르릉거리며 이를 드러냈다.

놀란 흑묘는 손을 뺐다. 이번에는 라휄이 손을 뻗어 늑대의 머리를 만졌다. 그러자 늑대가 깨갱거리며 죽는소리를 한다.

흑묘는 그 모습이 기묘하게 느껴졌다. 동료들을 두들겨 쫓아낸 것은 자신인데, 오히려 늑대는 라휄에게 겁을 집어먹고 있다.

"이거 이상해."

라휄이 흑묘에게 말했다. 흑묘 역시 동감이었기에 고개를 끄덕였다. 흑묘가 물었다.

"주인님, 늑대를 키우실 건가요?"

"키워? 키우는 게 뭐야?"

"데리고 다니면서 먹을 것을 주는 거예요."

라휄은 고개를 끄덕였다.

“왜?”

“그야… 재롱을 피우기도 하고 도둑을 쫓기도 하니까요.”

라휄은 고개를 가로저었다.

“흑묘가 그랬잖아. 여기가 늑대들의 땅이라고.”

라휄은 이렇게 말하고는 늑대를 저 멀리로 내던졌다. 늑대는 라휄의 손아귀에서 벗어나자 뒤도 돌아보지 않고 달아났다.

흑묘가 물었다.

“그런데 주인님, 어떻게 하셨길래 늑대가 저렇게 겁을 집어먹었나요?”

라휄은 고개를 도리질 쳤다.

“몰라. 저 늑대는 이상해. 재미없게 덤벼들지도 않고.”

흑묘와 라휄이 머리를 맞대어보았지만 결론이 나지 않았다. 라휄은 이내 늑대에게서 흥미를 잃었다. 라휄이 물었다.

“그런데 흑묘야, 아까 어떻게 한 거야? 손을 이렇게, 이렇게 휘두르던데.”

흑묘가 싸우는 모습이 머리에 남았는지 라휄이 다시 그 이야기를 끌고 나왔다. 흑묘가 웃으며 말했다.

“주인님, 그건 권술이라고 해요. 검술과 마찬가지로 맨손으로 싸우는 방법이에요.”

라휄은 여전히 신기하다는 얼굴이었다. 흑묘는 빙그레 미소를 지었다.

“나중에 주인님께 가르쳐 드릴게요.”

"약속이야?"

"네, 약속할게요."

그 뒤로도 가끔 산짐승의 습격과 몇몇 괴물의 공격을 받았지만 하나같이 라휄의 무지막지한 공격에 물러났다. 특히 산짐승들은 라휄이 다가서는 것만으로도 달아나기 일쑤였다.

이윽고 해가 서산으로 뉘엿뉘엿 기울기 시작했다.

네 무더기의 모닥불이 지펴졌다. 한 무더기는 문관들을 위해, 하나는 기사와 라휄의 무리를 위해, 그리고 하나는 하녀들, 다른 하나는 하인과 전투노예들을 위한 것이었다.

전투노예들은 늦은 밤 경계 활동을 위해 대부분 사방으로 흩어졌지만, 교대 전의 휴식을 취하는 노예들은 그 모닥불 근처에서 몸을 데웠다.

구스타프를 위시한 문관 무리들은 밤 계곡의 차가운 바람에 양손을 겨드랑이 밑으로 밀어 넣었다. 하인들의 짐 중 태반이 이들의 노숙을 위한 장비였다. 두툼한 매트리스에서부터 쿠션에 천으로 된 장막까지 있었지만 평생 추위란 것을 모르고 자란 문벌에게 노숙은 역시 괴로운 것이었다.

그리고 이곳에 노숙과 어울리지 않는 사람이 하나 더 있었다.

카시카는 몸을 바르르 떨고 있었다. 모닥불에 붉게 변한 그녀의 순백 피부가 오들오들 떨리는 모습은 곁에서 보고 있는 흑묘와 백묘까지도 춥게 만들었다.

"카시카님, 그만 좀 떨어요!"

흑묘가 투덜대며 말했다. 카시카는 고개를 돌려 흑묘를 보았다.

"너희들이야 고양이니까 털투성이라 괜찮겠지만……."

흑묘가 발끈 성을 냈다.

"누가 털투성이라는 거예요?! 저도 백묘도 피부는 매끈해요."

라휀이 물었다.

"카시카, 많이 추워?"

카시카는 그런 라휀을 끌어당겨 품에 안았다.

"그래, 낭군님. 오늘 밤은 이렇게 낭군님을 안고 자야겠다."

그 순간 흑묘와 백묘가 라휀의 손을 잡아챘다. 백묘가 말한다.

"안 돼요. 어찌 결혼도 하지 않은 남녀가 껴안고 잘 수가 있어요?"

"맞아요. 주인님, 싫다고 밀어버리세요. 저런 할머니와 자면 주름이 옮아서 쭈글쭈글해질 거예요."

아직도 털투성이라는 말에 화가 덜 풀렸는지 흑묘는 호되게 쏘아붙였다. 카시카가 눈을 매섭게 뜨며 흑묘를 노려본다.

"누구한테 주름이 있다는 거야?!"

"홍, 마법으로 눈가림한다고 끝이 아니잖아요?"

"괭이 주제에!"

"고양이라 미안하네요, 할머니."

흑묘의 말에 카시카가 차갑게 말했다.

"홍, 겨울옷을 사주려고 했는데 그만둘래. 기분 상했어."

"아앗, 치사하게!"

싸움이 길어질 듯하자 라휄이 끼어들었다. 지금까지의 경험으로 보아 자신이 끼어들면 싸움은 금세 잦아들곤 했다.

"아이참, 그만 해. 카시카는 젊고 예뻐. 흑묘랑 백묘는 묘족이지만 예쁘고. 그러니까 그만 싸워."

세 여자가 일제히 답한다.

"알았어, 낭군님."

"네, 주인님."

"알겠어요, 주인님."

조금 떨어진 곳에서 그녀들의 다툼을 보던 기사들은 자신도 모르게 씁쓸한 미소를 지었다. 짧은 기간의 여행이지만 벌써 기사들은 카시카파, 흑묘파, 백묘파로 나뉘는 팬층이 생겼다. 그런 그녀들이 모두 라휄 곁에 딱 붙어 있으니 질투가 날 법도 했다.

라휄은 모두의 싸움을 잠재운 후 주위를 둘러보았다. 저 멀리, 차가운 숲 속에 모포 한 장만을 의지하고 있는 전투노예의 모습이 보였다. 그리 오래전도 아니었다. 라휄은 옛일을 떠올리며 카시카에게 물었다.

"카시카, 그런데 쟤들도 모닥불 곁에 있으라고 하면 안 될까? 추운데……."

"누구? 아, 전투노예들 말이구나?"

라휄이 고개를 끄덕였다.

"응. 주위를 보는 건 나 혼자도 충분해. 아까 보니까 쟤들은 싸움을 하나도 못해."

카시카는 라휄의 말에 빙긋 미소를 지었다.

"낭군님의 기준으로 싸움을 잘하는 사람이 세계에 몇이나 될까? 알았어. 한번 이야기해 볼게."

경비를 책임지고 있는 것은 기사단장이었다. 라휄은 따지고 보면 객원(客員)이었다.

카시카는 라휄을 안았던 팔을 풀고 기사들에게 다가갔다.

"로트 경."

기사단장은 카시카가 부르는 소리에 고개를 휙 돌렸다. 이제 마흔을 바라보는 작위없는 귀족인 그는 조금 딱딱한 남자였다.

"란스카 경, 무슨 일이십니까?"

"경비를 책임지신 분에게 이런 말을 하는 게 주제 넘는 일이겠지만… 전투노예들의 경계 활동을 축소해 주시면 안 될까요?"

기사단장 로트는 눈살을 찌푸렸다.

"그게 무슨 말씀이신지……?"

“가여워서…….”

로트는 카시카의 말을 서두에서 잘랐다.

“란스카님이 상관할 일이 아닙니다. 못 들은 것으로 하겠습니다.”

“실례했습니다.”

카시카는 무안한 얼굴로 다시 라휄에게 돌아왔다. 라휄도 이미 그 소리를 들었기에 카시카가 다가오자 바로 물었다.

“왜 안 된다는 거야?”

“그거야… 경계 업무는 전투노예들이 할 일이니까.”

“하지만…….”

라휄의 곁에 있던 백묘가 말했다.

“주인님, 주인님이 인자한 마음으로 노예들에게 은덕을 베풀려는 건 훌륭한 일이에요. 하지만 사람에게는 신분에 맞는 일이 있는 법이에요. 소녀들이 노예로서 주인님을 보살피는 것이 그렇고, 저기 계신 귀족 분들이 공작님의 명을 받들어 오크들을 만나러 가는 것처럼요.”

라휄은 백묘가 하는 이야기가 뭔지 알고 있었다. 얼마 전의 노예 생활에서 충분히 배웠으니까. 하지만 그렇다곤 해도 라휄의 표정은 밝아지지 않았다. 백묘가 조용한 목소리로 라휄에게 말했다.

“주인님, 그것이 주인님의 뜻이에요.”

“내 뜻?”

“네, 주인님이 하려는 바이고 원하는 것이죠. 하지만 주인님보다 높은 사람이 있고, 주인님을 막는 사람이 있다면 아무리 주인님의 뜻이 좋다 하더라도 이뤄질 수 없죠.”

라휄은 고개를 끄덕였다. 백묘의 말이 이어졌다.

“비록 주인님은… 존귀하신 분이지만, 이곳 주인님의 나라에서는 일개 평민에 불과해요. 그러니까 우선 높은 작위를 얻어 뜻한 바를 펼칠 수 있는 사람이 되어야 해요.”

백묘는 오래전부터 라휄에게 이 말을 하고 싶었다. 마침 적당한 때가 왔기에 이야기를 꺼냈다. 라휄은 고개를 끄덕였다.

“응, 맞아. 그렇게 할 거야. 그런데 어떻게 해야 해?”

백묘는 라휄을 보았다. 그리고 카시카를 보았다.

“그런 건 소녀들에게 맡기세요. 카시카님도 많이 도와주실 거고요.”

라휄은 그런 백묘와 일행을 바라보았다.

“알았어. 난 백묘를 믿어. 흑묘도, 카시카도 믿어.”

산속의 밤은 한층 깊어갔다.

2

다음날 아침 일찍 다시 출발한 일행은 드디어 우르크 산맥의 능선을 넘어 내리막길로 접어섰다.

그러기를 다시 반나절.

십여 마리의 오크가 사절단의 앞을 가로막았다. 드디어 구스타프가 나설 차례였다.

구스타프는 기사들의 호위를 받으며 오크들의 앞에 섰다. 눈으로 라휄을 흘끗흘끗 보는 것이 꽤나 걱정되는 모양이었다.

구스타프는 뭔지 알 수 없는 말로 오크들에게 말했다. 오크들은 깜짝 놀라며 서로를 보았다. 그러더니 그들 중 하나가 동료에게 무슨 말을 하고는 숲 아래로 내려갔다.

잠시 후,

오크들한테 그런 게 있으리라고는 생각 못했지만, 먹물깨나 들어 보이는 오크들이 우르르 몰려왔다. 그들은 구스타프에게 뭐라 말을 했고, 구스타프는 그때까지 긴장으로 쭈뼛거리던 얼굴을 풀며 환하게 그들을 맞이했다.

구스타프가 모두에게 말했다.

"위버우르크 종족의 현자들이네. 우리들을 환영한다고 하는군."

바짝 긴장했던 기사들의 표정이 풀렸다. 메니마 가문의 귀족도 한시름 놓았다는 표정이었다.

오크들의 안내에 따라 일행은 우르크 산맥의 사면을 내려갔다.

오크들의 마을은 그 뒤로 30여 분을 걸어간 후에야 모습을 드러냈다. 원시림에 가까운 울창한 숲 사이에 나뭇가지를 얽어 만든 성책이 눈에 띄었다. 흡사 인간들의 성처럼, 그것은

1킬로미터 가까이 이어져 둥글게 마을을 감싸고 있었다.

이전에 라휄 등이 찾았던 오크의 마을은 호젓하니 여남은 채의 움막이 서 있을 뿐이었지만, 이곳은 제법 도시의 규모를 갖추고 있었다. 흙과 풀을 이겨 만든 벽은 거칠게 나무 기둥을 드러내고, 가죽으로 만든 듯한 지붕엔 수많은 털과 천으로 장식되어 있었다.

천박할 정도로 알록달록한 깃발이 거리를 수놓고 있었다. 그것은 위버우르크 클랜을 상징하는 산맥과 커다란 눈동자의 깃발이었다.

일군의 건물들 한가운데에는 저택을 방불케 하는 집이 한 채 있었다. 인간들의 성에 비한다면 조잡하기 짝이 없었지만, 높은 기둥과 가죽으로 이루어진 커다란 천막과도 같은 그 집은 어쩐지 웅장한 느낌을 풍기고 있었다.

일행이 오크들의 안내로 들어가게 된 곳도 바로 그 집이었다.

오크 족의 하나가 구스타프에게 뭐라 이야기를 하자 구스타프가 일행에게 번역해 주었다.

"위버우르크 족장의 집이라고 하는군."

노예와 하녀, 하인, 그리고 대부분의 기사를 제외한 일행이 족장의 집 안으로 들어갔다.

오크들의 저택은 인간의 것처럼 칸이 나뉘어 어느 정도 용도에 따라 구분하고 있었다. 그런 반면에 전체적인 구조는 중앙의 홀로 열려 있었다. 천막 틈으로 비쳐 드는 빛이 자연의 채광 역할을 했고, 바닥에 깔린 모피는 양탄자를 대신했다.

그곳에 들어서자마자 몇몇 귀족과 카시카는 자신도 모르게 코로 손이 갔다. 저택 안은 오크 특유의 체취와 짐승 냄새가 가득했다. 하지만 이내 자신들이 해야 할 일을 깨닫고는 억지로 손을 내렸다.

물론 이 가운데엔 처해 있는 상황을 모르는 사람도 있었다. 라휄은 손으로 코를 감싸쥐며 얼굴을 찡그렸다.

"아우, 냄새! 흑묘야, 이게 무슨 냄새야?"

흑묘와 백묘는 곤란한 표정을 지었다. 왕실의 하녀로서 외교의 일이 얼마나 중한 것인지 그녀들은 잘 알고 있었다. 그리고 외교의 시작은 상대와의 차이를 이해하고, 또 인정하는 데 있다는 것 역시 알고 있었다.

아닌 게 아니라 오크들의 표정이 변했다. 개중에는 인간의 말을 알고 있는 오크도 있었기에 자신들의 문화를 정면으로 무시하는 라휄의 태도에 기분이 좋을 리 없었다.

카시카가 백묘에게 눈짓을 보냈다. 백묘는 그녀의 신호를 알아채고는 라휄을 밖으로 데리고 나갔다. 외교같이 섬세하고도 미묘한 것은 아직 자신들의 어린 주인에게는 무리인 듯했다.

"주인님, 이곳은 재미없을 것 같으니 우리 밖으로 나가요."

라휄은 마침 냄새에 질려 있던 터라 백묘의 말에 고개를 끄덕였다.

백묘와 흑묘, 그리고 라휄은 오크 족 족장의 집에서 나왔다. 라휄은 나오자마자 백묘와 흑묘의 손을 이끌고 마을 밖으로 갔다.

라휄은 처음 오크 족 마을에 들어올 때부터 눈여겨본 곳이 있었다.

본래 마을이 들어서기 위해서는 반드시 있어야 할 것이 있다. 그건 인간에게도 오크에게도 마찬가지였다. 바로 물.

위버우르크의 마을에도 개울이 하나 흐르고 있었다. 수량이 꽤 많아 맑은 물이 찰랑거리는 모습은 보는 사람을 시원케 하고 있었다. 하지만 라휄이 주목한 점은 풍류가 있어서라거나 하는 이유에서는 아니었다. 허리에 차고 있는 1미터가량의 나무 상자에 든 물건을 써보고 싶어서였다.

흑묘는 주인의 의중을 알아챘다.

"주인님, 이쪽이 좋아요. 이런 맑은 물에 사는 물고기는 사람의 그림자에 예민한 법이에요. 수면에 그림자가 생겨서는 안 돼요."

라휄은 고개를 끄덕끄덕했다.

커다란 나무가 한 그루, 그 그림자에 잡목이 우거진 장소였다, 바윗덩어리도 몇 굴러다니는. 그 커다란 나무는 개울 위에 그림자를 만들었고, 바위 뒤에는 몸을 숨길 만한 곳이 있었다. 흑묘가 생각하기에 아주 좋은 낚시 장소였다.

라휄은 허리에 있는 나무 상자를 열어 낚싯대를 꺼냈다. 삼단으로 된 나무 낚싯대로, 끝과 끝을 끼워 맞추고 낚싯줄을 연결하자 근사한 낚싯대가 되었다.

그러는 사이, 흑묘와 백묘는 근처의 돌 무더기를 뒤집어 낚싯밥을 찾았다. 조그마한 그릇에 지렁이니 하는, 물고기들이 좋아하는 벌레들을 모았다.

라휄은 기대감에 심장이 다 두근거리고 있었다.

"백묘야, 흑묘야, 물고기가 많이 잡힐까?"

두 소녀는 미소를 지었다.

"글쎄요. 해봐야 알지요."

흑묘의 대답에 라휄은 한층 더 기대감을 드러냈다.

"물고기를 많이 잡아서 흑묘랑 백묘랑 먹게 해줄게."

"네, 주인님. 부탁드려요."

백묘가 예쁘게 웃으며 답했다.

찌가 물에 뜨면서 생겨난 파문이 물결을 따라 흩어졌다. 이제부터는 기다리기만 하면 된다.

라휄은 전날 흑묘와 백묘가 가르쳐 준 노래를 흥얼거렸다. 백묘와 흑묘도 어느샌가 라휄의 노랫가락을 좇았다. 세 사람은 흉악하다고 소문난 오크의 마을 바로 곁에서 너무나도 한가한 오후를 보내고 있었다.

"흑묘야, 아직 멀었어?"

노래를 벌써 세 번이나 불렀다. 라휄은 조금씩 조바심이 나기 시작했다.

"기다리셔야 해요."

흑묘에 이어 백묘가 말했다.

"낚시는 그래서 고기를 낚는 게 아니라 세월을 낚는 거라고도 하지요."

"세월도 먹는 거야?"

백묘는 '풋' 하고 웃었다.

"아니에요. 세월은 긴 시간을 말하는 거예요."

"아아, 그렇구나."

바로 그때였다.

찌가 움직였다. 흑묘가 나직이 외쳤다.

"주인님, 어신이 왔어요."

라휄 역시 이미 느끼고 있었다. 눈동자가 반짝 빛났다. 흑묘가 이어서 말했다.

"기다리세요. 조금 더, 조금 더. 물고기가 미끼를 완전히 물었을 때 한 번에 낚아채는 거예요."

"응, 알았어."

라휄의 손은 긴장으로 파르르 떨리고 있었다. 기분 좋은 흥분에 입가에는 절로 미소가 걸렸다.

"지금이에요!"

　흑묘의 외침과 동시에 라휄이 낚싯대를 힘껏 채었다. 찰랑, 물소리가 기분 좋게 울리며 라휄의 낚시에 팔뚝만 한 물고기가 낚여왔다. 흑묘와 백묘, 그리고 라휄은 '와!' 하고 소리를 질렀다.

　은색의 비늘이 태양에 반짝거렸다. 라휄의 낚시에 딸려온 물고기가 흙바닥에서 퍼덕거리자 백묘와 흑묘는 발톱을 날카롭게 빼어 물고기를 잡아 눌렀다.

　"와와, 진짜 물고기다!"

　라휄은 낚싯대를 바닥에 내려놓으며 흑묘와 백묘가 쥐고 있는 물고기를 받아 들었다. 비늘이 미끌거려 몇 번이나 물고기를 놓칠 뻔했다.

　그때,

　라휄은 돌연 고개를 휙 뒤로 돌렸다.

　"어? 넌 뭐야?"

　흑묘와 백묘는 깜짝 놀랐다. 라휄의 시선이 향한 대상, 그것은 다름 아닌 오크였다. 흑묘와 백묘는 오크가 이토록 가까이 접근할 때까지 기척을 전혀 느끼지 못했다는 사실에 놀라고 있었다.

　"그거 내 거다. 가져가지 마."

　오크는 인간의 말을 했다. 황색 빛 도는 녹색의 피부, 그 건장한 근육에 흑묘와 백묘는 왠지 모를 위압감을 느꼈다. 예전, 오크 마을에서 보았던 오크들과는 어쩐지 다른 느낌을 풍기고 있었다.

"내 거야."

라휄은 곧바로 오크의 말에 대꾸했다. 오크가 성을 냈다.

"내 거다. 내려놔!"

"너, 강도구나? 이건 분명 내가 잡은 거야. 백묘랑 흑묘도 옆에서 봤어. 근데 왜 네 거야?"

라휄도 따라서 화를 냈다. 오크가 말했다.

"이 강에 있는 건 다 내 거다. 인간이 가져가면 안 된다."

백묘와 흑묘는 그의 말에 '아!' 하고 탄성을 냈다. 이곳은 오크들의 땅이었다. 흐르는 강도, 그곳에 있는 물고기도.

백묘가 라휄에게 말했다.

"그의 말을 따르는 것이 좋을 것 같아요. 이곳은 오크들의 땅이잖아요."

"맞다. 여기는 내 땅이다."

라휄은 불만이라는 듯한 표정을 지었다.

"욕심쟁이."

처음으로 잡은 물고기였던 만큼 애착이 큰 모양이었다. 오크가 라휄의 말에 대꾸했다.

"나, 욕심쟁이 아니다. 너, 욕심쟁이다. 인간 땅에도 물고기 있다. 내 땅에 있는 물고기는 내 거다. 인간 땅에 있는 물고기 잡아라."

오크의 말에 라휄은 손을 꼼지락거렸다. 오크의 말이 일리

있게 느껴졌기 때문이다. 오크가 다시 말했다.

"인간이랑 나는 오래전에 계약을 맺었다. 산맥 안쪽은 내 땅, 산맥 밖은 인간의 땅이다. 인간들, 약속 잘 지키지 않는다. 언제나 언제나 산을 넘어 나와 싸운다. 그래도 용서해 줬다. 그래도 계약은 계약. 내 땅의 것은 내 것, 인간 땅의 것은 인간의 것이다."

이야기를 듣고 있던 라휄이 물고기를 다시 강에 던졌다.

"알았어. 돌려줄게."

오크는 그제야 빙긋 웃었다. 흉악한 얼굴이었지만 웃으니 조금 부드럽게 보이기도 했다.

"잘했다."

오크는 이렇게 말한 후 라휄들에게 물었다.

"그런데 너는 뭐냐? 왜 인간의 어린아이가 내 땅에 있는 것이냐?"

"나는 라휄이야. 애들은 백묘랑 흑묘고. 외교를 하러 왔어."

오크는 조금 놀란 표정을 지었다.

라휄이 낚시를 하는 동안, 막사 안의 회의는 쳇바퀴를 돌고 있었다. 모든 오크의 말은 구스타프가 번역을 해주어야 했다. 그 덕에 가뜩이나 진전 없는 회의가 한층 답답하게 느껴졌다.

"나는 말한다. 약속은 인간들도 많이 어겼다. 모험가라는 인간이 와서 나의 동족들을 많이 죽였다. 그래도 나는 참았다. 그런데 인간은 그 작은 땅도 나에게 양보하지 못하는 거냐?"

산맥을 넘어 메니마의 영지를 잠식한 오크들, 그에 대한 구스타프의 항의에 오크들은 저러한 논리를 내세우고 있었다.

"나는 인간들에게 정식으로 요청하겠다. 지금 정착지를 짓고 있는 땅을 나에게 달라. 더 이상 땅을 달라고 하지는 않겠다."

오크에게는 '우리' 라는 개념이 없었다. 어쩌면 그 반대로 '나' 라는 개념이 없는 것인지도 몰랐다. 그렇기에 이 오크는 우리라는 말을 써야 할 곳에서도 '나' 라고 이야기하고 있었다.

메니마가 말했다.

"그건 안 될 말이다. 그곳은 선조 대대로 우리 메니마 가문이 통치하고 있던 땅이다. 오크들에게는 산맥 안쪽의 땅이 있지 않은가?"

구스타프가 오크 어로 번역해 주자 오크들은 고개를 저었다.

"나는 그 땅을 꼭 가져야 한다. 한 부족이 살 곳이 없다."

카시카가 구스타프에게 조용한 목소리로 물었다.

"최근 오크들의 인구가 갑자기 늘기라도 했나요? 아무리 봐도 메니마 가문을 침략하려 했다기보다는 땅이 부족해 보이는데……."

구스타프 역시 카시카의 말에 공감하고 있었다. 오크들은 그 땅이 절실한 듯 결코 양보할 뜻을 보이지 않았다.

구스타프가 오크 어로 물었다.

"오크들의 숫자가 늘어났는가? 살 곳이 없다니, 벌써 수백 년 동안 지금의 땅으로 충분하지 않았는가?"

구스타프의 질문에 오크 족 현자들이 서로를 쳐다보았다. 눈치를 보는 듯 보였다. 흡사 이야기해서는 안 될 비밀이 있는 듯.

한 오크가 구스타프의 질문에 답했다.

"늘어났다. 한 부족이 살 땅이 없다. 그 땅이 꼭 필요하다."

구스타프는 코넬리아 측에 오크의 말을 해석해 준 후 오크들에게 말했다.

"너무 일방적이지 않은가? 어느 누가 땅을 잃는 것을 좋아하겠는가? 그대들이 그 땅이 필요하듯이 이 메니마 가문도 그 땅이 필요하다."

오크들이 다시 자신들끼리 이야기를 나누었다. 다시 다른 오크가 말했다.

"좋다. 그럼 대신 나도 땅을 주겠다."

다른 오크가 커다란 지도를 외교 테이블 위에 펼쳤다. 우르크 산맥 근처의 지도였다.

한 오크가 손을 뻗어 한 지점을 가리켰다. 그리고 다시 한 곳을 짚었다.

"여기를 인간에게 주겠다. 나에게 이곳을 달라."

오크들이 양보하겠다는 땅은 산맥 일부를 포함한 계곡 안쪽이었다. 메니마는 구스타프의 번역을 듣고는 고개를 저었다.

"그곳은 우리 가문에서 너무 떨어져 있다. 게다가 가장 비옥한 땅을 가져가면서 저런 산속의 땅을 주겠다니, 응할 수 없는 조건이다."

오크와 인간들은 다시 몇 차례 설왕설래하였다. 그런 가운데 한 사람.

카시카는 조금 놀란 표정으로 입을 다물었다. 오크들이 넘겨주겠다는 장소, 그 위치가 낯이 익었다. '설마' 로 시작되는 하나의 가정이 머릿속에서 떠올랐다. 생각하면 할수록 아귀가 맞아 들어갔다. 카시카는 머리를 털어 그런 생각을 재빨리 머릿속에서 지웠다.

라휄과 마주한 오크는 놀란 표정으로 라휄에게 물었다.

"너, 외교하러 왔어?"

"응."

"인간, 이상하다. 나는 어린애 외교 안 시킨다. 지혜는 시간에서 나온다."

곁에 있던 백묘가 말했다.

"주인님은 외교사절단을 호위하기 위한 검사이세요."

오크는 고개를 돌려 백묘를 보았다.

"검사? 이 아이가 전사라고?"

백묘와 흑묘가 나란히 고개를 끄덕였다. 오크는 고개를 저었다.

"거짓말, 거짓말. 어린아이는 약하다. 인간의 아이는 더 약하다."

라휄이 발끈했다.

"라휄은 약하지 않아. 거짓말도 안 해."

오크는 라휄의 말에 다시 한 번 머리를 도리질 쳤다.

"인간은 원래 약하다. 무기도 허약하지."

이렇게 말하며 오크는 자신의 허리에 매달려 있는 칼을 툭툭 쳤다. 넓이가 두 뼘은 족히 될 듯한 거친 도였다. 몇 군데 이가 나가고 지저분한 얼룩이 가득했지만, 날만은 날카롭게 다듬어져 있었다.

오크가 칼을 뽑았다. 흑묘와 백묘는 경계의 눈빛을 띠었다. 하지만 오크는 손을 흔들어 걱정하지 말라는 제스처를 취했다.

칼은 청동 빛깔을 띠고 있었는데, 단순한 청동제 무기는 아닌 듯했다. 만약 오크들의 무기가 단순히 청동제였다면 진작에 인간의 군대에 의해 몰락했을 것이다.

백묘는 그의 무기에서 은은한 정령의 기운을 느낄 수 있었다. 오크들이 섬기는 것은 땅의 신. 그렇기에 그들의 무기에는 하나같이 땅의 힘이 깃들어 있었다.

"나의 칼, 강하다. 봐라, 얇은 나뭇가지는 금방 부러진다."

그 오크는 이렇게 말하며 자신의 칼로 옆에 있는 관목 숲을 후려쳤다. 횡— 하고 강맹한 소리를 내며 칼은 거칠게 관목 숲을 덮쳤다. 하지만 보기와는 달리 그의 칼에 잘려 나간 관목 가지들은 깨끗하기 이를 데 없었다.

라휄도 어느샌가 검을 뽑았다.

"그건 나도 할 수 있다, 뭐."

라휄의 검도 관목의 끝 부분을 깨끗하게 베어냈다. 오크는 조금 놀란 듯했지만 크게 내색하지 않았다.

"후후, 이런 건 어린 인간도 할 수 있지. 하지만 봐라. 오크의 힘은 저런 나뭇가지도 잘라낸다."

이번에 오크는 두 손아귀에 간신히 잡힐 듯한 나뭇가지에 칼질을 했다. 그 두툼하고 투박한 칼이 해낸 것이라고는 믿기지 않는 예리한 단면을 남기며 나뭇가지가 땅으로 떨어졌다.

하지만 나뭇가지를 자른 정도로 라휄 앞에서 자랑거리가 될 수는 없었다. 라휄은 다시 한 번 검을 휘두르며 조금 전 오크가 잘라낸 나뭇가지의 아랫부분을 잘라냈다. 오크와 마찬가지로 그 단면은 유리 면처럼 매끈했다.

"흥흥, 나도 한다."

오크의 표정이 크게 변했다. 상당히 놀란 모양이었다.

"그럴 리가? 어린 인간이 할 수 있을 리 없는데……?"

오크는 이렇게 말한 후 휭, 하고 칼을 휘둘러 이번에는 나뭇가지가 아닌 밑동을 잘라내었다. 라휄 역시 그와 똑같은 것을 해내자 오크의 눈빛이 변했다.

"흠흠, 인간의 아이, 너, 검사구나."

오크의 말에 라휄은 고개를 끄덕끄덕했다. 곁에 있던 흑묘가 라휄의 왼손을 들어 검사의 반지를 내보였다.

"이상하다, 이상하다. 너처럼 어린 인간이 검사일 수는 없는데…….. 그때 이후로 처음이다. 놀랍다."

오크는 말을 하다가 갑자기 라휄의 손을 덥석 잡았다. 그리고는 질질 어디론가 끌고 가기 시작했다. 흑묘와 백묘가 깜짝 놀라며 무기를 꺼내 들었지만 정작 라휄은 태연했다. 자신의 손을 잡은 오크의 손에서 악의가 느껴지지 않았기 때문이다.

"이리 와라. 해볼 게 있다."

"응, 알았어. 그런데 손은 놔. 따라갈 테니까."

오크는 고개를 끄덕이고는 우악스러운 손을 놓았다. 라휄의 손에는 어느새 빨갛게 손자국이 남았다. 오크는 그 모습을 보며 머리를 긁적였다.

"역시 인간은 약해."

그 오크를 따라 라휄이 도착한 곳은 마을에서 5분쯤 떨어진 들판이었다. 나무가 드문드문 서 있고 돌이 여기저기 솟아있는, 인간의 눈으로 보았을 땐 전형적인 황무지였다. 하지만 수렵과 목축을 주로 하는 오크들에게 있어 비옥한 땅은 그다지 의미없는 장소였다.

오크가 멈춰 선 장소에는 일고여덟 덩어리의 바위가 있었다. 하지만 그 바위들은 다른 것과는 달리 색이 순흑색을 띠고 있었다. 원래 하나의 조각이었던 것이 충격으로 깨어져 나뉜 듯 흡사 꽃이 핀 듯한 모습으로 벌어졌다.

오크는 그곳에 서서는 잠시 눈을 감았다. 오랜 기억을 떠올리기라도 하는 듯한 모습이었다.

백묘가 나직이 말했다.

"이건… 운석이군요."

흑묘와 라휄은 고개를 돌려 그녀를 보았다. 오크가 그녀의 말을 받았다.

"별의 돌이다. 하늘에서 떨어진 돌이다."

이미 주변은 풀과 나무가 자라고 있었으니, 떨어진 지 상당히 오래된 모양이었다. 하지만 크기로 보아 이 우르크 산맥의 계곡 자체가 이 운석으로 인해 만들어졌을지도 모를 일이었다.

오크는 다시 칼을 뽑았다. 그리고 베었다.

이번에 오크가 칼을 뽑고 베고 하는 것은 전에 나무를 벨 때처럼 장난 반으로 하는 것과는 그 기세부터가 달랐다. 처음으로 백묘와 흑묘 두 소녀의 눈에서 오크의 칼이 사라졌다. 어지간한 인간 검사의 검속보다 오히려 빠른 것이다.

까아앙―

쇠와 쇠가 부딪치는 소리가 멀리 울려 퍼졌다. 피어오른 흙먼지에 일순 시야가 가려질 정도였다. 그리고 그 흙먼지가 가라앉을 무렵, 오크의 검에 두 동강난 한 덩이의 바위가 일행의 눈에 들어왔다.

"후우―"

오크는 한숨을 내쉬곤 칼을 갈무리해 칼집에 넣었다.

웅장한 위세와 장대한 칼의 힘. 무엇보다 일행을 놀라게 한 그의 눈빛. 모든 것을 마치고 철탑같이 허리를 편 그는 라휄에게 말했다.

"너는 못하지?"

흑묘와 백묘는 유치한 그의 물음에 어쩐지 힘이 빠지는 기분이었다. 하지만 뭐, 어차피 그녀들의 주인의 수준도 거기서 거기였으니…….

"할 수 있어!"

라휄은 검을 뽑았다. 지하에서 가져온 네 자루 중 마지막 하나, 라휄이 뽑은 검은 그것이었다.

높이 검을 들어 올렸다. 그리고 내려쳤다. 오크가 내보인 강맹한 공격은 아니었지만 번개가 번쩍이는 듯했다. 하지만,

챙강―

작은 흠만을 남긴 채 검이 부러졌다. 오크는 웃었고, 라휄

은 울상이 되었다.

"하하하하, 거봐. 못하지? 인간은 약하다. 인간의 무기도 허약하다."

"다시 할 거야. 이건 무효야."

라휄이 이번에 뽑아 든 것은 이젝 가문의 기사에게서 얻은 검이었다. 토가타를 뽑을까 하다가 그 돌이 조금 이상해 잘못하면 토가타까지 부러질까 봐 다른 것을 뽑은 것이었다.

라휄은 검을 다시 높이 들어 올렸다. 하지만 섣불리 내려치지는 못했다. 오크가 그 모습을 보며 놀렸다.

"겁쟁이, 겁쟁이."

"아냐! 라휄은 겁쟁이 아냐! 겁쟁이는 파드셀이야!"

말은 그렇게 했지만 라휄은 여전히 검을 휘두르지 않았다. 라휄은 세상에 대해서는 아는 바가 적었다. 하지만 무기에 대해서는 아니었다. 그가 생각하기에 지금 자신이 들고 있는 검으로는 결코 저 눈앞에 있는 이상한 바위를 두 동강 낼 수 없었다.

그렇다면 방법은 하나.

라휄의 검에 푸른 빛이 뒤덮였다. 그리고 검이 위에서 아래로 곧바로 떨어져 내렸다.

스르릉—

사람이 웅크리고 있는 듯한 크기의 바위가 정확히 두 동강 나 반으로 갈라졌다. 라휄의 검은 웅장한 소리를 내지도, 흙먼지를 일으키지도 않았다. 하지만 오크는 그 모습에 눈을 동그랗게 뜨고야 말았다.

"쿠아쿤!"

오크는 알 수 없는 말을 외쳤다. 그러더니 라휄의 겨드랑이에 손을 끼워 번쩍 들어 올려 하늘 높이 내던지고는 받아 든다. 그러기를 서너 차례. 라휄은 기분 좋은 웃음을 터뜨렸다.

"하하하, 재밌다!"

오크도 라휄을 따라 웃었다.

"하하하하! 대단하다. 인간은 약하지만 너는 아니다. 어린 인간은 약하지만 너는 아니다."

"나는 라휄이라니까."

"라휄, 라휄은 보통 인간이 아니다."

오크는 다시 라휄을 바닥에 내려놓았다. 흑묘와 백묘는 뭐가 어떻게 돌아가는지 알 수 없었다. 다만 저 오크가 라휄의 능력을 인정하고 있다는 것 정도는 알 수 있었지만, 모든 일이 너무나 갑작스러웠다.

오크가 말했다.

"이 돌은 나밖에 자르지 못한다."

아마도 오크 중에 자신밖에 자를 수 없다고 이야기하는 듯했다. 오크의 말이 이어졌다.

"오래전에 인간이 왔다. 라휄보다는 컸지만 어린 인간이었다. 하지만 그 인간도 돌을 잘랐다. 대단하다고 칭찬해 주고 같이 고기를 먹었다. 라휄, 너도 고기를 좋아하냐?"

라휄은 오크의 말에 고개르 끄덕끄덕했다.

"응, 나도 고기가 좋아."

"하하하, 좋다. 가자. 같이 고기를 먹자."

오크는 손을 내밀었다. 라휄은 그의 손을 잡았다. 워낙 큼직한 손이기에 손가락 하나를 잡았을 뿐이었다.

"라휄, 너는 정말 대단하다. 라프델 이후로 처음이다, 나 위버우르크의 영웅 자크흄을 놀라게 한 것은."

오크의 말에 놀란 것은 오히려 라휄 일행이었다. 라휄이 고개를 돌려 오크, 자크흄을 올려다보았다.

"라프델? 라프델 폰 로이아드?"

"라프델을 아는가?"

라휄은 고개를 끄덕거렸다.

"응, 라프델은 내 친구야. 라프델은 세계에서 최고로 센 검사야."

자크흄은 껄껄 웃음을 터뜨렸다.

"신기하구나, 신기하구나. 자, 가자, 라휄."

자크흄을 따라 라휄과 흑묘, 백묘는 다시 오크들의 마을로 향했다.

3

회의장은 그 열기가 지나쳐 오히려 조용해지고 말았다.

양측의 주장은 간단했다. 오크들은 땅을 원했다. 하지만 인간 쪽에서는 그 땅을 줄 수 없었다.

회의를 하던 도중 코넬리아 측은 새로운 사실을 알게 되었다. 얼마 전 코넬리아 성에 갑자기 에틴이 나타난 것도 오크들의 사태와 관련이 있었던 것이다. 처음에 오크들은 산맥의 더 깊은 곳으로 영토를 넓히려다가 에틴의 마을을 건드리게 되었고, 그 때문에 에틴과 위버우르크 사이에 큰 싸움이 일어났다. 부족장까지 그 일에 나서게 되었고, 다행히 사태는 곧 수습되었지만 오크들은 더 이상 산맥 안쪽으로 진입하는 것은 포기하였다. 그러는 사이에 에틴 한 마리가 오크들에게 쫓겨 산맥에서 길을 잃고는 코넬리아 성까지 흘러들어 가게 된 것이었다.

이 문제까지도 들먹이며 인간들은 크게 항의를 했지만 오크 쪽에서는 요지부동이었다.

그때, 회의장에 불쑥 한 마리의 오크가 들어왔다. 그리고 그 오크의 뒤쪽으로 어린아이 셋이 들어왔다.

오크들이 그의 등장에 깜짝 놀라며 자리에서 벌떡 일어났다. 함께 회의를 하던 코넬리아의 사람들도 엉겁결에 몸을 일으켰다.

오크들은 앞다투어 그 오크에게 다가갔다. 그러더니 갑자기 무릎을 꿇고 절을 올렸다.

코넬리아 사람들은 깜짝 놀랐다. 지금 회의를 하고 있는 오크들은 인간으로 따지면 고위 귀족 같은 자들이었다. 그들이 무릎을 꿇고 절을 해야 할 오크라니…….

카시카는 다른 의미에서 놀라고 있었다. 그런 대단한 오크 옆에 해맑은 미소를 싱글거리고 있는 라휄 때문이었다. 카시카는 라휄에게 다가갔다.

"카시카! 고기 먹으러 가자."

그런 카시카에게 라휄은 대뜸 이렇게 말했다.

"낭군님, 무슨 일이야, 대체? 이 오크는 누구야?"

"앤 자크흄이야. 위버우르크의 영웅이래."

라휄은 간단하게 새로 사귄 오크 족 친구를 소개했다. 자크흄이 그런 라휄의 말을 받아 코넬리아의 사람들에게 인사말을 했다.

"반갑다, 위버우르크의 이웃 코넬리아. 난 자크흄. 위버우르크의 왕이다."

소개는 간결하고 더할 나위 없이 명료했다. 하지만 그 말에 인간들은 깜짝 놀라고 말았다. 꿀꺽, 침 넘어가는 소리만이 들릴 뿐이었다. 그리고 그 틈에 라휄의 목소리가 울렸다.

"어? 너, 왕이었어?"

자크흄은 날카로운 송곳니가 드러난 입으로 싱긋 미소를 지어 보이고는 동족을 향해 무어라 외쳤다. 오크들의 언어였다. 구스타프가 재빨리 번역을 해 일행에게 알려주었다.

"회의의 요점을 자신에게 이야기하라고 말하고 있네."

이어 오크 중 하나가 무릎걸음으로 자크흄의 앞에 나섰다. 구스타프가 다시 그의 말을 해석해 주었다. 지금까지 해온 회의의 내용 그대로였다.

자크흄이 버럭 소리를 질렀다. 비록 오크의 말을 몰랐지만 인간들은 그가 자신의 부하들을 질책하고 있다는 것을 알 수 있었다. 구스타프가 땀을 뻘뻘 흘리며 번역했다.

"자랑스러운 위버우르크의 자긍심을 버릴 생각인가, 인간들과 전쟁을 할 생각인가? 그것이 아니라면 왜 그 땅을 얻고자 하는가? 구걸이라도 하려는 것인가? 에틴의 일은 이제 완전히 해결되었다. 이제 그곳의 일을 해결하러 떠나겠다. 비록 그것들이 무서운 괴물들이라 하더라도 나, 자크흄은 두렵지 않다. 땅은 다시 인간들에게 돌려주어라."

구스타프가 여기까지 이야기했을 때, 인간 측의 얼굴에 화색이 돌았다. 그런데 자크흄이 잠시 말을 멈춰 라휄을 보더니 한마디 말을 보탰다.

"아니, 그 땅은 내 새로운 친구 라휄에게 돌려주겠다."

그야말로 잘 나가다 이상한 곳으로 튀어버렸다. 모두의 시선이 어린 라휄에게로 향해졌다. 자크흄이 인간들에게 말했다.

"그 땅은 위버우르크의 땅이 아니다. 인간의 땅, 인간의 것이다. 돌려받는 건 인간이다.”

자크흄은 인간의 언어에 아주 능통한 것은 아니었다. 여기까지 말하다 보니 어휘가 부족하다는 것을 느꼈는지 다시 오크 어를 꺼냈다. 구스타프가 번역해 모두에게 들려주었다.

“인간들에게 땅을 돌려주는 일은 이미 정해진 바, 그 매개인으로서 위버우르크는 정식으로 라휄을 요청한다. 이는 새로 나의 친구가 된 라휄을 위한 예우이며, 그에게 공을 돌리는 것은 나의 작은 선물이다.”

구스타프는 그의 말을 번역하며 씁쓸한 기분이 들었다. 라휄은 아무것도 아닌 평민, 게다가 호위를 위해 온 무관일 뿐이었다. 지금부터 정식으로 외교 문서를 작성해야 할 터인데, 자칫하면 코넬리아 측 대표의 이름을 라휄로 쓰게 생긴 것이다.

구스타프가 코넬리아 측의 의견을 정리해 이야기했다.

“경애하는 위버우르크의 왕이시여, 왕의 현명하신 결정에 코넬리아 공작님은 크게 기뻐하실 것입니다. 하지만 외교에는 절차가 있고…….”

자크흄이 말을 끊었다.

“인간의 말, 복잡해서 듣기 싫다. 내가 말한 대로 하기 싫으면 그만두자.”

구스타프는 더 이상 말을 잇지 못했다. 왕이란 왕인 것이다. 하고 싶으면 하는 것이고, 하기 싫으면 하지 않는 것이다.

"그럼 라휄을 환영하는 축제를 벌이자!"

자크흄이 외쳤다. 이 회의는 오크들에게도 인간들에게도 완전히 만족스러운 것은 아니었다. 양측 모두 얼떨떨한 표정을 지었으나 어느 누구도 자크흄의 말을 거스르지는 않았다.

밤이 찾아왔다.

오크들의 마을이 통째로 연회장이 되었다. 자크흄은 약속한 대로 라휄에게 온갖 고기를 대접했다. 라휄은 매우 신이 났다. 들뜬 기분에 떠들며 자크흄과 같이 새로 배운 오크의 노래를 불러댔다. 얼마 전 괴물이라고 수백의 오크를 죽였던 일은 이미 잊은 모양이었다.

그러는 사이 카시카가 백묘를 조용히 곁으로 불렀다.

"무슨 일이세요, 카시카님?"

카시카는 작은 목소리로 소곤소곤 백묘에게 말했다. 흡사 누가 들으면 큰일이라도 난다는 듯.

"낭군님, 지금까지 예전에 모험가를 도왔던 일에 대해서는 이야기하지 않았겠지?"

백묘는 고개를 갸웃했다. 그러나 곧 카시카가 말하는 것이 전에 오크 마을에 갔던 건이라는 것을 깨달았다.

"네."

카시카는 '휴' 하고 한숨을 쉬었다. 소곤소곤, 다시 백묘의 귓가로 입술을 가져갔다.

“오크들에서 에틴까지… 전부 우리 때문에 일어난 일이야.”

백묘의 눈이 동그래졌다.

“네에?!”

“쉿!”

카시카는 주위로 눈을 돌리고 말을 이었다.

“그때 그 일로… 오크 한 가문이 악마가 나타났다며 땅을 버리겠다고 한 모양이야. 그 때문에 땅이 부족하게 돼서, 한편으로는 에틴이 살고 있는 산맥 깊은 곳을 들쑤시고, 다른 한 무리는 인간들의 땅으로 나온 거야.”

백묘는 카시카의 말에 황당한 느낌을 받았다. 아무 생각 없이 치른 한 번의 전투에 그런 많은 일들이 일어나다니…….

한편으론 그 모든 일을 다시 라휄의 손으로 처리하게 되었고, 그 덕분에 오히려 공을 세우게 되었으니 운이 좋다는 생각이 들기도 했다.

카시카와 백묘가 그런 이야기를 하고 있는 사이에도 라휄은 오크 부족의 왕 자크흄과 축제를 즐기기에 여념이 없었다.

본래 오크들은 힘에 대한 숭상이 강한 편이었다. 늘 내놓고 다니며 씰룩거리는 대흉근이 보여주듯 자크흄은 라휄의 힘에 반했고, 그렇기에 이렇게 친구의 대우를 해주고 있는 것이었다.

“자, 마셔라. 어린 인간이지만 라휄은 남자다!”

급기야 자크흄은 라휄에게 술까지 건네주었다. 라휄은 본래 먹는 것을 가리는 성격이 아니기에 주는 대로 벌컥벌컥 받아먹었다. 라휄은 산양의 뿔로 만든 커다란 잔에 가득 찬 젖술을 단숨에 들이켰다.

옆에서 나뭇가지에 꿰어진 직화구이 물고기를 먹고 있던 흑묘가 '아앗!' 하고 외쳤다.

"뭐 하는 거예요?! 주인님은 이제 겨우 열세 살이라구요!"

그녀의 외침에 백묘와 카시카도 라휄 쪽으로 시선을 돌렸다. 하지만 정작 술을 한 되나 마신 라휄은 아무렇지도 않았다. 취하기는커녕 얼굴색 하나 변하지 않았다.

흑묘가 곁에서 라휄의 입가에 흐르고 있는 술을 닦아주며 물었다.

"주인님, 괜찮으세요?"

라휄은 흑묘의 말에 고개를 갸웃했다.

"뭐가?"

그리고는 고개를 돌려 자크흄을 바라보았다.

"이거, 맛있다. 더 없어?"

"껄껄껄! 역시 너는 남자다!"

기껍게 웃으며 자크흄은 다시 한 잔의 젖술을 라휄의 뿔잔에 가득 따라주었다. 라휄은 단숨에 또 한 잔의 술을 비웠다.

라휄은 여전히 변화가 없었다. 오히려 곁에서 보고 있던 흑묘와 백묘, 카시카의 안색이 변할 정도였다.

“아우, 배부르다.”

자크흄이 그때 한 오크에게 손짓을 했다. 집 안에 있다 막 밖으로 나온 오크로, 다른 오크들보다 조금 작았지만 그래봤자 2미터 가까운 키에 어깨 너비가 1미터는 가볍게 넘어섰다. 그 오크는 사뿐사뿐 걸어와 자크흄의 곁에 다소곳이 앉았다.

그 오크는 머리가 길었다. 양 갈래로 땋아 허리까지 내린 머리칼은 억새풀을 꼬아놓은 듯 보였다. 미려하게 굽은 송곳니의 곡선이 매력적인 듯도 보였지만, 그건 뽑아 목에 걸었을 때나 해당될 말이다.

하지만 오크들은 그 오크를 보며 환호성을 질렀다.

“자스민이라고 한다.”

그야말로 꽃 같은 이름이었다. 자크흄은 그 오크를 라휄에게 소개해 주었다.

“안녕? 난 라휄이야.”

오크, 자스민의 뺨이 짙은 녹색으로 물들었다. 인간과는 피 색깔이 다르기 때문에 붉은색이 아니라 녹색으로 변한 것이었다.

“하하하, 내 딸이다. 열다섯 살이다.”

키가 2미터에 육박하건 말건 그 오크는 소녀였다. 자크흄의 말이 이어졌다.

“내 딸, 귀엽다! 라휄, 너는 인간족의 용사다! 자스민은 위버우르크 최고의 전사인 자크흄의 딸이다! 그러니까 결혼해야 한다!"

술에 거나하게 취해 큰 목소리로 외친 그의 말에 오크들은
환호성을 내질렀다. 반면 흑묘와 백묘, 그리고 카시카의 안색
은 시커멓게 굳었다.

"자크흄님, 그건 안 될 말씀이에요!"

"뭐가 안 된다는 거냐?"

"그야……."

흑묘는 눈을 돌려 자스민을 보았다. 남작(南雀)의 황후 자
리에 저런 흉물이 앉는다니, 상상하기도 싫었다.

흑묘가 답할 말을 찾느라 우물쭈물하는 사이 백묘가 말했
다.

"종족이 다르잖아요. 주인님은 인간이에요. 어떻게 오크를
처로……."

자크흄이 껄껄 웃으며 백묘의 말을 끊었다.

"걱정하지 마라. 인간, 오크랑 결혼 가능하다. 우리 위버우
르크도 인간과 혼혈이다."

그의 말에 흑묘와 백묘는 동시에 같은 생각을 머릿속에 떠
올렸다. 어느 부분이 인간과 섞인 거야?!

라휄은 전에 카시카가 자신과 결혼한다고 하며 결혼에 대
해 몇 가지를 설명해 줬던 것을 떠올렸다.

라휄이 쟈크흄에게 말했다.

"결혼이라고? 결혼은 좋아하는 사람이랑 하는 거야."

"살다 보면 좋아하게 된다."

자크흄의 말에 라휄은 고개를 갸웃했다.

"그런 거야?"

"그렇다. 결혼은 부모가 정하는 거다. 자스민은 내 딸이다. 너와 결혼해야 한다."

자스민은 부끄러운지 몸을 배배 꼬며 아버지의 등 뒤로 몸을 숨겼다. 라휄은 자크흄의 말을 도저히 이해할 수 없었다. 뭣보다 가족에 관한 이해도가 거의 0에 가까운 것이 가장 큰 문제였다.

드디어 카시카가 나섰다.

"라휄은 내 낭군님이에요. 자스민 양이라면 한 나라의 공주인데, 첩으로 보내실 생각이신가요?"

그녀는 여러모로 계산기를 두들긴 결과 통할 만한 것이 그것뿐이라는 것에 생각이 미쳤다. 카시카의 말에 자크흄은 눈을 동그랗게 떴다.

"라휄이 벌써 결혼했다고?"

흑묘와 백묘는 서로를 한 번 쳐다보았다. 지금 상황을 모면하기 위해서는 일단 카시카의 편이 되어야 했다.

"맞아요. 주인님은 이미 결혼하셨어요."

"카시카님이 주인님의 아내예요."

두 소녀의 말에 반신반의하던 자크흄은 '끄웅' 하고 신음을 뱉었다. 라휄이 비록 마음에 드는 사윗감이긴 했지만, 자신의 딸을 둘째 부인으로 줄 수는 없었다.

그가 고민하는 듯 보이자 카시카가 다시 말을 꺼냈다.

"그 대신이라고 하긴 무엇하지만, 부족장님의 환대에 대한 보답으로 서쪽 지방에 나타난 악마에 대해 우리들이 조사를 하겠습니다."

카시카는 첫째로 오크들의 문제를 해결해 줌으로써 자크흄과의 좋은 관계를 유지하려 했고, 둘째로는 잘못해 조사를 하는 도중 라휄과 자신이 벌인 일이란 게 오크들에게 밝혀질까 두려워 이런 제안을 했다.

카시카의 말은 오크 족의 통역관에 의해 오크들에게 퍼졌다. 오크들은 비록 자신들의 왕이 괜찮다고 이야기했지만, 우르크 산맥의 서쪽에서 있었던 일을 무서워하고 있었다. 카시카의 제안에 대부분의 오크들은 한시름 놓았다는 얼굴이었다.

자크흄은 카시카의 제안에 다시 한 번 '끄응' 하는 소리를 냈다.

"낭군님은 이미 자크흄님의 친구예요. 친구는 형제와 같은 것입니다. 형제의 곤란을 방치하는 건 의롭지 못한 일 아닌가요?"

카시카의 말에 라휄 역시 고개를 끄덕거렸다. 형제라는 말에 대한 라휄의 지식은 흑묘와 백묘 사이의 관계 정도였다. 아주 친하다와 동의어랄까.

"맞아. 자크흄은 내 친구야. 친구는 도와줘야 해."

본래 오크 족은 친구니 우정이니 하는 피 끓는 듯한 말에 약했다. 라휄의 말에 자크흄은 무릎을 탁 하고 쳤다.

"좋다! 그럼 도움을 받겠다!"

이어 자신의 딸을 쳐다보며 오크 족의 언어로 말했다.

"자스민, 라휄은 이미 결혼했다. 네가 아내가 되지는 못하겠다."

자스민은 적이 실망한 표정이었다. 하지만 아버지의 말에 고개를 끄덕여 알겠다고 답했다.

흑묘, 백묘, 그리고 카시카는 라휄을 큰 위기에서 구해냈다는 안도감에 절로 한숨이 나왔다. 그런 치열한(!) 싸움이 있었다는 것을 전혀 모르고 있는 라휄만이 바보 같은 눈을 동그랗게 뜨고 있을 뿐이었다.

우르크 산맥 서편의 조사 작업까지 끝낸 후에야 라휄 일행은 코넬리아로의 길에 올랐다. 오크 족과 코넬리아 사이에는 새로운 조약이 조인되었다. 수백 년 전, 양 진영 사이에 맺어졌던 평화협정의 재확인에 가까운 조약이었다.

오크 중에는 인간 모험자라는 것들이 자신들의 마을로 넘어와 양민들을 상대로 행패를 부리는 것에 항의조로 이야기하는 이도 있었다. 하지만 자크흄은 그런 그들의 말을 일축하였다.

"산을 넘어온 인간은 위버우르크의 적이다. 적은 죽여도
된다. 그들이 우리 위버우르크의 일족을 죽이듯 우리도 그들
을 죽인다. 그것으로 됐다."

그것이 자크흄의 논지였고, 오크들은 왕의 결정을 존중했
다.

코넬리아 영지로 돌아온 라휄 일행에게는 또다른 희소식
이 기다리고 있었다. 구헨 폰 테르나. 카시카와 밀약을 맺은
그 귀족을 주도로 라휄의 논공이 결정된 것이다.

라휄에게 주어진 감투는 코넬리아의 정식 객원 검사였다.
각 귀족 가문은 많은 검사들을 고용하고 있었다. 공작 가문처
럼 왕국에 가까운 곳은 수십, 수백의 흰 반지의 검사들이 우
글거렸다.

코넬리아 역시 마찬가지로 70여 명의 흰 반지의 검사들이
영토 내에 살고 있었다. 그들 대부분이 코넬리아의 객원 검사
들로, 평소 검사들에게 약간의 봉록을 주는 대가로 공작가를
위해 일을 하는 것이다. 다만, 귀족과 기사 사이의 계약과는
달리 언제든지 계약을 파기할 수 있는 약식 계약에 가까웠다.

라휄이 받게 되는 봉록은 매월 금화 한 닢. 하급 관료의 급
료에 비해 약간 낮은 정도였다.

카시카는 구헨에게 감사의 뜻으로 오크들에게 받은 선물
중 일부를 보내주었다. 따지고 보면 처음부터 끝까지 그가 적
극적으로 밀어준 덕분에 라휄이 이 일을 맡게 된 것이었다.

일은 이제부터 시작이었다. 귀족의 작위를 얻기 위한 걸음을 막 뗴었을 뿐이다. 라휄이 낚시를 한다고 흑묘의 손을 잡고 성밖으로 나가거나 말거나 카시카의 머리는 바쁘게 돌기 시작했다.

『천사를 위한 노래』 3권에 계속…

무한 상상·공상 세계, 청어람 신무협&판타지

설봉 新무협 판타지 소설!
절대로 놓칠 수 없는 2006년 최고의 걸작!!

마야(魔爺) / 설봉 지음

강렬하다……!
절대적 무협 지존!
『마야』
(魔爺)

소사(小事)로 시작되어 천하대란(天下大亂)으로 이어지는 끝없는 피의 역사…

북검문(北劍門)과 남도문(南刀門)의 탄생이었다.

두 세력은 장강을 경계 삼아 전쟁을 방불케 하는 싸움을 벌이고 있다.
삼십 년…… 삼십 년 동안이나…….

그리고 절대 죽을 것 같지 않던 그가 죽었다.

**"나를 죽인 건…… 큰 실수야.
나보다 훨씬 무서운… 곧… 곧 너희를…….”**

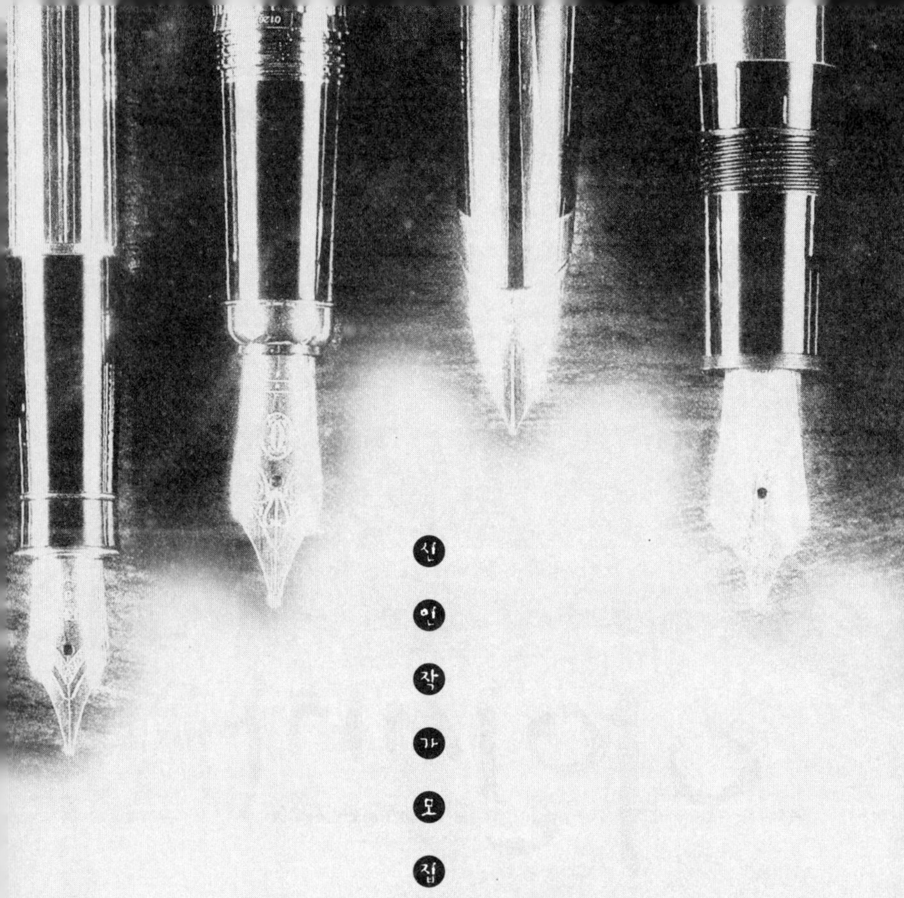

입소문을 통해 아는 분은 다 알고 계십니다!
올 한해 공인중개사 최고의 화제작!

1~2권 합본 | 이용훈 지음
3~4권 합본 | 이용훈 지음
5~6권 합본 | 이용훈 지음
용어해설 | 이용훈 지음

수험생 기본 필독서
만화 공인중개사

제목 : 만화공인중개사 쓰신 분에게 감사드립니다.

학원을 두 달 다녔어요. 근데 과연 그 숫자 외우기 그런 게 몇 문제나 나올까 생각을 했어요.
아니라는 생각이 드네요. 학원강의를 뒤로하고 서점을 갔어요. 내 머리에 가장 이해될 수 있는
책이 없나 하구요. 거기서 만화를 발견했어요. 무조건 세 번 봤어요. 3개월 걸렸어요. 문제집을 보라고
했는데 그건 시행을 못했어요. 근데 합격을 했네요.
어떻게 감사의 말을 해야 될지……
도서관에서 만화책 들고 다니니까 사람들이 비웃더라구요. 만화책으로 공인중개사를 공부한다고
미친 사람처럼 보더라구요. 근데 그거 다 감수하고 했던 내가 자랑스럽습니다.
어떻게 감사의 말을 해야 할지… 정말 감사합니다.
부디 행복하세요. 제 나이 41살에 좋은 스승을 만난 것 같습니다.
엎드려 감사드립니다.

-본사 홈페이지에 독자분이 올린 메일 中 에서 발췌-